# 又放老去

Worries for Aging

张砚春 / 著

天津出版传媒集团

天津人民出版社

图书在版编目(CIP)数据

不敢老去 / 张砚春著. —— 天津：天津人民出版社，
2019.11
ISBN 978-7-201-14803-8

Ⅰ.①不… Ⅱ.①张… Ⅲ.①长篇小说–中国–当代
Ⅳ.①I247.5

中国版本图书馆 CIP 数据核字(2019)第 110934 号

# 不敢老去
**Bu Gan Lao Qu**

| | | |
|---|---|---|
| 出　　版 | 天津人民出版社 | |
| 出 版 人 | 刘　庆 | |
| 地　　址 | 天津市和平区西康路 35 号康岳大厦 | |
| 邮政编码 | 300051 | |
| 邮购电话 | (022)23332469 | |
| 网　　址 | http://www.tjrmcbs.com | |
| 电子信箱 | reader@tjrmcbs.com | |

| | |
|---|---|
| 策划编辑 | 任　洁 |
| 责任编辑 | 孙　瑛 |
| 特约编辑 | 张校博 |

| | |
|---|---|
| 印　　刷 | 北京彩虹伟业印刷有限公司 |
| 经　　销 | 新华书店 |
| 开　　本 | 880 毫米×1230 毫米　1/32 |
| 印　　张 | 9.25 |
| 插　　页 | 1 |
| 字　　数 | 150 千字 |
| 版次印次 | 2019 年 11 月第 1 版　2019 年 11 月第 1 次印刷 |
| 定　　价 | 36.00 元 |

# 目　录

第一章 / 秋风海上起

## 梧桐始黄

秋天，一年又一年地如期而至。

在中国东北地区这个傍海而兴的城市里，人们总认为刮起了秋风才是季节变换的开始。不用看那满街的树木、花草，因为这些培植的物种们，能很顽强地对抗大自然。而且，秋风必定是从海上来的。虽然，城市坐落在海的北岸。

碧海连天，在初秋的高阳下更显得辽阔悠远，无际的波峰和浪谷起伏涌动之间蕴含着每一个朝朝暮暮。海面，永远都不平静，万里长风把头埋在深深的浪谷里，附伏着一潮又一潮的波峰登陆。高昂的峰头倾碎在海岸礁石阵上，铺排出滚滚浪花的刹那，秋风仪态万方地上岸了。它悠然地漫过山丘，满山的绿色就被点染出了一片片、一簇簇的淡黄和微红。然后，它开始吹进百里市区的大街、小巷……

"别只顾着闷头使劲儿骑,过马路看着点儿!"林南把藏蓝色的薄风衣递给正要出门的卢秀英。

"知道,快关门吧。"

"嗯咳!又不是小孩儿。"随着外门关上的声响,从南卧室出来的林巧双走到了餐桌边。林南赶紧扶她坐下:"可不,都快六十岁的人啦!"

林巧双把身子往椅子里挪挪,坐稳,然后拿起小碗里的煮鸡蛋磕开:"我还九十三了呢。"

林南冲她笑笑,说:"快尝尝,看秀英给你烤的馒头片儿香不香。妈,今天晚上我和秀英有点儿事儿,恐怕得迟些回来。也许,还可能会在外面住上一宿,如果……"

"咦嚅,啥事儿啊,连家都不着了?"林老太太把舀在羹匙里的米粥又放回了碗里。

"妈!它是这么回事儿。秀英啊,秀英这不是在小冯大夫那里工作嘛,小冯大夫认为呀,秀英干得好,很好!现在秀英要不干了,得回家来伺候佟瑶坐月子啊,人家就想要欢送欢送她……"

"欢送她,你去干啥呀?"

"我……"林南把老太太爱吃的虾子酱挑在她的碗里,"我,我都安排好啦,如果我们晚上不能回来,天淳会来的。明天是周六,他还能在这儿待一天。"

"我大孙子回来呀?我大孙子来,那就中了吧。"林巧双拍了一下大腿,开始吃饭。

林南又赶紧说:"我一早到单位就下区里,中午回不了家。饭菜我都预备好了,等我告诉咱楼上董姐来给你热上,还是让她们娘俩也和你一起吃吧!"

"她孙女比我吃得都多。"

"一个三岁的小姑娘,多吃也吃不了多少。"

林老太太仍接着自己的话头说着:"还净挑好吃的要呢,现在的孩子啊,啧啧,真是没法子说啦!"说话间,老太太夹着馒头片儿的筷子抖抖地带翻了装着牛奶的杯子。

林南连忙抓起预备在一边的小毛巾。


空气是清凉的。

空气是湿润的。

清凉湿润的空气带着淡淡的咸腥,传播着火车站上大钟敲出的报时声:铛……铛……铛……整整七响!大钟穿时越空的响声,一波一波地震荡着今天这个和往常一样的早晨。横贯城市东西的黄河大街,双向六车道上各色各式的汽车已经开始多了起来。

卢秀英紧紧地握着自行车车把,在辅路上猫着腰用力地踏着脚蹬子。

在丘陵地带的城市,自行车并不是市民们出行的首选。而卢秀英骑的这辆自行车,现在几乎就是罕见了。这是辆二六型的永久牌加重自行车,三角结构的梁架上缠着已经褪色的蓝色塑料线,黑色的大链盒两边很平整,两个粗实轮子上的轮毂和辐条,还有车把和车把上的转铃都是锃亮的。

三十五年前，也是这样的一个秋天。卢秀英坐在这辆自行车的后座上，左胳膊挽着红包袱，包袱里装着红花的大脸盆，脸盆里盛着成双成对的牙具、香皂、友谊雪花膏、双妹胭脂盒、大号蛤蜊油；右手拽着后座拔凉的钢架管儿，奔向了去金家套和林南结婚的路。自行车是她当海员的娘家爸，用淘换来的外汇券在海港的友谊商店里买来的，娘家妈给车座缝了一个添了海绵垫的红丝绒座套，边上还配上了金色的流苏。

"你拉住我的后襟儿，最好搂着我的腰。可别把你颠下去呀！"

卢秀英的右胳膊试探着绕在了林南柔韧的腰间，车速就明显地加快了。

今天，这个自行车的车轮还能很轻快地向前滚动，路旁的树一棵一棵地向卢秀英的身后闪去。一片悬铃木树的大叶子飘飘悠悠地从她的眼前掠过，正好落在了前车轮上。卢秀英下了车，前方十字路口的红灯亮了。

等灯时，卢秀英不由自主地转脸望向路口东南角，那里是一派绿树参天的景象。高大的雪松株株泰然苍劲，合围着水刷汉白玉砾石墙面的田字形建筑体，苍绿的树冠轻抚着翠绿的琉璃瓦屋顶，两种质地、风貌全然不同的绿意在晨阳里呼应着。风入松间，传出似有似无的涛声，使那里显得更加安稳、肃静。

黄河大街是在十五年前拓宽的，现在道路的两旁都高楼林立了。这些高楼，每座都是新时代的产物，外观更是极力彰显着现代的风格：三十六层高的科威大厦，深蓝色的玻璃幕墙巍巍然地耸立在初升的太阳光里，也反射着阳光，如同一枚巨大的蓝宝石；五十层高的金樽酒店则如拔地而起的石中剑，剑锋直指天穹；六十六层高的嘉利商城像是一座巨型的方塔，能旋转的塔尖儿白天也闪烁着霓虹……相形之下，卢秀英眼里的那片五层高的建筑，就好像是匍匐在了地上一般。

卢秀英是非常熟悉那里的。

那里一共有八个大门，东西南北四个方向各有两个。当年，她就是从东南门进去的。走进那个大门时，她正是风华正茂还很有些天真的大好年纪。

1976年，从冬月到腊月，大雪在黄沟岭下了一场又一场。漫山遍野的银白一望无际，望到极处则是沉沉的苍灰色。

老天爷在冬天分布冷寒时对山区格外慷慨。地处黄沟岭北部的刘家堡子，五十来户人家的烟囱在沉寂的雪国里时时地冒着青烟，人们蛰伏在山野深处，却不屈不挠地追求着生活也昭示着存在，他们不停地烧炉子、烧炕、烧火墙取暖。家家户户的炉子上还都烤着地瓜、土豆，火墙上则煴着苞米粒儿、豆粒儿、茧蛹子……

在青年点的西厢房里，卢秀英不断地往炕洞子里填柞树棵子，烧得大通铺的炕头都不能坐人了。朝东的窗户结了寸厚的冰，遮得屋里一片昏暗。裴紫曦手里握着眼镜，闭着眼睛往每天人人都去瞭望的那块玻璃上哈气。在她哈过气的地方，现出一块儿杯口大的玻璃，从这块玻璃歪着脑袋望出去，能看到青年点用小橡木杆子绑成的大门,还有大门外那条可以通向村外的弯弯曲曲的小路。

"啊!"整个脸都快贴到了窗户上的裘紫曦一声尖叫,让屋子里的十来个人都听得心上一颤。卢秀英看到罗颖和马天琪一起丢下她们合拆到一半的白线手套,跑上前把裘紫曦挤到旁边去了。

"回来了!他回来了!"罗颖的声调并不高,可屋子里霎时间就充满了她紧张的话音。

裘紫曦连大衣都没顾得穿上,就蹚着雪跑了出去:"林南!"

林南刚刚丢开手里的树棒子,就被扯进了西厢房。东厢房里的四个男知青扔了手里的扑克牌,獐子一样敏捷地跑了过来。

"快说!"好几张嘴同时吐出这两个字。焦灼像浓浓的烟气积满房间,呛得人几乎都不敢呼吸了。

林南身子歪在炕头的墙上, 悬起双腿磕着满鞋满裤腿的雪。屋子里的燥热瞬间融化了他满身的冰晶,眉毛和睫毛上的水珠都流到了眼窝里。他一手费劲地抹眼睛,一手翘起还在手闷子里的二拇指。

卢秀英端着茶缸子跑过来:"喝吧,温和的。我做汤面去。"焦灼,跟着卢秀英开门出去的身影走了一些。林南开始一声接一声地咳嗽着。

裘紫曦扯下林南的棉帽子和手闷子,扔进炕里。

帽子和手闷子很快开始冒气,裘紫曦高叫着:"出多少汗呐,都快成冰坨子了!"

众人都不说话了,但眼神里焦灼的探问并没有减弱。林南撸撸黏腻腻的头发:"让我,喘口气!客车,都不往山里,进啦,我,走了七个钟头……在两集岗子下的车……"他把背包摘下来,递给裘紫曦:"报纸……"

人们心不在焉地捏着过期的报纸,眼光仍然像探照灯一样不时地朝林南扫过来。

卢秀英把一大海碗萝卜丝儿苞米面片儿汤端了过来。

林南紧紧地捧着碗,暖着还很僵硬的手指,说:"我回去吃。这次招工……咳咳,咱们女生摊上了一个名额。等刘队长他们回来咱就投票,都想想……"他低着头,语速很快地把话说完了。

"怎么回事?"点里年龄最大的郝天成摔了手里的报纸,跳到林南面前。

"医院,要护士。"林南依旧低着头。四个男生愣了片刻,然后就垂头丧气地跟着林南一起默默地走了。这回,压根儿就没他们什么事了。眼下,他们不用再受今年招工回城这件事的煎熬了。踏着咯吱咯吱响的积雪,他们一时轻松得像卢秀英在灶间做晚饭烧出的袅袅炊烟,炊烟渺渺地升出山坳,飘向山间,渐渐地流散在冬日山坡的最后一刻明亮里,然后就完完全全地消融了。

林南借着雪光回头看看他的同行者:他们的眼睛和山岭一样,青青白白的。

然后,点长林南从公社带回来的新年知识青年工作会议精神,在刘家堡子知青点就浓缩成了一件事:谁回城?!

西厢房中,点里年纪最小的卢秀英,身为埋头烧饭的炊事员,她知道自己与这个名额毫无缘分,就更加少言寡语和茫然无措,可在这少言寡语和茫然无措间,有谁知道呢,她人生中的又一个拐点已渐渐地临近了。

世界上没人晓得刘家堡子的女知青们,在奔向这个共同的人生目标时,绝不相同的心路历程各自是怎样的。在那个封闭的山村、寒冷的时节,她们却都敏锐地感觉到彼此间的关系开始发生微妙的变化。五个男知青则眼见着她们在这短暂的时间里频频的反常举动。

罗颖把织了一半儿的线衣拆了,手快得像织女一样赶织着一双又一双袜子,几个男知青都收到了带着罗颖体温的宝贝袜子。

最出人意料的是裘紫曦。她不知在哪家搞到了一瓶烧酒,还用手表换了老乡的一只羊来。

"吃吧,宰都宰啦!咱们一年没见荤腥了吧?我请大伙儿一回,我明着说,我这次一定要走!这算是和大家告别!我是在这里待得最久的知青,八年啦,除了这副眼镜,我还哪点儿不像个女农民,种地、割草、打柴、放羊、养蚕……和男农民一个样呀!"裘紫曦强硬里带着卑微,固执里含着胆怯,表现得几乎不顾一切:"我们得等刘昂回来是吧?等他回来给我写鉴定吧!我们肩并肩地来到这里,这个鬼东西!我们说好了的,一起扎根在刘家堡子,我把一切都给他了,他却和老队长的闺女结婚了!他这个资本家的狗崽子是被教育好了的人,还当上队长了。我也被教育好了啊!我的家庭出身比他强,我父母在京剧院工作,一个是写剧本的,一个唱旦角,都算是牛鬼蛇神那类,可也不属于剥削阶级呀!我也早和他们划清界限了!我只在下乡的第一年回过一次家,那时,那时……"裘紫曦说着说着就说不下去了,她摘下眼镜忍不住地抽泣起来。

灶间的大锅里飘出膻香的羊肉味,缭绕着坐在离炉灶六尺远的大长条桌子边上的每个人。

卢秀英拎着菜刀,张皇地看着裘紫曦。她正准备切土豆,心里还合计着可不能把一块梅花牌手表换来的一只羊一顿就吃光了。而且,她的心这会儿还挺痛:吃不吃肉能咋的,全青年点就裘紫曦有这么一块表,这回,天天的连个准点儿也没了。

卢秀英下乡四年了,她有时会在做大锅饭时,瞅着慢火中一片片燎燃卷曲慢慢成灰的树叶掉出眼泪。她也经常看见别的女知青哭,却从没看见裘紫曦悲伤过。裘紫曦此时的模样让卢秀英的心都抽紧了。这时,她已经打定了主意:投票给裘紫曦!

那天半夜三更,马天琪突然就在卢秀英身边坐起来,又直挺挺地躺下了。随着扑通一声响, 她的哭叫即刻盈满屋宇:"臭不要脸的! 真不要脸啊! 还觍脸自己说了,现在想让人觉得你在这儿待不下去了,博同情啊? 太不要脸啦! "卢秀英惊恐地摸向马天琪的脑袋:"醒醒! 醒醒! "

"一边儿去! 我没睡! "马天琪使劲地打开卢秀英的手。

让卢秀英松口气的是,睡在她另一侧的裘紫曦没被吵醒,还轻轻地打出了几下鼾声。

过了两天，刘昂带着七八个人的打猎队回来了。村里人都跑出来看他们扛着狍子、獾子、野猪和一些山鸡的凛然威风。

青年点的投票就在当天晚上进行了，刘昂没有来参会，他被野猪的獠牙挑伤了胳膊。林南告诉大家："队长说，咱们自己选，选成什么样他都没意见。"

那晚，灶间点了三盏油灯，灯捻也被拨得很高，把屋子照得挺亮。

郝天成监督，林南在报纸的空白处把每个女知青的名字都写上了，罗颖慢慢腾腾地唱票一次，林南的钢笔尖就在某人的名下画出一个或横或竖的线段。过程很短，时间却凝滞了一样过得很慢。随着郝天成手里的纸条向罗颖传完，出乎所有人意料的结果出现在了报纸上——裘紫曦和卢秀英的名下各有一个"正"。其他人的名下除了是"一"的，还有三个人名下什么也没有。

林南环视着众人，极力调控着女知青那边起伏不定的情绪："我们在裘紫曦和卢秀英两人之间再投一次！大家要想好，我们对别人负责也就是对自己负责啊，我们都得通过这个程序抽调回去……"

裘紫曦从长条桌子边上站起来，慢慢地举起双手，面容冷峻地打断了林南："别投了！我差不多已经看见结果了！"

卢秀英涨红了脸喃喃着："怎么选上我啦……"

裘紫曦透过眼镜的目光有些迷离，又锐利得像剑，还闪出一道寒气。平时一贯高而尖的声音此刻从嘴里出来时却很柔和："卢秀英啊,你愿意和我抓把阄吗? 咱俩就别用大家费心啦,抓阄定去留。"

卢秀英一脸惶惑地看着她。

裘紫曦拉住她的手:"如果命运也不让我走,我就……死心了! 我就谁也不怨……"

卢秀英点点头。

林南抓起郝天成手边的空烟盒,一下子扯开了就在上面写字,然后,把纸片快速地在手心里揉成了团儿。

屋子里,只有灶口的柞树棵子发出小而清脆的噼啪声。

林南揪下自己的帽子, 把两个纸球扔在里边:"裘姐,你先抓——"

裘紫曦扭搓着双手,毫不犹豫地把两只手都伸向了帽兜。人们的目光落在她的脸上、手上。

裘紫曦终于捏起了一个纸团。人们的目光刷地聚集在了这个小小的纸团上。裘紫曦看着纸团,林南催促她:"打开啊!"

裘紫曦看看林南, 把纸团塞在了卢秀英的掌心儿:"我替你抓了,剩下的归我,我现在无怨无悔!"

卢秀英只觉得自己的掌心里好像撂着一块灼人的火炭。郝天成左右看看,就拿起卢秀英手里的纸团快速地抚展开,人们看到的是大生产牌烟盒上两个笑盈盈的人脸, 郝天成看到的是它的背面写着的一个孤零零的大字:回。

卢秀英看着郝天成递给她的纸片,也看见了林南把帽兜里的另一个纸团扔在了嘴里嚼巴着,还有马天琪和罗颖她们每个人都特别难看的脸色。

林南的腮帮子一鼓一鼓地动着，他从棉袄的内袋里掏出一个信封，从信封里拿出对折的一张纸递给卢秀英，随手还递上了钢笔："马上填吧，我这就跟你去找队长。明早五点出发，千万不能耽误去县里报到。你们谁和我一起，去趟两集岗子。"林南说最后一句话时，声音高了起来。

屋子里一片沉默。

"算我一个！"郝天成扬了扬手。

卢秀英永远不会忘记那天的行程。

但那天的行程却只是在山沟里的雪路上急匆匆地走，默默地走。等他们赶到两集岗子还没有来得及喘匀气儿，不黄不绿的长途客车就从坡下吭吭哧哧地开上来了。

林南把她推上车，行李是郝天成从车窗给她递上去的。知青的生活，在卢秀英这儿，就这样戛然而止了。

卢秀英和全市一百名抽上来的下乡女知青一起到了卫校。她好久不拿笔的手粗糙得都拉纸，护士帽下是张皱得黑巴巴的小脸儿。学习是紧张而吃力的，尤其是背那些奇奇怪怪的西药名称，作为一名护士要知道的东西，只能一点儿一点儿地占据她的头脑，而刘家堡子的生活也渐渐地和她在梦境里告别了。

经过五个月的培训，卢秀英们面临着考核。在六七个医院的代表面前，她们演示着学到的护理技能。

考核结束时，卢秀英的肩膀被人轻轻地拍了一下："我叫李珍，第一人民医院妇产科的。"卢秀英的面前,站着一位梳着齐耳短发、大脸盘大眼睛,嘴巴也大的高个女子,卢秀英不好估计她的年龄是二十几还是三十几,就腼腆地叫了声:"李医生!"

东南是太阳初升的方位。

第一人民医院的妇产科门诊就设在东南区域的第一层楼里。

卢秀英跟着李珍第一次走进第一人民医院的东南门时,正值季春。楼间的小园林里西府海棠开得正是"枝间新绿一重重,小蕾深藏数点红"。

"好看吧?"李珍笑问道。

卢秀英深深地点着头。


卢秀英眼下能看见的只是第一人民医院临着黄河大街的北面。虽然还没到上班时间,北楼的两个大门前已经停留了不少车辆,进去的人也远比其他的楼厦多。

灯绿了。过了斑马线的行人忙着各奔东西。

卢秀英向西转去。第一人民医院的位置就在她的身后了。五年前,按医院劳资处小毛的话说,就是:"卢姨,你光荣地退休啦!"

"卢姨,人事处来电话,让你去一趟。"退休前一周的那天早班,刚从病房查房回来,护士台上的夏曼曼就对卢秀英说。

卢秀英"哦"了一声,推着小药品车的手紧了紧车把,但并没有停下去取药的脚步。她回头看看,夏曼曼在电脑前继续忙忙活活地查询着什么,周围的医生、护士都在各忙各的,没人注意她。他们一定都听见刚才夏曼曼的话了,但也没人格外地在意这件事。

中午时,她从水房的热水器上拿下饭盒,接了一搪瓷缸子开水,去了医护休息室。

卢秀英手里端着的那个搪瓷缸子,是她参加工作第一年评上先进工作者时获得的奖品,这些年,她一直还用着。缸子是白地的,上面按扇面状漆着红色隶书小字"献给最可爱的白衣天使",在这半圈儿字的中间是个略大一些的"奖"字。

夏曼曼两手都拎着装着餐盒的大塑料袋,正在用肩膀开门,卢秀英赶紧帮她把门推开。

"沉死了!"夏曼曼把塑料袋提到了桌子上,摆弄了几下手机,就从塑料袋里往外拿餐盒,拿着拿着她叫道:"怎么把我的龙虾煲仔饭放最底下啦?"她把餐盒摆了一桌子,要吃饭的小护士们也都呼啦啦地进来了。

"怎么样?够档次吧?以后就这么办了,哪天有人过生日,咱们就凑份子,寿星佬是这个档次的!"夏曼曼点点自己面前的龙虾煲仔饭,说:"大家孝敬的哈,那大家伙儿呢,就此打牙祭喽!开开心心每一天,群里有人问:怎么不安排晚上?晚上?有老公、有情人的自然是人家二人世界的时间!你没有?那用过生日的由头开派对、联络人赶紧找去呀!"夏曼曼的手指尖儿戳着桌子:"再磨蹭,好男人都给别人抢走了!咱们当护士的会照顾人,也得找个值得照顾的不是?"

"耶,耶,耶!"小护士们唱歌似的一起呼着。

卢秀英慢慢地喝着开水,嚼着饺子,静静地看着年轻人在单位里都收敛不住的热闹劲儿,她们就像一群正在水里欢腾的小鱼儿,可是真欢实啊!

"卢姨,看你总吃饺子,总吃饺子不腻吗?"去年才当护士长的夏曼曼,很细心地顾到这会儿显得孤单单的卢秀英。

"饺子还能吃腻?"卢秀英笑着摇摇头:"我像你们这么大的时候,正在下乡,想吃上一顿饺子可不容易呢!我管做饭,为了让大家年节能吃上有点儿肉馅的白面饺子,我都要愁白头了!"

夏曼曼身边那个尖鼻子小护士宁丹,忍不住笑出了声。夏曼曼扭脸瞪她一眼,宁丹叼着塑料小勺子歪了歪嘴角。

"我爸妈也常说他们小时候怎么怎么穷啦,怎么怎么苦啦!谢天谢地,我没生在那时候!"夏曼曼有意吸引着卢秀英的眼光,不想让她看见宁丹浑不懂事的样子。

卢秀英叹口气,站起来:"我吃完啦。"走过夏曼曼身边时,她轻轻地拍了拍夏曼曼的肩膀:"一会儿把窗户开点儿缝儿,别让饭里的辣味都跑走廊去。"

夏曼曼嘴里含着饭点着头。

下午四点钟,卢秀英交了班。

更衣室里的镜子不知是什么时候掉了一个角,顺着角尖儿还出现了一道弯曲的裂纹。卢秀英用裂纹划出的大半的那边,照了照自己换下了工作服的样子:黑色平底圆口皮鞋,黑色半毛料裤子,鸭蛋青色的平针毛衣,藏蓝色的中短薄风衣,灰白参半的短发。她系上风衣扣子,从包里拿出一条浅黄的丝巾围在了脖子上。镜子里的人,一片凝重的装束里,出现了一圈儿打眼的亮色。卢秀英看着镜子里的自己,看着看着,她又把丝巾塞进了风衣,只在领口露出了一抹丝巾的颜色。

医院的行政办公室都在西南区的南侧。

卢秀英从东南区穿过分割东西的拱形门就到西南区了。西南区的主要景观是六棵已有百年树龄的银杏。秋风里,银杏树的叶子全都黄了,那种黄色在蓝天下显得非常明丽,让看着它的人只能惊叹它现在这种绚烂的美,而不能去想它来日的飘落。

在医院工作了三十多年,卢秀英记得自己只在开结婚介绍信时来过一次行政楼。

门卫是个五六十岁的男人,他打开小窗户,探出戴着鸭舌帽的脑袋,问:"找谁?"

"我去人事处。"卢秀英回答起来,竟有些不好意思。

"鸭舌帽"打量了一下卢秀英,很有经验地问她:"办退休了?五楼呢,左边,楼梯。"

卢秀英点着头,连连道谢。"鸭舌帽"缩回脑袋时,自言自语地说着:"盼着吧,我还有三年退呀,退了就好啦,多开一千多呢……"

烫着一头小黄卷儿的劳资员小毛,给卢秀英递过来两张表格,让她在指定的位置上签了字。

"这就妥啦?"卢秀英没想到办退休竟然这么简单。

"妥妥的!下周五,您就不用来医院上班了,那是您正式退休的日期。下个月呢,您原来的工资卡咱们也不用了,社保卡上每月十号会有退休金给您发过去的。"小毛察言观色然后挑词拣句地和卢秀英说。然后,她把卢秀英领到了隔壁的处长室。

劳资处长是个很年轻的男人,白白胖胖的一副泥人阿福的喜人模样。他微笑得现出酒窝,热情地请卢秀英坐下。

"您是咱院历年的先进工作者,优秀护士……"处长的话还没有说完,卢秀英就掉下了眼泪。

"在医院这些年,您的工作做得真是有口皆碑呀。受了很多累!退休后,您好好歇歇,跟您家林处长到处去旅旅游,多好哇!哎呀!我还真是羡慕您们这些退休的老人儿!我还得等二十多年才能退呢,如果处级干部还延退,我得再多等五六年,兴许得干到七十多也是保不齐的事,七十!啧啧……"处长劝慰着卢秀英,感慨着自己未知的将来,摇着头。

小毛抽了几张写字台上的纸巾,递给卢秀英:"我们每年年底都组织一次退休职工茶话会,到时候我给您打电话,欢迎您来。"

卢秀英擦干了眼泪,说:"那我回去了。"小毛把她送到楼下。有不少银杏从树上掉了下来,还有些被行人踩碎了。出了楼门口,就能闻到一股奇特的味儿。小毛仰着头,吸吸鼻子,说:"看来,您还没有做好退休的心理准备呢。"

"我就是心里乱,有种说不出来的滋味儿。"卢秀英的双手都插在风衣的口袋里,可她衣袋里的手是紧紧地攥成拳头的。这时,她又想起了李珍。如果李珍在跟前,她可能就不会这么难受了。可她瞬间又想,今年四月份退休的李珍,她的难受又有谁能理解呢?也不知她现在在老家过得到底怎么样。电话里,李珍总说挺好的,挺好的。

卢秀英低着头,脚步沉沉地走向自行车棚。在车棚门口,一个一身白衣,寸许短发的年轻女子站在了她的面前。

"卢姨!"

"玉然啊!"冯玉然已经将卢秀英的肩头抱住了。

"你怎么在这儿?"卢秀英替冯玉然掩掩被风吹开的衣领。

"我来接您!接您上我那儿去待会儿,然后我再送您回家。"冯玉然挽住卢秀英的胳膊,把她带到了自己的白色现代车上。

冯玉然开着汽车穿过鲁迅路和金贝路这两个十字路口,就把车速降了下来。路上,卢秀英几次要开口问问李珍的情况,坐在冯玉然驾驶位的后面,那么近地看着冯玉然在衣服下面耸起的肩胛,她就把话咽了回去,问出口的是:"胃口好些了吗?"

"还行。卢姨,您看,新做的!"卢秀英顺着冯玉然手指的方向看过去,嘴里念出竖在不远处的一座楼顶上的一排大蓝字:蓝、海、妇幼、保健医院。

"好哇,好哇!终于也成医院啦!"卢秀英伸手摸摸冯玉然的肩,又几乎掉下泪来。

"你妈一定为你高兴极了!她还好吧?"卢秀英还是不由自主地说起了李珍。

冯玉然一边给卢秀英打开车门,一边说:"不错。现在她心里踏实了。以后一心一意地在家乡养老,照顾我姥爷。医院的事,我也没和她说得太多,怕她担心。"冯玉然讲不出来,即使是跟卢姨,她也无法诉说她和母亲间更加严重的冲突,表露自己伤透了的心。

她现在要把全部的精力都放在医院的事情上。

"她知道了不知该有多高兴呢!天底下的爹娘都是疼爱儿女的啊!这三十多年,我在产房里外天天见的……"卢秀英搭着冯玉然的胳膊下了车,两个人紧紧地扣着手走向蓝海妇幼保健医院的大门。

"卢姨,我现在会想,疼爱儿女没错,但如果疼爱的方式不对,造成的倒可能是严重的伤害!做父母的不自知,还总说,我都是为了你好!"

"啊?"卢秀英一时没有了话说。她看看冯玉然,冯玉然高挺的鼻梁,大大的眼睛和有线条的脸上突出的颧骨,都在散发着隐忍的激愤、无奈和忧伤。

在片刻的沉默里,她们进了宽宽大大的自动门。自动门的玻璃上印着星空和海贝上下呼应的磨砂图案。好像是门,把冯玉然的激动和卢秀英的不安都挡在了外面。一进门里,卢秀英就张大了眼睛,惊喜的目光就扑满了冯玉然的全身,冯玉然也露出了笑容。

冯玉然的笑容给人一种昙花的感觉:纯洁、宁静、饱满、优雅,却短暂得在你眨眼的工夫就从那张表情冷淡的脸上消失了。

"半年前签的合同,他们把上面那两层也租给我了,合同为期十年。上周才都装修好。"冯玉然告诉卢秀英。

"太好了！真是太好了！大变样了啊！"五年前，她陪冯玉然一起来看这个房子，当时，这里是一个已经空置了三四年的老楼，各个房间都结着蜘蛛网，做过食堂的厅里，老鼠横行，还放肆地瞪人，走廊上杂物绊脚，大堂堆满了倒闭的招待所剩下的破床、破沙发……

现在，一楼大堂白漆竹木的地面能晃出人影，各种样式的白漆藤椅三三两两地和几案组合分布着，每个几案上都有一个精巧的小鱼缸，鱼缸里一两根碧绿的水草，三四条曼妙的小鱼，缓解着等着接待的产妇和家属们焦急的心情。卢秀英看着淡蓝色衣装的小护士抱着接诊工作夹，轻轻地走到一对小夫妻跟前和他们细语了一阵，然后领着他们去了电梯间。

大堂右侧是按孕产情况布置的检查室和药房，左侧是两个厨房，一个餐厅。这些设施给卢秀英带来的感觉是清亮和精确的。在产妇厨房，卢秀英见到的那个装束和医生一样的年轻男子竟然不是炊事员而是营养师，他正在熬制液体，卢秀英能认出的玻璃罐里的东西有：益母草、山楂干、黄芪……

卢秀英跟着冯玉然乘另一部电梯上了三楼。

三楼都是产妇和婴儿一起住的房间。卢秀英在房间里一边转着看一边笑道："这样真是都不用回家坐月子了！"然后，她们下到了二楼。二楼的一侧是手术室和产房，另一侧是婴儿室、产妇室和家属陪护休息室。

在二楼的最西边，是冯玉然居住和办公的一个小套间。冯玉然给卢秀英捧来茶水,卢秀英拉住冯玉然的手,摩挲着攥住:"看把你累得,好像又瘦了一圈儿!"

用了五年的时间,把一个只有三个房间的小保健站发展成一个小型的专科医院,冯玉然真的是很累很累。

"您来帮帮我吧!"冯玉然握着卢秀英的手:"最少需要三十名护士了,请您来当护士长,好吗?"

卢秀英的脑袋"嗡"地一下子涨开了。

"玉然啊,我怎么帮你都行,可我当不了护士长啊,我三十多年都是护士,只会当护士。"

冯玉然把脸埋在卢秀英的手心里:"您只要来就好了。"卢秀英感到自己的手心里一片湿热:"玉然啊,那我准定来!我也正难受着要退休了可咋过以后的日子哪!玉然啊,你这不是让我有着落了吗,卢姨得谢谢你呢……"

那天晚上,林南和往常一样和颜悦色但也好像分外温和。他找出了厚拖鞋,给正洗脚的卢秀英放在了水盆边上。

来自电视的声音很大,让小客厅显得更小。这几天,林南帮母亲又找到了一个播《闯关东》的台,而且,还是一天晚上连放四集。林老太太望了一眼拎着拖鞋伺候着媳妇的儿子,抹把眼泪念念叨叨地说了好几遍:"这鲜儿的命真是不好哇!她的命咋就那不济呢?"直到骑着高头大马的传武把鲜儿带跑了,老太太才止住叹息。

"妈,您看着,我明个还是早班儿,就先去睡了。"卢秀英和婆婆打着招呼。

林巧双看看林南："你不是说她过几天就退休了吗？咋还这么积极呢？"林南尴尬地鼓捣着刚放进水盆里的两只脚，笑着对母亲说："看看，鲜儿来了……木排子，上木排子了……"他瞄一眼卢秀英的背影，卢秀英好像没听见林巧双刚才的话，因为她没有什么反应。

林南陪老太太看完连续剧回到小北屋，见妻子并没有睡，她正抱着膝盖坐着呢。

两人就并排靠床头坐着，腿上盖着医院去年给先进个人发的奖品：一床小蓝格的秋被。

"现在就盖被早点儿哈？挺热，不过你别凉着。"林南拿起卢秀英的手，把被子往她支起来的膝盖上提了又提："我们终于可以轻松点儿啦！我也算熬出来了！"他顺势扑卧在卢秀英的腿上，又立刻挺起身子扬起胳膊，搂住了卢秀英。

"你退休好！好！没事儿在家做做饭，照顾照顾妈，我就不用天天中午往家跑了。我不用天天中午回家给妈做饭，那离单位远近就没什么关系了，咱们就可以考虑把这个房子卖了，换个大一点儿的！三居室最好吧？小三居就行。儿子他们回来也有地方住了。难为天淳住了那么些年小客厅！咱要挑个高层的，有电梯，视野和光照都好，这一楼可是太潮了。咱还得找个离公园近点儿的小区，你也去跳跳舞，扭扭秧歌。"

"这些，你想好久了吧？"卢秀英拿下林南的胳膊。

"我想啊。嗨! 我望眼欲穿地盼着你从医院的大门走回家来,就不用去了。尤其是再也不用披星戴月地上夜班了。刚结婚那时候,我还送送你,后来,也顾不上了。"

卢秀英摸摸林南头发稀疏的脑门儿:"这些年,家务你做得比我多,儿子你管得比我多,老人也是你照顾的,还是你受的累多! "

"马上,我就要清闲了,享福了! "林南后脑勺枕起双手:"再过五年我也就退了,到时带你也出去溜达溜达,天南海北的……"

卢秀英叹口气:"我都没敢想那样的好事儿。我还是去玉然那儿上班吧。"

林南一下子坐直了:"不行不行! 你受累没够我可够了! "

卢秀英也慢慢地挺直腰:"世上多是愿意享福的, 还有愿意受累的? 给儿子买上房子、办完婚事,咱家就没有什么存款了。你想想,咱还能一点儿不帮天淳他们吗? 天淳每月的工资,基本都得还房贷。现在养个孩子得多大的花销,你知道吗? 暖暖亲家给带着,人家老两口出力,还让人家再出钱啊? 人家还有儿子留学得用钱呢! 佟瑶挣得不少,可也只够她自个儿花的,咱不能说人家孩子不会过日子,人家在娘家从小就是这样过来的。妈这么大岁数了,眼下身体还不错,可你能不准备医疗费用吗? 林东你知道的……你不用惦记着换房子了,上次天淳买房子时,人家银行人说,咱们退休的都没有贷款的资格了……你得攒下多少钱才能换上房子呢? "

林南好像从来没有听过卢秀英一口气说这么多话。而且,这些话里想法清晰、问题直指要害,句句都在理上。他泄气地溜进被子里，咕咕哝哝地抢白卢秀英："你就不会让我轻松轻松，高兴高兴吗？整天家里家外都压力山大。"感觉着自己的话说得重了，林南又连忙补救："你呀，真是个实心棒槌，捅肥皂泡的本事挺大……"

卢秀英的眼里闪出一片小小的水光，她按灭了台灯，也揪着被子慢慢地躺下来。她躺着一动也不动，好像连呼吸都停止了。

夜里的寂静显出几声吟吟的虫鸣，让这对儿仰面朝天，各自想着心事的夫妻合着眼睛也不能入睡。

那个谁也不知道的秘密，此刻又像个蝎子一样从黑暗里慢慢地爬了过来。林南无法抵挡地又被咬得心尖儿一抖。他不由自主地慢慢向卢秀英伸出手去。

卢秀英的肩膀是瘦削的；卢秀英曾经饱满圆润的乳房已经像半空的气球，没有弹性，也没有性感了；卢秀英的腰肢软塌塌的，失去了柔韧；卢秀英的大腿、小腿都是硬邦邦的……林南揽过妻子，有些伤心地把脸贴在她的肩头，挨到她温热柔软的耳朵时，他慢慢地说："在小冯那里做事，你只会更累。你既然坚持要去，咱就都再受几年累吧！也许，晚景能更好些，何况咱还没真老到不行。不要难过了！别明天到班上，大家以为你在家受虐待了呢。"

"谁受虐待啦？"卢秀英转过身子，鼻音很重地喃喃了一句。

## 海棠如珠

蓝海妇幼保健医院已经近在眼前了。

卢秀英又加劲地踩了几圈自行车的脚蹬子。

在这片区域已经小有名气的蓝海妇幼保健医院,是一座L形的三层楼。它两面临街,南临三经街,西临四纬路。南边的小院子拆去了围挡,出现了一个小停车坪和片片的花花草草,花草间白鹅卵石铺就了一条甬道,甬道弯弯曲曲地通向了东边的社区小公园。

三经街和四纬路的东北面,是横竖跨了五条街区的重机厂的厂区和生活区。这个砖混结构的小楼,是重机厂搬迁整合时划拨给经营部门做三产的,可是重机厂的三产和主产一样,这些年来一直亏损,后来,总厂和经营部都无力再给三产投资了,三产经营只好靠出租资产来维持。

卢秀英把自行车推进停车坪一角的自行车存放处,就大步快走进了蓝海妇幼保健医院的大门。

卢秀英一进门,就感到身上有些寒凉的气息马上被室内的温暖赶跑了,前台当班的小护士柔声细气地向她问好。

小护士身后,是一面直顶天棚的壁画:母爱。

不知是哪一天,有位产妇的丈夫把自家孩子初次哺乳的照片贴在了壁画上,于是,这样大大小小的照片在壁画的下方就越挂越多了。壁画上已经挂不下时,冯玉然让办公室的人把照片都镶进了镜框里,挂在蓝海妇幼保健医院各楼层中恰如其分的地方。现在,这些照片已经和医院融为一体了。母爱随着乳香在四面八方散发着温馨的生命和爱的魅力,不仅养育着婴儿小小的身体,也滋润着来到这里的每个成年人的心。

卢秀英走上楼梯。

她在楼梯的拐角处停了一下脚,前面墙上粉红色的 20 寸镜框里,是佟瑶抱着暖暖的照片。佟瑶黝黑的头发,因为微微低头看着怀中的女儿,有一缕落下来挡住了脸颊,可是,发隙间的眼角纹和大张的鼻翼却更加彰显着这个 30 岁才初为人母的女子的喜悦。暖暖拱在佟瑶的怀里,张扬出半拳状的皱乎乎的小手,她细茸茸的胎发蓬着,露在外侧的小脸蛋儿因为用力地吮吸而鼓鼓的。

卢秀英摸了摸照片。佟瑶生产时,她是两家老人里唯一没有在场的。虽然大家都能理解她那天值夜班,有更多的产妇需要她照料。可她还是觉得自己对不住媳妇,还有小孙女。尤其是孙女从出这个医院的门,就一直由姥姥、姥爷带着,她几乎什么忙都没帮上,心里就更是觉得欠了儿子、媳妇和亲家的。

冯玉然在三层的楼梯口,看着把工装穿得整整齐齐、护士帽戴得一丝不苟的卢秀英奔向了二楼的产房。

看着那个上身有些微微前倾的背影,冯玉然的眼睛瞬间就湿了。今天,是卢秀英退休后在蓝海妇幼保健医院又工作了整整四年的日子,也是她 60 岁的生日,还可能是她这一生职场生涯的最后一个工作日。

随着卢秀英的即将离去,曾经时时包裹着冯玉然的那种难言的孤独感,又开始时常地袭击她了。

曾有一个让冯玉然痛不欲生的日子,那也是卢秀英在冯玉然已经是成年人的时候,又把她像孩子似的抱在怀里的日子,那更是一个让冯玉然刻骨铭心,终生都不会忘记甚至还会时常品味的日子。

虽然,那是十年前的这一天,可那真像就在昨日啊!

初秋的天,蓝得像在海里漂染了一下的纱棉,高远寥廓间含着柔和、静美。第一人民医院的东南区,西府海棠的果实挂满了枝头,红得好似玛瑙做的。它们像极了苹果,只是才拇指这般大小。冯玉然走进妇产科门诊楼前时,驻足在树下,踮着脚,把鼻子凑到了一嘟噜果子上。

"香吧?"也正往楼里走的卢秀英看着她,笑着问。

"有香气! 就是淡了些。"冯玉然揉揉鼻子。

"再过几天,香味儿就浓了。别忘了中午过来吃饺子。"

"哎!"冯玉然按按自己的挎包,高兴地答应着,她的包里装着给卢秀英准备的生日巧克力呢。世上的事情,有些就是巧得很,冯玉然非常高兴:自己和卢姨的生日竟是同一天!

冯玉然医科大学本科毕业后继续读硕士,本、硕期间都在医大实习,硕士毕业后就顺理成章地进了已经成为医大附属医院的第一人民医院。两年后,她晋级主治医师,在主治医师的岗位上干了三年。上个月,她评上了副主任医师。今天,是她第一次出专家门诊。

出了更衣室换上了白大褂的冯玉然, 医师帽下的一双大眼睛有长长的睫毛掩着,但这也挡不住抬眼一瞥间的飞扬神采。她一手插在衣袋里，一手把口罩的另一边往耳朵上挂着，脚步轻盈劲道十足地走向了 1 号诊室。

"冯大夫，病历本刚给你放桌子上啦！"路过分诊台时，负责分诊的马小秋对她说。冯玉然眼角的眉梢向上一挑，眼里闪出莹莹的笑意对马小秋点点头。马小秋的眼睛也一直追光灯似的跟着她，直到她沿着走廊左拐，进了诊室的门。

"啧啧，看看人家冯大夫，多有风度！"马小秋一脸的赞叹和羡慕。

"大有乃母之风啊。"比马小秋年龄大不少的刘乐兰先收回了视线。

"冯大夫可比李主任漂亮太多啦！冯大夫傲气是有的，但还是和善，哪儿像李主任那么严厉？要是李主任从我身边过，我立马心都提起来了，生怕被她看出哪儿干得又有毛病了！直到她走出五步远，我才敢出口气儿。"马小秋小声地反驳刘乐兰。

刘乐兰要引导一组就诊者，临走前，她说："你懂什么？我指的是脾气、风格、秉性之类的。"

马小秋看看刘乐兰，白了几下眼珠儿，开始埋头排列新到来的病历本。

叫号、问询、检查、开单、开药……冯玉然在专家诊室时比在普通门诊有比较充裕一点儿的时间接待患者，也能更详细地交代医嘱。到了将近十一点钟，一上午的十个规定病号看完了九个，其中的三号一直没有来。

冯玉然走到门口,朝座椅上的人问道:"三号,秦乃倩,三号秦乃倩来了吗?"

"我来了!"秦乃倩就在冯玉然的对面站着。

"进来吧!"冯玉然坐在了自己的位置上,瞥一眼病历本封皮上的姓名、年龄,然后打开。她先看了看坐在自己对面的患者:脸色不错,虽然是化了淡妆的,也能看出她脸上的皮肤原本的柔润,唇红、眉顺,眼角有些细微的鱼尾纹,但也不影响那双亮亮晶晶的杏眼的美丽,只是,那双眼睛闪现的状态⋯⋯冯玉然开始问询了。

"最后一次月经是什么时间来的?"

"上个月 26 号。"

"一般都来几天啊?"

"四五天。"

"每月都来吗?"

"每月。"

"有痛经吗?"

"没有。"

"颜色正常吗?"

"正常。"

"白带正常吗?"

"可以。"

"结婚了吧?也有孩子吧?"

"结婚了!有一对双胞胎,一个男孩,一个女孩,他们十五岁,明年初升高。"

"哦……"冯玉然停下笔，又看看对面的人："妊娠几次？"

"加上生孩子这次，八次！"秦乃倩一字一句地说。

"这应该是一个有知识的女性，怎么……"虽然心里有些吃惊，但冯玉然以医者和同为女性的素养和心态，没有抬头看她，而是小声问："都是在这次生产前……"

还没等冯玉然问完，秦乃倩就接着说起来："孩子是结了婚就怀上的，那七次是在有孩子以后。"

"没采取什么措施吗？"冯玉然的声音更小了。

"我上环不适应，总出血！第一次是孩子四个月时，哺乳，不方便吃药。他不愿意戴套，说很不舒服。我就总依着他，总依着他……"

冯玉然放下笔："你现在感觉怎么不好呢？哪里难受吗？"

秦乃倩抬起手，食指点向的位置冯玉然看得清清楚楚：那是心脏。

"你有过其他病史吗？"

秦乃倩坚决地摇摇头："我一直非常健康！"

"那怎么挂妇科的号了呢？"

"没错！我觉得不好就是从这儿起的！"秦乃倩的杏眼睁得滚圆，定定地看着冯玉然。

冯玉然没有从问询里得到任何就诊者对她自己妇科病的具体自觉感受。这是很奇怪的。可什么奇怪的病人没有呢？

冯玉然见怪不怪地对秦乃倩说："你到里边准备一下，我给你先做一下检查吧。"秦乃倩站起来,又深深地看了冯玉然一眼,去了雪白的布幔后面。

冯玉然看看刚才的记录,问:"可以了吗?"

"可以了。"布幔后面,传来了低沉的三个音节。

冯玉然拉开椅子,转向布幔那边。转过布幔帘,她看到的不是通常的情况:秦乃倩并没有躺在检查床上。

冯玉然还没来得及说话,脸上就挨了一记重重的耳光,她抓住了布幔才没有完全摔倒。

"你检查我?冯玉然你听着,我是康殿成的妻子!记着:康殿成!"秦乃倩的眼里两道冷光像是眼镜蛇喷出的。

冯玉然拽着布幔,本能地要站起来。这时,她才明白自己处在了怎样的境况。一股彻心通身的寒凉,使她的指尖儿都颤抖痉挛起来。胆战心惊和屈辱愤慨瞬间像滔天巨浪一样盖过来,让她的眼睛在这一刻几乎什么都看不见了。布幔连着滑道一起掉了下来,裹着冯玉然摔倒在门上。冯玉然捂着火辣辣的脸,从齿间发出模糊的声音:"秦,秦……我和康,康老师,什么都没有!"

秦乃倩一口啐向她,话阴得鬼魅一般:"真有什么,我会把他的生殖器剪下来塞进你的嘴里!"她把一个皱巴巴的纸团摔在冯玉然的脸上:"你听仔细!为了我的孩子们,这口气,我先忍下了!你小心着,敢再起歪心打我家老康的主意,我不要你命,我要你一只会插足的脚,就行了。"

冯玉然的心跳震得自己的脑袋都嗡嗡作响,但她还是从蒙混的状态中清醒了一些："我不是你想的那样！我是清白的，清清白白……"

秦乃倩的一声冷笑如矢而至："你是何等清白？让我家老康心猿意马！康殿成的骚动，我这个枕边人能没感觉？看你也不是风骚型的，不过是从小缺失父爱，倾心老男人罢了！我可明明白白地告诉你，这样，也什么幸福都得不到！得不到！我在刚成立的心理咨询科，也欢迎你去就诊。"从秦乃倩嘴里说出的那个"你"字格外重。

秦乃倩的这番话更像是一支毒箭，不仅一发中的，而且毒性对敏感的冯玉然立即起效。冯玉然已经麻木了，她呆呆地靠着门，猛地睁开的眼睛瞳孔都在发散。

秦乃倩一把收起桌子上的病历本，拿起手包。她轻蔑地推一把冯玉然："让开吧，等我喊人来瞧你的德行吗？"

秦乃倩仰脸挺胸地走了。

冯玉然顺着门板溜坐到地上，随手捡起那团纸，打开。那是她给康殿成寄还书籍时夹在里边的一封短信的复印件。

这时，门又被急促地推开了，进来的是卢秀英。

这个上午，李珍在做一台难产转剖腹产的手术。手术完了，她回医生办公室时，被人拦住了。

"李主任，能借个地方说话吗？"来人是个身材苗条，圆脸柳眉的女人，看上去有四十多岁的样子。她一身奶油色的薄呢西服衣裙，领口上挂着一个精致的褐色小天牛。她的手上握着淡褐色的手包，穿着同样颜色的高跟鞋，盘得十分简单的头发，也漂染着几缕淡褐色。

"是关于您女儿冯玉然的。"李珍刚刚脱下手术服,穿在身上的白大褂还没有系好扣子。来者不先说自己是谁。李珍严肃地盯着那人的眼睛,那人也很淡定地看着她。凭着医者的细致和母亲的直觉,李珍没有拒绝,她很快地应道:"请吧。"

这会儿,只有医护休息室里没有人。

李珍看见了刚和她一起在手术室,才换好衣服出来的卢秀英,说:"英啊,替我给客人送杯水。"

"坐吧。"李珍伸手示意着来人可坐的位置,自己坐在了她的对面。这时,卢秀英端着两杯水来了。

"我想和李主任说的是:请您约束您的女儿,也是您的部下冯玉然,不要当第三者,插足我和康殿成的家庭!"来人的话,让卢秀英手里的纸杯差点掉到地上。

"我知道这位大姐是谁,她可以在这儿听着,也好做个见证。见证我是多么理性地了断这件事。这是您女儿写给我丈夫的,我交给您了。"

秦乃倩把冯玉然的信放到桌子上,用纤细的手指把信转了个方向,推到李珍面前。


康老师:我太高兴了!现在您是博导了,我即刻决定考您的博士!毕业五年了,我无法不怀念跟您学习的日子!现在,能又在您身边的日子就要来了!读硕士时,我还不太懂事,现在,我了然自己需要的是什么。我想念您！在这个世界上，只有两个人能让我觉得生活很美好。这两个人，一个是我的卢姨，一个就是您！卢姨，她让我感觉生命像大地一样宽厚、实在，不虚无渺茫。您让我感觉生命还可以像海洋一样激越、磅礴，有无限的张力。我有时也会庆幸，命运在剥夺了我时，也给予了我，我珍爱着这些呢！我母亲不会赞同我的决定，她把人生当成工作，也把工作当成人生。在工作上取得成绩，就是人生的目标！她把我的人生之路按照自己的构想，已经安排得太好了，我从小到大一步不错、一步不落地在她的督导下，现在成了全院最年轻的副主任医师了……

李珍捏着这张纸，抖抖地翻过去，扣在桌子上，她虚弱地问了一句："他是康维恩先生的那个小儿子？"

李珍想起了满头白发身板有些佝偻的著名妇产科专家康维恩。康维恩给李珍他们上"围产医学或生殖内分泌学"的课程。李珍深深地敬仰康老师的品行和医道，他说："妇产科大夫，不仅是一肩担两命。妇产科大夫的好赖，还关系着每个家庭的破碎和圆全！"康老师的话，句句说到"才穿上鞋"的赤脚医生李珍的心坎上。那是李珍成为工农兵大学生，上医大的第二年，康维恩在昭盟改造刚被叫回来，他和一个少年暂住在学生宿舍楼的最里间。那个身材瘦削的少年，挺拔得像棵小松树，一副倔强的样子。他们班从赤峰来的体委老葛常常和他用蒙古话喧哗，喧哗完后，他们就去操场上摔跤。

老葛输了就嚷嚷:"你就是草原上的犍牛犊子嘛!哪里像康教授的小儿子?"康教授的小儿子则抱着胳膊,斜着肩膀,目光坚硬地回答:"你会知道我就是的!"

秦乃倩看着李珍有些飘忽的神情,意识到事情没有完全按照她预想的进展。世界上最难搞清楚的真的是人心啊!意外出现得始料不及之际,秦乃倩"啪"地一拍桌子:"反正我绝对不会离婚!像您一样的愚蠢!"

李珍和卢秀英都被震得心上一抖。

"李主任,您别怪我这么说!孤儿寡母的日子,艰辛难耐您比我懂。我没有您这么坚强、有能力,照料好我的一双儿女!作为康殿成的妻子,我自信自己贤淑有余;作为康家的儿媳妇,谁不说我待康维恩老先生如父亲?我没做错什么事,不该受到命运夫休子怨的惩罚!也许,今天我来这里找您不一定对,可我想了又想,也没有想出更好的办法。李主任,恕我把丑话说出来,男人,是经不起撩拨的,何况冯玉然现在年轻貌美,我人老色衰啊!我不能等到事情无法收拾了,走收拾冯玉然这条路,那后果,对我们谁,都是难以承受的,您说是不是?"

李珍没有说话。

李珍说不出话来。

李珍感觉自己在受凌迟之刑。她紧紧地咬着牙,闭着眼睛。

秦乃倩慢慢地站了起来,她此刻难以估量自己的话对李珍的作用有多大,但她的话已经把该表明的都表明了。

李珍原本就黑硬的脸膛此刻更黑硬如铁。秦乃倩的敲击也毫不示弱："李珍主任,换个立场,您就不会觉得我过分!您让冯玉然离我丈夫远远的!此事,到此为止,就只限于我们三个和您女儿!"

秦乃倩喝光了杯子里的水,沉重而坚定地道出她最后的一句:"我和您打过招呼了。我们都是文明人,还在一个医院工作,得留着这点儿体面!"她对卢秀英点点头,然后,很轻地带上门,走了。

李珍雕像一般,一动也不动。

卢秀英紧张地奔到她的身边。

刚才,在秦乃倩和李珍之间,好像发生了一场突然的角斗。秦乃倩挥舞着银光闪闪的长剑,剑剑直刺李珍的心窝。李珍好像擎着厚厚的盾,把自己深深地藏在了里边。卢秀英举着两手,张着嘴,除了开始的慌乱和一直的左右顾盼,她毫无插身之处。

忽然,李珍猛地站了起来,急速出了医护休息室。可还没走几步,她就摇摇晃晃了。卢秀英赶紧上前扶住她,周围的医生和护士都赶过来帮忙,大家迅速把李珍送去了急诊室。

卢秀英跑在医护车的后面,被几个年轻人推着的车子落得越来越远了。她忽然伤感地觉得自己的手脚没有以前快了,她明明看见李珍合上眼睛前的那道目光,感知李珍是有话要对她说的,可她没能再抢到她的跟前去。

挂着吊瓶的李珍,终于从急诊室出来了。

卢秀英跑过去。

李珍的大眼睛里,张合的间隙透出冰河刚刚解冻那一刻的水色,她轻轻地摇摇头,紧紧地握着卢秀英的手:"我没,事! 你,快替我去,玉然……"卢秀英的心紧了起来,她把李珍的手放进医护车上的被子里:"哦,知道! 我马上就去!"

卢秀英不知道的是,她开门看到的情况,比刚才医护休息室那一幕还要惊心。她回手锁上门,一把扯开冯玉然身上的布幔,捧住她的头、脸,然后把她从肩到脚地轻轻拍捏了一遍。

冯玉然无声抽泣着,眼泪不断地顺着脸颊汩汩地流向嘴角。卢秀英把她抱在怀里,默默地拍着她的后背,然后用手指梳捋着她的头发。

门外有脚步声走过去。

门外又有脚步声走过去。

卢秀英还在默默地轻轻地拍着她。

冯玉然慢慢地平静了。她又闻到了童年时能让她温暖、安宁的那种气息。那时,她白天黑夜都走在漫漫寻找的路上,一个什么声音,一个什么人影,都可能让她把本来就大的眼睛张得更大。这时,她的眼里就好像燃着一把熊熊的小火炬,红着,亮着。为此,她小小的人儿整天筋疲力尽,尤其是在夜晚。夜晚,她的火炬要照亮的是广阔无际的梦境,才能看见她的期盼。对一个孩子来说,那样的梦境,真是沉重得像高山,深沉得像大海。她翻不过那山,也游不出那海。而且,她还害怕山不再见,海不再现,因为那样,她就更不能找回她想要的了。

长大以后,她的脚步常常踏在那山间的小径上,走到山顶,能看见浩浩渺渺的碧海。

三年前，人们借山势和海湾，建成了这个城市里最大的森林公园。在最高的山丘上，一个巨大的雕塑——城市之眼，夜夜毫无遗落地注视着它光线所及的任何一处。公园北门入口向西拐去的一条小街叫桃源巷，小巷的尽头是一个带着大院子的平房，那是桃源幼儿园。冯玉然还记得自己扎着带红蝴蝶结的小辫儿，穿着花裙子，脚上蹬着挂了两颗小樱桃的透明塑料凉鞋的模样。

"快走！别照啦！可千万不能晚！"妈妈几乎每天用这句话催她。她恋恋不舍但心情愉快地挎上妈妈递过来的小包包，望一眼里面的水果、饼干，或牵上妈妈的手，或牵上爸爸的手，就高高兴兴地走出家门，走上离家很近的去幼儿园的路。冯玉然记得童年岁月里这样的自己，连同自家小院的墙上，在清晨凉爽的微风里开放的、快乐得光彩四溢的那些粉色的、紫色的牵牛花。

不知为什么，这样的路，走着走着，就变了！

冯玉然坐在妈妈的自行车大梁上绑着的小竹椅里，顶着冻脸、冻鼻子、也冻耳朵的风，低头看着黑黢黢的马路。她的脑袋上有妈妈呼出来的一股股热气，可这热气瞬间就消失了，冷风趁机灌进脖领子，让人不由得开始哆嗦。

"妈妈，我冷，还困……"

"马上，马上就到了！别睡呀，等到了值班室你再睡！"

冯玉然清晰地记住了妈妈第一次带她去医院值夜班时的情形。在医院那股特殊的气味里，冯玉然紧紧地拉着妈妈的手。医院大楼里的路,就像迷宫似的,让人有不知东西南北的惊慌,她连四处张望的可能也没有,因为母亲把她捯得踉踉跄跄,还一个劲儿地催促:"快点走呀,你!"

"在这儿老老实实地待着,困了就去睡!"妈妈换着白大褂,下巴指指靠墙的那张床。

"李大夫。"一个柔和的声音传来。

"好了,走吧!"母亲推门出去和那个穿着护士服的人一起很快地走了。

"妈!"冯玉然扑到门口,一声大叫,然后大哭起来。

那个人跑了回来,把她抱到床上,脱去她的鞋子,拉开床头柜上的抽屉,捧出一堆小药瓶儿:"宝贝儿不哭,咱来玩玩这个。会数数吗?太好啦!数数有多少,攒够五百个,可以搭成小瓶子积木大楼呢!妈妈去手术室了,一个阿姨和一个小宝贝儿正等着她去救呢!"

"妈妈不去,阿姨、阿姨的小宝贝儿,就会死,对不对?"冯玉然抽抽噎噎地问。

"妈妈去了,她们就没危险了。你不哭,妈妈不担心你,一心救阿姨和小宝贝儿,她们就一点儿都没事了!这样,妈妈还能快些回来。"

"那你让我妈妈快点救啊,我害怕!害怕在这儿,我要回家,我要回家等我爸爸回来!"

"不用害怕,宝贝儿!这里有好些小孩儿呢,比你还小的小小孩儿。一会儿啊,我来带你去看他们,好不好?"

"嗯!"冯玉然很喜欢听这个护士阿姨说着"宝贝儿""宝贝儿"的声音。

冯玉然坐在床上,拿起一个药瓶儿。透明的小瓶子底儿上,还有一点点水儿,随着药瓶儿的晃动滚来滚去的。橡皮瓶盖上有一个小眼儿,可里面的水并不能从小眼儿里流出来,橡皮盖被一层硬硬的什么东西包着呢。她把小瓶子摆出四个,成了方块儿;摆了五个,就成了一朵小花儿;她又把小瓶子们摆起来。门外传来沉沉的急急的脚步声,她爬下床,脚上挂着鞋子出去张望。她张望着走着走着,就遇到几个挤在走廊长椅上的人,他们紧紧地挤在一起。一个抱着脑袋的,把脸抵在了墙上,发出让人揪心的呜呜咽咽的声音,一个老太太哭着捶打一个老头儿:"我说啥来着,你咋就不听呢,咋就不听呢!"

"住嘴!"老头儿瞪着令人害怕的眼睛,看着他斜对面紧闭着的两扇门。

冯玉然再不敢往前走,也不敢退回去。她的心像被压着大石头一样,连想哭、想叫都不能了。她慢慢地挨到墙边,呆呆地站着。

不知过了多长时间,和墙一个颜色的两扇门从里面打开了,一辆小车子推了出来。椅子上的三个人一起奔了过去。推车子的人拉开他们:"别碍事,婴儿得赶紧送保温室。坐着去吧,等一会儿产妇就出来了,母子平安!"

"天啊!天啊!"老头儿蹲在地上呜呜地哭了起来。

老太太跳到头发蓬乱的那个男人跟前:"我闺女没事了!快给你

们家拍电报去吧! 两个字就行了, '孙子'! "

这时, 一个大车子也被推出来了。老太太追到车子跟前, 叫着: "波儿, 波儿……"

老头儿拉着老太太扑倒在刚出门的李珍的脚边:"李大夫, 两条命您给救下了! "

冯玉然看见妈妈的帽檐湿得贴在脑门上, 两手费劲地搀起老人, 微微笑着, 大眼睛里闪着夏季湖水一样温柔的波光。

走廊里难得地静了下来。

"宝贝儿! "那个阿姨蹲在她的面前, 伸着双臂, 轻声叫着。

冯玉然的腿软得就要倒了, 她把两条也是软软的胳膊搭到一双圆润的肩头上。

"还想去看小宝贝儿吗? "

冯玉然把下巴在那个肩头上点着。

隔着大玻璃, 冯玉然搂着卢秀英的脖子看着令她惊奇的婴儿室。两排小车子, 整整齐齐地排列着。每辆小车子上都有一个襁褓。襁褓里, 露出一张张小小的脸蛋儿。

"这个, 就是刚才你妈妈接生下来的! "

冯玉然把鼻子尖儿都挤在了玻璃上, 她想更清楚地看看里面的小孩儿们。

那个刚刚出生的小孩儿, 小脸儿红红的, 黑黑的头发一缕一缕地贴着头皮, 眼睛紧紧地闭成了两条缝, 眉毛几乎看不清楚。

冯玉然把脑袋伏在卢秀英的肩上, 嘴巴靠近她的耳朵:"他, 是不是死了呢?"卢秀英拍拍她的背:"没有!他呼吸得很好!你看,你看,他的鼻翼,啊,这儿,是不是在动?你看,他的小嘴儿也动啦!明天啊,他就能吃上妈妈的奶啦!然后呢,他就一天一个样儿地长,过三四年,就是你这样大的宝贝儿啦!"卢秀英点完冯玉然的鼻翼,又去点她的脑门。

冯玉然张着大眼睛:真正的孩子和玩具娃娃该是多么的不一样啊!冯玉然有一个爸爸给她买的玩具娃娃。玩具娃娃穿着玫红色的裙子和袜子,长长的黑头发上还和她一样扎着蝴蝶结,粉嘟嘟的脸蛋儿,大大的眼睛,长长的睫毛,圆乎乎的小嘴巴,一摇晃,她还会发出"啊啊"的声音。冯玉然非常喜爱这个玩具娃娃,睡觉时,还把她放在自己的身边,用枕巾给她当被子盖。

保温室里的婴儿,可没有玩具娃娃那么好看。可是,他让冯玉然感到揪心,她看着他那微微翕动的鼻翼,不时咧动的嘴唇,她希望他赶快睁开眼睛。

"我一生下来也这样吗?"

"新生儿差不多都是这样的!"

"这么小啊!什么时候才能长大呢?"

"有苗儿不愁长!你看,你不是也从那么小长这么大啦?"

"那,我长大了,也能像我妈妈一样救阿姨和小宝贝儿吗?"

"能啊!"冯玉然感到自己被卢秀英抱得更紧了些,在亲吻自己的脸颊时,这个好听的声音娓娓而来:"宝贝儿,你真是可爱的宝贝儿啊!"那时,冯玉然就紧紧地搂着卢秀英的脖子,告诉她:"我爸爸也亲我,也管我叫宝贝儿!我爸爸援建去了。"

从那一天起,冯玉然就开始跟着妈妈上夜班,住值班室。她天天的盼望,就是爸爸快回来,快快回来!

院墙上的牵牛花开了,谢了。

院墙上的牵牛花又开了,又谢了。

院墙上的牵牛花还在开,也还在谢。

去援建的爸爸还没有回来。

有一天,冯玉然在医院值班室雪白的墙上,用小瓶盖儿画起了人脸,那当然是她爸爸冯建国的脸:大眼睛,大鼻子,大嘴巴,大脸盘,大耳朵,嗯,该把军帽也画上。可是,她觉得自己画得不像,就又找片墙壁另画。

"不要乱画了,我明天还得清理。"妈妈拿下了她手里的小瓶子,给她擦去粘在手上的白灰粉末。

"妈妈,我爸爸怎么还不回来呀!"她看着刚刚摘下帽子的妈妈问,妈妈好像很困,一直在揉眼睛。

"快睡觉吧!你也许会梦见他!"

"妈妈,你想爸爸不?"

"想?!"从妈妈的语气里冯玉然热切盼望的心,没有得到她想要的贴心的呼应,就忽然感到了一丝恐惧。

"已经来文件了,以后升主任医师还得考外语,我得抓紧学习,进修!玉然,过些日子我还送你去姥姥家好不?"妈妈给冯玉然脱去鞋子和外衣,拍拍床头矮矮的棉枕头。

"我不去！姥姥家的大鹅总咬我，黑狗还不让我拉便便。"

"你去了，姥姥把黑狗送人，大鹅咱们杀肉吃。"

"不去！不去！爸爸回来找不到我怎么办？"

冯玉然被妈妈按到枕头上："那就睡觉！我得再去一下病房！"

妈妈关了灯，小屋里一下子黑了，满世界好像只有门关的声音和随之而来的渐渐远去的脚步声。

冯玉然觉得自己被什么抛了起来，然后就开始旋转着下坠……她惊恐地哭叫起来："妈妈！"

"宝贝儿！宝贝儿！不怕！不怕！"卢秀英赶来了，她把她抱在怀里，轻轻地拍着她的背，摸着她的头。

冯玉然这才慢慢地止住了哭声。


酒精棉带着一股清凉轻轻地点到了冯玉然的嘴角上，一股清凉也慢慢地浸进了她的身心。

冯玉然平静下来了："卢姨，别告诉我妈。"她接过卢秀英手里的酒精棉球，开始自己擦拭。

"玉然啊，你妈上午做手术，可能是太累了，差点儿晕过去。现在在急诊室呢，再过一会儿，咱就一起过去吧。"卢秀英把布幔叠起来，连着滑道放在墙角。

"她累倒了，应该是院领导和她救过的那些病患去看她。"

"我要是李主任，这会儿最想看见的肯定是自己的女儿，玉然你啊！"卢秀英满眼期待地看着冯玉然。然后给她戴好帽子，口罩。

卢秀英带着冯玉然出门了，她急切地告诉工作台的值班人："给后勤打个电话吧。我冒冒失失地告诉冯大夫，李主任累得昏倒了,她一着急,不小心把布幔踩掉了。我明天把咱们的布幔都裁一条下去,耷拉在地上真不合适。"她从工作台的纸盒里拿过几张纸,替冯玉然点点眼角:"不哭了，好在没大事啊。如果李主任看你这样,可不利于她恢复啊。"

工作台附近的几个小护士也来劝慰冯玉然:"冯大夫，您别太难过了。李主任真没什么大事,我们都刚从急诊室回来。"

在急诊室,母女两人的眼光碰到了一起。她们都是医生,瞬间就都知道了彼此的身体并无大碍。

世上这两双最相像的眼睛又同时都闭了一下。

她们的胸腔以一样的频率起伏着，也同时张开眼睛看着对方的眼睛。

初秋正午的阳光从窗户直直地照进来,照在冯玉然的后背上,没被冯玉然挡住的光束,就落在了李珍的前胸。在这明亮的阳光里,她们的眼光从各自奔向对方，然后就在半空中架了起来:愤懑、委屈、怜惜、不解……深埋于心的复杂情感汇聚成两股相向的潮头,迅疾地扑过去,撞碎在没有人可能看见的发生了这些情感的地方。而在她们的眼里,这些情愫,渐渐地又都从浓得能滴出水来的光雾里缓缓地化成了霜。

过了片刻,李珍扭了一下头,又闭上了眼睛。冯玉然的心还在澎湃着，就惯性使然地跟跄了一下。

李珍拍拍床沿，几乎是在嗓子眼儿里说："为我，请半天假吧！晚上回家，再好好歇歇！"

冯玉然从床边往后退了一小步，她听得懂母亲在说什么："拿我做个借口吧，别去科里丢人现眼了！晚上回家，再好好反省！"

落在李珍身上的光束，有了小小的斜率。

冯玉然此刻非常希望那个躺在病床上的人，能是自己。

"吃饭吧，咱们吃饺子。我还特意给玉然包了贝丁芹菜馅儿的。"卢秀英又端着两个饭盒回来了。这本来可以是个很温馨也很快乐的日子，但温馨和快乐就这样碎了一地，卢秀英拿饺子也换不回来了。

冯玉然不忍心辜负卢秀英的好意，接过了饭盒，可她迟迟没有打开的意思。

李珍叫过卢秀英："英啊！我吃！"

"哎！"卢秀英赶紧过去，把病床摇到最高的位置，然后，把饭盒和筷子都递到了李珍手里，看着她把饺子夹起来。

"那天，也是吃了你一大饭盒的饺子。我记得清清楚楚的！"李珍大口地嚼着饺子，眼里罕见地泪光盈盈。

卢秀英微笑着点点头，眼睛也一片湿润："那会儿，买到了刚下来的雪里蕻，第一次包雪里蕻饺子。我还很怕馅儿有辣味儿呢。"卢秀英的笑容，给冯玉然的感觉，就是热乎乎的白开水：清亮、透明、温暖，万分地平凡，平凡得不可或缺。那一刻，也像定格的电影镜头一样,出现在冯玉然的眼前,也长久地留在了她的记忆里。

卢秀英这样的笑容,又整整陪伴了自己五年。五年间,她眼看着她的头发一点点地全白了。只是那满头白发,依然一丝不乱地理顺在护士帽的里边。

昨晚下班前,她们难得有空儿坐下来说话。

卢秀英说:"工作,交给徐丽丽我很放心。再有呢,就是,可别让米大夫等太久喽,男人的耐性真没那么长远!再有啊,去孤山千万带上我,惦记着呢。"卢秀英点点心口。

这时,冯玉然彻底能确认了:给卢姨办个生日晚会是对的。这个,在她家不会有。她也年至花甲了,一个充满蓝海妇幼保健医院同事们的美意与祝福的日子,才更属于卢姨,而再多的奖金都不尽是。卢姨心里的那份沉甸甸的惦记,又何尝不是自己永远的牵挂呢。


## 本草本草

这个叫孤山的大村子,在近二三十年里,渐渐地变成了一个小城镇。它在大洋河右岸,离黄海海岸大约十公里。与其他黄海之滨相比,大洋河右岸的村镇所不同的,是它离河口最近,背后还有那座使之得名的小山。

小山,是圆昂型的。因孤立而显得孱弱、肃静,连山上的林木都稀疏、矮小。可是,出镇子六里远,就到了山峦叠嶂、涧溪成网的山区。这样看,这座小山简直就是群山落在后面的一颗土粒儿。

现在的镇子里,一条东西向的街道是原来的老街,也是现在的主干道。不知从何时开始的,城里人喜欢上了这里的山色、海边黄沙里的蚬子和黑羽高脚的大骨鸡。随着城里人成帮结伙到此游玩儿,镇子里的不少人家都把房子进行了翻修、改建,新起的两层楼、三层楼,替代了老旧的黑瓦平房和泥坯草屋。这些临街的楼房,底层开店,上面住人,脑筋更活泛的人家,还盖了东西厢房,招待游人。

过去的穷乡僻壤,居然因为由于闭塞而保留下来的原始风貌而受人青睐,这是孤山村的人们做梦都想不到的事情。

李家的院子原来在大街的东边,因为街道沿着东西走向不断地延展,李家已经快在街中心的位置上了。镇里的老人儿,还习惯性地叫它:李家老堂。

李家老堂方方正正的院子,只有东西院墙,没有南墙和院门。

李家老堂是七间大青砖黑泥瓦的房子,起底是三尺来高的青石。

它和当地的民居不太一样。除了院落宽大,房脊起得也比一般的房子高两尺。当地一般的民居都是房子中间进门是灶屋,灶屋的两侧是住人的里屋,里屋以东西各一间的居多,也有人口多的家庭,里屋连盖两间,但两间屋子之间并不打隔墙。

李家老堂的七间房子是这样分布的:中间是堂屋,堂屋两边各有三间屋子。堂屋中间一道东西向的薄砖墙,把堂屋分成了前后两个部分,前部摆着一张黑黝黝的八仙桌,桌子两旁各有一把同样黑黝黝的四方靠椅,墙上现在贴着一张鲤鱼跃龙门的大幅年画;后部是灶间,灶间从后面开门,连着堆放着柴火和杂物的小后园子。堂屋东边,是三间格局一样的屋子,每间屋子都有外门,外门是对开的,每扇门上还有黄铜扣座,只是扣座上已经没有了铜环,还生出了铜锈。每个外门的两侧,在离门框一尺半宽,距地五尺多高之处,都有一个一尺宽两尺高的方洞, 方洞的进深大致也有一尺半的样子。堂屋西边的三间屋子没有外门,外门的位置,是连贯着的窗户。窗户的上边还是那种传统的木格窗棂,木格窗棂的下边,已经换上了塑钢的推拉窗。

"五一"已经过去了,镇子里冷清了许多。这天将近中午,有一个游客模样的人, 正在李家老堂院里转悠。赶上郭茂源从家门出来,那人就问郭茂源:"看上去这院儿的房子可是很有年头了,什么时候盖的?"五十多岁的郭茂源感慨万千地说道:"大概是家里祖爷爷的爷爷吧,小二百年是有了。"

"家里祖上是做什么的呢?"

"到上辈儿还自称郎中呢!"

"哦,那这家祖上应该是南边过来的。南方人一般管中医叫郎中,北方人都是叫大夫。"游客看看郭茂源。

郭茂源笑笑:"我不太知道。"

游客问:"我可以住这里吗?"

郭茂源答道:"俺家不开店。隔壁家是个旅馆,你看,挂着幌呢。"

"我就一个人,要是就在您这儿借个宿行吗?"郭茂源开始仔细地看着眼前的人:大鼻子,薄嘴唇,一张少肉的长脸,黑边眼镜里一双眼神宁静的眼睛，白色帆布圆边帽子，白衬衫外面套着一件绛红色的短风衣，牛仔裤，白色旅游鞋，背着一个很大的黑色旅行包。

"莲儿她妈——"随着他的喊声，堂屋的门里出来一个和郭茂源年纪相仿的高个女子。

郭茂源对她说："哎，你看看，问问姐行不，这人要借宿。"

李珏看也不看游客，很不满地瞪郭茂源一眼，小声说："不行。不认不识的，借什么宿呀。咱——"

这时，李珍低着头捧着药壶走出屋来，她把药渣倒在院子里人们常走的地方。

游客突然开始高声叫喊："李珍！李珍啊！"

李珍直起腰，手里捧着药壶，药壶里还有一半的药渣没有倒完。她放下药壶，迈着抬不高的双脚跑过来，两人紧紧地握住了手，两双手还使劲地上下抖着。

"快进屋！珏儿，珏儿！苏大哥，苏克俭大哥来啦！"

"我的天！真是苏大哥来了！"李珏看看姐姐，又看看苏克俭，小步快走到了郭茂源面前："贵人到跟前了，还愣怔什么？真没眼力见儿！赶紧集上去，买鱼、割肉，回来别忘了打酒……"

"好！好！"郭茂源攥住媳妇塞在他手心里的钞票，一步一回头地上了大街。

片刻的工夫，李珏就提着圆筒形的铜梁青花壶到了前堂，他给苏克俭和李珍的青花茶碗里倒上茶水，说："苏大哥！苏大哥您坐着，我去做饭，收拾屋子。吃过饭，咱们好好唠！"

"添麻烦啦！"

"您可不兴这么说，苏大哥。"李珏又把一个装着榛子的小篮子放到桌子上，就退出去了。

"用不用先洗把脸？"

"看我不精神吗？"

"风尘仆仆的，好像在外面转了挺长时间了。"

"是，我从本溪过来的。上了铁刹山、五女山、关门山、老秃顶……"

李珍站起来，又给苏克俭添上茶水。她的眼光落在苏克俭紧贴着头皮的花白却浓密的头发上。随着水流，细碎的茶末被冲出来在茶碗里翻卷着，正像在李珍心头涌起的一片恻隐。

去年三月，苏克俭的妻子吴然去世了。李珍认识苏克俭三十多年了，那天，她是头一回见到苏克俭的颓唐。他的眼睛，不见泪光更没有泪水，只像两口深深的被掏干了的井。外人无法完全体味他们夫妻在几十年抗癌路上的心情，但见苏克俭现在还背着行囊的这番行走，李珍知道他的心还在哀伤中踟蹰着。

"老人家怎么样了？"还是苏克俭先说的话。

"只能慢慢恢复了，恢复得还算快，能走几步，还能给自己开药方了。"

"哦，那可真不简单！我过去看看。"

李珍就带着苏克俭去了西屋。

四月,李珍要退休了。正在这时,李珏来了电话:"姐,我们在车上了,正在往你那里赶,爹病了! 镇上卫生院说可能是脑出血……"

李向仁的病情是老年血管性疾病导致的脑出血,做了微创手术。手术很成功,但是他老年性脑改变的情况还是很明显的,还伴有左半边身体不灵活的感觉。这期间,李珍办好了退休手续,谢绝了医院的返聘,决定陪着父亲回老家。

临行前,她找到苏克俭:"只有你,是我可以想找就找的人。"

"你就说吧! 是啥事?"虽然,苏克俭才遭遇丧妻的剧痛,但他还像从前一样,对李珍的事没有一点儿推脱的意思。李珍也没有客套,她告诉苏克俭:"我要卖房子。"

苏克俭沉默了好一会儿。他看着李珍:"想好了?"

李珍也看着又沉默起来的苏克俭,慢慢地说:"自从开了保健站,玉然吃住都在那里,回家也是打个转转就又走了,她太忙啊。她不用我也能行了,但除此之外,我再也帮不上她什么了。她有扩大保健站规模的想法,装修、进设备、招人,都需要钱的。"

"那你以后呢?"苏克俭终于出了声。

"我爹身边已经离不开人了。我妹妹两口子还要经营一片山地,他们照顾不过来。他们还要供两个在外地读大学的孩子,老人原来还可以补贴他们一点儿,现在……"

苏克俭明白了李珍能做出这种决定的所有考量。

李珍低着头:"最不放心的,还是玉然。她都三十五了,还没成家。这些年,我因为有她,才活得坚韧。可她,怎么办呢?"

苏克俭想起李珍当年带着冯玉然，来到他给她们找到的那间小房子时的样子：一个像洋娃娃一样的小姑娘，可比她怀里的那个玩具娃娃好看。她扯着李珍的手，跳着脚地哭："我不在这儿！我不在这儿！你带我回家！我要回家！我得等爸爸回来！我要等爸爸！"

那一刻，苏克俭对李珍母女的内疚更深了。

一个月后，房子有了买主。苏克俭打电话给李珍，让她回来办房屋交易手续。

兴民小区临着东街的一楼都是商业用房，最北面的一家，是个叫实惠饭庄的小饭店。李珍下午三点来钟到了，他们就在这家小饭店坐了下来。

苏克俭要了一壶菊花茶。

这时，他们都好好地看了一会儿对方。各自眼里的彼此，都比以前瘦了，李珍是黑灰的瘦，苏克俭是苍白的瘦。

苏克俭点了煎带鱼、爆螺片、千张蛎蝗包、炒贝丁、黑鱼汤和鲅鱼馅儿饺子。这些都是这家小饭店的招牌菜。

"太多了。"

"吃吧！"

他们慢慢地喝着茶，细嚼慢咽地吃着饭。苏克俭把带鱼最肥厚的那两段夹在李珍的盘子里，李珍把又一碗鱼汤盛出来，放在苏克俭面前。等真正的饭点儿到了，他们也吃好了，苏克俭付了账，他们就进了小区。他们在小区里，围着大花坛走了一圈儿又一圈儿。

小区里的人家，各家的窗户都开始亮灯了。

李珍望望自己的家，那里还是黑漆漆的。

"有需要的时候，言语一声。"

"这些年，都是你帮着的。"

"责无旁贷！我心里，总还是有一句对不起，就是说不出口，怕惹你难过。"

李珍连忙打断他："苏大哥，这一层你想都不用想。你初心本意全是为我和他好，我岂有不知！重新回到那时，我的选择也应该还是那样的。我权衡了很久、很久，我就是不甘心放弃城里这么好的工作条件。那时，我们村里的卫生所有什么？几乎是什么也没有，我能用的，真是只有一个卫生箱，箱子里装着红药水儿、紫药水儿，棉纱块和棉签都是我自己做的，还把村里小酒窖烧出来的头锅酒当酒精用。我不想像我爹一样，做个乡下郎中！遇到急迫的病患束手无策，跟着一块儿去死的心都有……"

苏克俭拍拍李珍的肩："你天生一颗医者的心。"

李珍也看着苏克俭："我有事就找你，就是还一直把你当班长，当大哥！"

苏克俭点点头。已经过了花甲的年纪，他心里头的五味杂陈再怎么也不是喷发的岩浆了，它们几乎都凝成了坚固的岩石，只是各种成分即使混杂，也能感觉分明。

"明天晚上咱们几个同学聚聚，你看好不好？叫不叫冯建国，你定。"

"苏大哥，还是你定，我现在怎么都行。很愿意和大家见见，我这个情况,再出来不容易了,我发现我爹还有阿尔茨海默病的一些征兆。"

"那你等我电话。"

李珍点点头,看着苏克俭走向了小区的西面。苏克俭家在小区最西面的那栋回迁楼里。

李珍从挎包里拿出钥匙夹,钥匙夹里有公交卡,还有三把钥匙:一把单元门的,两把自家门的。

楼梯间很安静,也很干净。李珍的脚踏踏实实地踩在台阶上,一步一步地到了三楼。三楼东门里是她的家。李珍的左脚迈到了最后一个台阶上,右脚还在下边的那个台阶上没有跟上来,她就这样停下了,看着自家的门:烟色的金属门既凝重又柔和,门上贴着银行送的带金粉的福字,福字底下是一圈富丽的牡丹花。

感应灯灭了。

李珍抬起右脚,迈上台阶,感应灯又亮了。

在莹亮的灯光里,李珍扭开了中间的门锁,又打开了边上的门锁。

她拉开门,先是伸手按开了墙上的开关。顿时,屋里一片通明。

李珍买下这套房子时,是 1998 年,冯玉然大学本科毕业的那个夏天。

李珍下了中班,就打车去了医大。她一眼看见在医大门口汉白玉门廊前站着的女儿。女儿穿着一袭白色的连衣裙,带着白色的宽檐儿遮阳帽。在她的身边,是个蓝色的行李箱。

车子停在了冯玉然身边，李珍打开车门："玉然，上来！"

"妈，你好快！"冯玉然把行李箱放进后备箱，跑回来坐进车里。出租车沿着内河路顺畅地进了兴民小区，李珍告诉冯玉然："别说话，跟我走就是了。"

"进吧！"李珍就像刚才那样，打开了家门。看着冯玉然惊喜得张着大眼睛连话都说不出来的样子，李珍抱了抱女儿的肩膀："咱们的新家！"

"妈！妈！"冯玉然跳了一下，转身伏在李珍的肩上，哭了。

"我做饭，你去看书吧。"李珍轻轻地推开女儿："看看书房你喜不喜欢。"

冯玉然哪里能够不喜欢呢？这个新家，太让她喜出望外了。

她们离开桃源巷以后，在苏克俭的帮助下，租住在重工厂房屋维修队的工具间改成的住房里，一直住到这里拆迁。

那是一间南面开门的平房，靠北墙盘着一铺小炕，小炕的旁边打着红砖的烟道墙，在烟道墙后面，是灶台。灶台边上有一大一小两个水泥池子，大的，上面挂着灰色的铸铁水嘴儿，小的，是拌和黄泥无烟煤面的地方。小屋南边的窗户底下放着一张涂着黄油漆的桌子，桌子底下塞着两个白钢管腿儿的圆凳，她们在那桌子上吃饭，也在那桌子上看书、写字。后来桌子上添了电视机，看书、写字的地方就更是挤挤巴巴的了。再后来，墙角增加了一个浪花牌洗衣机。李珍每次端着脸盆出去倒洗衣服的废水时都说："机器化了，真好！省时又省力！"再再后来，大水池子旁有了一个航天牌电冰箱，冯玉然特别爱吃冰镇西瓜的愿望就满足了。小平房的门是刷了蓝油漆的木板门,木板门上钉着锁门的大钉锔儿,钉锔儿上经常挂着把双鱼牌的锁头。

对这个陌生的地方和这个陌生的小屋,冯玉然慢慢地适应了,但她从来不敢自己在这个小屋里睡觉,李珍上夜班时,还是总把她带到医院去,直到冯玉然上了育才中学,要住校,才不用去医院过夜了。

动迁时,李珍因为不是重工厂的人,并且她们住的房子在重工厂的资产名册上不是住宅,不能享受到回迁的待遇。

那时,冯玉然是医大二年级的学生,离毕业还有整整三年。李珍就在医院旁边的老旧民宅区租了一间也正待拆迁的小屋子。好在她大部分时间都在医院,吃饭也在医院食堂,租来的小屋基本上就是个睡觉的地方。两年后,兴民小区建起来了,苏克俭让她来看看。她决定接受苏克俭的建议:买房子,和女儿好好地安个家。

李珍拿出了工作二十多年的大部分积蓄,交了首付款,缴了契税和其他一些七七八八的费用。她很少这么仔细地算账:交房款、缴税、缴费、装修、买家具……卖楼的销售员还告诉她:"银行最爱给医生和教师贷款,像您这样的高级知识分子是优质客户,能贷到六十五岁呢。这样,四十万元贷十七年,每个月还两千八百多元就行了。"李珍用心地听着人家给她算账,她现在每月工资三千六百多,除了冯玉然的学费、生活费,她自己没有什么大的开销,再加上公积金,她觉得咬咬牙紧紧手还是可以承担下来的。

兴民小区的房子，除了用于回迁原住民的那三栋高层板楼，其他的都是大户型的六层花园洋房。李珍选了最小的三居室，建筑面积 128.71 平方米。她认为这对于她和冯玉然是最适合的。三室两厅两卫的格局，李珍已经做好了打算：东边朝阳的那间卧室，要放一张自己的单人床，还有一张将来要用到的儿童床。客厅里要买皮质的大沙发，省得孩子磕磕碰碰的。西边朝阳的那间卧室，要放一张双人床给女儿他们。北面的那个房间做书房……这时，李珍好像看到了女儿花儿一样的笑脸。女儿小时候，在小桌子上做作业时，本子竖着都放不开，有段时间她竟然横着本子写字，怎么板都板不过来，现在，她写字时本子也还是斜成四十五度角的样子。

李珍看着女儿踮着脚尖儿，步上了柔软的毛线地毯。地毯上是洁白的鸢尾花和更加洁白的砾石组成的图案，女儿躲开砾石，特意踩在仿佛更加柔软的鸢尾花上，来来回回地在小走廊上跳跳跃跃。

女儿跳跃的身影，让李珍开心极了。她做鸡蛋饼时，特意多用了两个蛋，就放了一点点面粉。这样的配比，煎出来的蛋饼是焦黄焦黄的，翠绿的葱花儿嵌在焦黄的蛋饼里，看着都香。

那是李珍和冯玉然的幸福时光。秋天，冯玉然再读硕士时，都是在家住的时候多，在学校住的时候少。李珍下班时，还能吃上女儿给准备的晚饭。有一天，女儿搂着她的脖子，说："妈呀，我终于可以安安稳稳地睡觉，不用跟你去值班室了。我终于有个独处的房间，不用在宿舍拉帘子了。"李珍也抱了抱和自己一般高了的女儿：

"现在条件好了,更要好好学,妈那时要是有你这么好的条件……"
她不再说下去。女儿很懂事地来填补她的遗憾:"妈,你放心,我成
绩都好得年年得奖学金啦,很令人羡慕嫉妒的!等我毕业了,和你
一起还贷款,用不着您忙到退休!"

这时,李珍就拍拍女儿的肩背,嘴上什么也不说了。可她的心
里却是有千言万语的,但千言万语其实也只是一句话:只要你好!

转过身,李珍看着女儿,还是叮嘱:"好好学习,可不能分心。我
告诉邱志江了,别再来找你了,你好好学习。那个孩子,咱家在哪儿
他都能找到。现在,他也不用抄作业了,还总来找你干什么,抄作业
抄的,连个大学也考不上。"

冯玉然很不自在地说:"不是我让他来的。其实,邱志江也不是
坏孩子,就是不爱读书,人是很仗义的。"

李珍看看女儿:"不爱读书的人将来还能有什么作为。你得好
好学习。"

冯玉然从一上学,就学习好。

冯玉然学习好,很难读的医科硕士也顺顺利利地以优异的成
绩毕业了。

冯玉然工作得也好,顺顺当当地成了全院最年轻的副主任医师。

李珍唯一要操心的,只剩下女儿的个人问题了。

每次看到邱志江来找冯玉然,李珍都没有什么好脸色,从他们
小时候到后来他们长大,都一样。邱志江到别的同学家都是可以长
驱直入的,唯有来找冯玉然,不可以。冯玉然在窗户里已经看见邱

志江了,邱志江也知道冯玉然看见他了,他也会敲门:"冯玉然,是我,我来借本!"

赶上李珍在家,邱志江就战战兢兢地杵在门口,等着冯玉然把本子递出来。因为淘气,邱志江的屁股常常被他爸爸用荆条抽打。李珍的眼神对邱志江好像也有他爸爸手里荆条的功力,她的言语也是冷冷的:"你为什么不坐下来自己动动脑筋?怎么总看你东跑西颠的?"

邱志江拿了本子就跑,跑出李珍的视线他全身就又活泛了,有了明天可以交上作业老师不找家长这个底儿,他再玩,就玩儿得更欢实了。在重工厂这片儿,邱志江可是淘得出名了。

由此,李珍一点儿也不喜欢邱志江。有一次,邱志江的妈妈到维修队来还东西,一出值班室门口,正好碰见李珍在批评邱志江:"光看见你个子长,怎么志气不长一点儿?作业都不愿意写,长大你还能干什么?"

后来邱志江的妈妈特意找了苏克俭,说:"苏院长,我们家老邱可是给你面子的,李大夫和咱厂无瓜无葛的,老邱顶着一大堆反对意见,给李大夫找人、腾房子,还费劲巴拉地给接上了自来水管。可你看,我们家孩子看看她家孩子的作业都不行,哎呀,给我们家孩子那个损呀!"

"嫂子嫂子,您千万别生气。李大夫说话,就跟自来水管子那么直,但人,是很好的!就说咱厂卫生院,您是知道的,咱厂现在资金不像以前那么充足了,诊疗条件上不去,B超之类的设备也买不起了,我干着急也没有用。这几年,妇产科的急难患者都转到李大夫那儿去了,是不是没出过一点儿问题?后勤保障这块儿,咱卫生院没有大事,邱厂长是不是省心多了?"

邱志江的妈妈不说话了。

"等我再提醒一下李大夫。"

邱志江妈妈的表情不再难看了:"那,苏院长,你干脆跟李大夫说说,让她家冯玉然帮帮我们家邱志江。昨天刚开的家长会,冯玉然学习可真好,全年级第一。我们家邱志江要是学习也那么好,老邱得乐成啥样啊?"

后来,老师把邱志江和冯玉然排成同桌了。那两年,是小学生邱志江成绩最好的时候。

成年后的邱志江高大兼有英武之气,他由一个职高毕业的小厨师,干成了富春华大酒店的餐饮部经理。他和冯玉然一直有来往,他对冯玉然的称呼也从同桌时就固定下来了:"老对!"但看他的样子,就知道他的心思,他对冯玉然的感情可不仅仅是一般的老对那么简单。

李珍像天下所有的母亲一样,希望自己的女儿能有一个好丈夫,建立一个美美满满的幸福家庭。至于这个好丈夫是怎样的好法才是让人满意的,每个人都有不同的想法。

冯玉然工作之后,给她找男朋友的事,已经挂在了李珍的心上。她在女儿去医院报到之前问过:"硕士同学里有没有你觉得不错的?"

李珍见女儿摇着头。

"本科那些已经工作的同学呢？"

女儿还是摇头。

李珍觉得自己心里有数了，她开始留意别的科室新来的那些年轻男医生。有时母女俩一起到食堂吃午饭，她会特意向各科主任级别的老同事介绍冯玉然："我女儿，硕士毕业啦！也在咱们医院妇产科当大夫。"

同事们没有不夸冯玉然的。这时，当母亲的自豪让李珍的黑脸膛整个都是舒舒展展的。

中午吃饭时，也是医生一天里难得的休息时间。这时，李珍在饭菜的味道和人声的喊喊喳喳里能真正地放松一下身心了。有时，在端起饭碗的那一刻，她会像老猫瞄着小猫那样，注视一下正在用羹匙一勺一勺地往嘴里送汤的女儿。女儿垂肩的头发是黑亮黑亮的，脸色像和田玉那么润泽还透着淡淡的粉红。来自窗外的光线照着女儿的左脸，她那高挺的鼻梁，长长的睫毛，轻轻抿动的嘴唇就在宁静的光线里无声地闪耀着青春的完美与动人。还有她的手，修长、白皙的手，一只捏着汤勺，一只托着白钢汤碗。金属的冷硬让她的手显得更加柔软……这双手，已经能把那些小小的生命接纳到世上来了，而且，这双手，还会在接生时抽出瞬间，那么轻地给产妇点拭额头上的汗。看到那一刻时，李珍的眼角都充满了欣慰：这是一个有品质的妇产科大夫！这还是我的宝贝女儿！

如果不是秦乃倩，李珍每天的生活依旧是忙碌而平静的，尽管她也为已经三十岁的女儿还没有找到合适的对象有些焦灼。

有天中午，普外科的刘主任中午吃饭时特意坐到了李珍身边。他一边吃饭一边开门见山地说："我的博士生韩晓明，今年三十二岁。品学兼优，是个做外科大夫的好材料。我认为玉然和他很般配。"

"太谢谢您啦！这是玉然的手机号。"李珍赶紧从衣袋里拿出随身带着的小笔记本，抽出插在笔记本夹缝里的签字笔，写出一串阿拉伯数字，扯下来。

"我下班后就把这个交给韩晓明，让他联系玉然，明天周六他休班。"

"正好玉然也休班！"

"哦，很好，很好！"刘主任摘下眼镜，看看李珍，两个人都是满脸的笑意。

那天下班，李珍拉着女儿打了出租车。在车上不便说什么，两人就一路无语。一进家门，李珍就问："韩晓明给你打电话了吗？"

"打了。"

"你们约在哪儿见面？"

"医大图书馆。"

"不好，图书馆能说话吗？去医大前边的公园吧，海边多好！"李珍边脱鞋边说。刚刚把拖鞋套到脚上，李珍又说："不好，海边现在风大，冷啊。和人家定好地方了，再改，也不合适。玉然呐，在图书馆坐一会儿，你们就去个咖啡厅之类的安静地方……"

冯玉然去厨房放食物,李珍也跟在她的身后。

冰箱里逸出一股冷气,冯玉然背对着李珍,说:"妈!我知道了。"

周六,吃完早饭。冯玉然要出门了。李珍打量着她:黑底儿的奶白色短靴,黑纽扣的奶白色风衣,一个很大的黑挎包。

"是不是太素静了?"

"我昨天不也是这一身吗?"

"今天和昨天不一样,你等等。"她从衣柜的抽屉里翻出一块鲜红的丝绸方巾,给女儿扎在领口:"这多好,漂亮。"

女儿走出小区了,李珍的视线才从窗口收回来。一上午,她手里的书也没看下去几页,总是拎着老花镜不安地在客厅里转来转去。中午,她煮了点儿挂面吃,然后就穿外衣、锁门、上医院去了。在公交车上,她给女儿发了个短信:"谈得怎么样?我到班上去,你完事来科里。"

李珍到了妇产科住院部,挨个病房看了一圈。心情,才像风儿刮过的树梢,枝枝叶叶都平静了下来。

一直到傍晚,李珍才接到冯玉然的电话:"妈,我已经到家了,你回来吃晚饭吧。"

李珍从电话里听不出她想知道的内容,在医院里又不方便问,只好忍耐着。

女儿的晚饭做得很合李珍的口味:炖茄子,熘豆腐,淡菜汤,萝卜丁咸菜,还有掺了红豆的大米饭。

"怎么样?"李珍端起饭碗,还是忍不住发问起来。

冯玉然摇摇头:"不大谈得来。"

李珍放下碗,看着她。

冯玉然补充道:"就是,没感觉。"

李珍深深地吸口气,缓缓地呼出来,然后说:"刘主任,是很老成持重的人。他了解自己的学生,我们也认识三十来年了,你很小的时候,他就见过你。那时候,我们两个科就常有联合手术,说他看着你长大的,也不为过。他是认为你和韩晓明真合适,才提这个事情的。我觉得,你还是和韩晓明好好交往交往,多增加一些了解。"

冯玉然看看李珍,微微地摇摇头,然后又点点头。

李珍感到了女儿那种为难的情绪,觉得玉然在这件事上,简直就不是自己那通情达理的女儿,甚至有不知好歹之嫌。于是,她有些着急还有点儿气恼,话一出口就重了:"我看韩晓明比邱志江好。"

"妈——邱志江明天就结婚了。还给我送了请帖。"

李珍有些吃惊地看了看女儿,见女儿并没有异常的神情,也就放下心来。她又端起碗,慢慢地说:"是,男孩子三十也不算小了,他跟别人结婚是对的。好!那个淘小子都成家了,你也好好地和韩晓明处吧。"

李珍的愿望最终还是落空了。那段时间,李珍开始睡不好觉。睡不着时就会想:到底什么样的男人能让女儿有那种感觉呢?感觉,是不能准确地用语言表明的,女儿和她也就无法深入地就此谈论,而且,一碰到这个话题,她们还经常会陷入无言的状态,倒是说起工作当中的医案,她们是有话讲。

冯玉然和韩晓明的事,结果就是不了了之了。之后,冯玉然再见面的几位男士,情况也大体如此。妇产科的小护士们,都觉得冯玉然应该是眼光高,但高到连韩晓明这样的都看不上,就超出她们的预想了。

李珍救治过很多昏迷的病人。在女儿三十周岁那天,她切身地体味了昏迷的感受:身体轻得像片羽毛,在空空荡荡中黯然地飘着,肢体好像都不存在了。心脏被巨大的磨盘压着,压得严丝合缝,都透不过一口气来。"玉然!玉然!"她想呼喊。可是,她发不出一点点声音,只能听见远远近近混混沌沌的嘈杂中,有人在叫:"珍姐!珍姐呀——"在这声声的呼唤里,她的心缓缓地开始膨胀着,膨胀着,终于,磨盘竟像从来没有过那样,突然就消失了。她也终于悠悠地吐出了一口气。

那一刻,李珍明白了:女儿的心并非无有所属,只是属错了人。

那天打完吊针,李珍就下了病床。家里的事,科里的事,都让她不能在病床上多躺一会儿。科里的事还比较好办,工作这些年了,一切都算得心应手了。家里的事可是让她一时不知所措了,因为这是她毕生头一次遭遇的。她想,回家要和女儿好好地谈谈。

李珍和女儿两个人的家,看上去依旧温馨、雅静。

冯玉然没有吃晚饭,她一回家就进了自己的卧室。

李珍煮了两碗龙须面,面条仿佛是伏在清水里,几滴酱油在水里云纹般地幻化着疏朗着……李珍把面条端进女儿的卧室，她看见女儿趴在梳妆台上,肩膀一下一下地抽动着。李珍的心随着女儿的颤抖而悸动,她煮面条时想问女儿的话,都消散在弥漫着沉重和忧伤的只有月光的房间里了。

李珍把碗放在梳妆台上,然后打开上面的小灯,拉上窗帘。她在女儿的床边坐下，抚摸着女儿的头，并把女儿的头发理顺到肩后。梳妆的小椅子背碰疼了她的手，她拍拍女儿的肩:"都会过去的,时间是最好的药!"她退出了女儿的房间,从不轻易流淌的眼泪已经滴到了嘴角。

时间,好像果真有它特殊的疗效。第二天早晨,李珍和女儿还像往常一样地起床了,然后梳洗、做饭、用早餐,还是一起出门上班去。

公交车站离医院东南门大概有十分钟的路。下了车,李珍的步子又大又快的,她回头招呼一下女儿:"快点,别晚了。"她感觉到女儿的脚步很沉,就拉住了她的手。她们像爬山一样地走着那段熟悉的路,越临近医院的大门,冯玉然的脚步越迟缓、凝滞,呼吸也越急促,等到了西府海棠树下,冯玉然就再也不迈步子了。

李珍转过脸看见女儿小扇子一样的长睫毛，在黏腻的泪水里纠结着,打着绺。

李珍的手空了。

冯玉然已经抽出了手,插在衣袋里。她抬起头,望着和昨日一样的满树海棠,嗓音干涩地说道:"妈,这辈子,我再也不想进那间诊室了。"

李珍空落落的手,悬在了凉津津的秋风里。渐渐地,女儿视线里的满目海棠在李珍的眼里,呈现的已是一片猩红。

"我就只是在心里想念他……"秋风里飘来的话,也像无根的风。

"他有那么值得你想念吗?你这么不顾一切的?"

"我的一切?从小到大,我有的一切是什么?我有一切吗?"

李珍忽然有了一种从未有过的惊慌。她望望她们刚刚走过的医院东南门,又望望不远处的妇产科的大门,低声说:"玉然,你先回家吧!回家冷静冷静。我给你假,还替你写请假条。"

在李珍的目光中,冯玉然就像一团白白的云朵,飘飘移移,飘飘移移地远去了。从那一刻起,李珍的心,也随着女儿的身影飘忽起来。

中午时分,李珍回到医生办公室,没有去食堂吃饭。卢秀英把饭盒打开放在她面前:"还没凉,趁热吃。先喝点儿水……"

"我真纳闷儿,你哪儿来的那么多工夫,天天包饺子!"李珍很疲惫地坐在椅子上,垂着胳膊。

卢秀英有些不好意思地笑笑:"老林天天和面。我怎么没看见玉然呢?是你把她派哪儿去了吗?"

李珍摇摇头:"打电话,她没接。"

卢秀英有些发急,从李珍身边的椅子上站起来要去走廊:"我再打吧。"

李珍拉住她的衣角："让她静静，应该不要紧的。咱俩能说的话，她都未必听得进去了。"

那天，只要手头的事情一停下来，李珍的脑子就在想：事假只能请三天，三天以后怎么办？她就是想不通怎么办？让她去读博吗？一个副主任医师级别的妇产科医生再读博并不是职业上的好选择，再说，就是再念书，也不能让她去跟康殿成念啊！

李珍不知道那一天冯玉然是怎么度过的。只记得她回来得很晚，回来就进了卧室，还反锁了门。李珍呆呆地站在女儿的门口，一夜都在沙发上听女儿的动静，直到上班的时间到了，女儿也没有出门。

李珍敲门时，女儿仿佛是在梦里回答着："让我好好歇一天。"

等李珍下班回家时，冯玉然好像恢复了常态，她告诉李珍："我要自己开个妇幼保健站。把钱都给我吧，不用攒嫁妆了。"

李珍跟着冯玉然到了三经街，看到了那个红砖老楼。老楼的门上横钉着木板条，木板条上贴着新旧两张内容一样的招租启示。

"这儿可以吗？"

"苏爸爸说这个地方挺合适的。"

李珍看看冯玉然，她没想到女儿会去找苏克俭。

"你一个人，行吗？"

"康老师说我行，就行！"

"你，玉然！他已经结婚了，有……"

"他结没结婚和我有什么关系！我又没想和他结婚！结婚有什

么用? 您一高兴结婚了,他一不高兴离婚了,我都想不出那人现在是什么样子了! 他也早忘了他还有过一个女儿……"

"玉然,妈妈,永远,爱着,你!"

"爱着,就痛……我现在倒希望,你也不爱我!" 冯玉然望望遥遥如线的路灯后,看着李珍。

李珍在路灯仿佛绵延不断的光线里,一下子感到了钻心刺骨的痛楚。这痛楚,从此成了她身心的一部分,不曾片刻停止。即使时间已经过去了五年,这痛楚还在不停地撕咬她。与当初不同的是,她似乎已经习惯了这种痛楚,不再难过得揪心揪肺。

那次同学聚会,在本市的十几个人都来了,秋风阁的两张圆桌坐得满满的。苏克俭和李珍到得最早。再进来人时,大家就忍不住搂脖子抱腰地一番感慨。

苏克俭给冯建国发了短信,但最后进来的人,也不是冯建国。

一群各科已经退休和即将退休的医生们,现在开始说道自己的身体健康情况了。原来,常人得的病医生也一样会得,而且有的还更重,如泌尿系统结石、颈椎病、腰椎病、消化系统疾病、下肢静脉曲张,等等等等。满满的两桌子人里,好像只有一个人是没有任何毛病的,那就是李珍。

李珍一直微笑着,她几乎不说话,只是看着这些即便是在一个城市,也难得见面的同学们。

同学聚会的话题,往往会集中在他们共同拥有的那几年校园生活中的人和事上。他们出校门后不久,曾经让他们感到幸运和光荣的"工农兵大学生"的标签,在社会上,也让他们感到不那么幸运和光荣了。客观地说,在医大三年的学习时间里,有将近一半的政治课,这使他们学到的医学知识,相对于做一名全科医生来说,确实是不够的。即使到现在,在他们这群人里,响当当的医生也只有后来转到了妇产科的李珍大夫。从重工厂卫生院被推荐出来,又回到重工厂卫生院的苏克俭,就是当了院长,大家也明了他的医术算不上是一流的。现在,大家还都陆陆续续地面临着退休。

有人问:"刘香娣是不是也退休啦?怎么没来呢?"

"去年就退啦!在家看孙子呢,出不来!"

"看看,刘香娣那么一个热络人儿,都给孙子缠住了。以后,我可不给他们看孩子!"

"你不看谁看,是你们家的娃儿,跟你们家姓呢!"

"我姓穆,娃儿跟我姓穆?我们家老荆还不得上房揭瓦?"女同学们就是家长里短的话多。

苏克俭又起个话头:"李珍退休了,以后,咱们时常组组团,到她那儿游山玩水去。我年底退,现在我就在想啊,这以后我干啥?我又没有孙子可带。"

于是,大家从退休聊到养生,从养生聊到养老,从养老聊到中医,从中医聊到老年医疗……话题个个像半空中爆开的炮仗,每一个都杠杠的,像极了他们已经逝去的青春。

回家的路,李珍和苏克俭一道。

他们没有叫车，就沿着行人已经很少的辅路朝着兴民小区的方向走。苏克俭低着头："我以为他能来。"

"苏大哥，见不见到他，都没什么，真的！"李珍稍稍停了一下脚："这么多年，我已经很淡了。就是玉然，她心里——我说不太清楚，现在就是觉得，对她的影响还是很深的！"

"我看玉然是越来越成熟了。你把心放下吧。以后，我认为会是这样，你好，她才能安心，安心做事，安心交朋友、成家。我最近给她介绍过去一个男妇产科大夫，叫米宽。米宽宅心仁厚，就是结过婚，带着一个小男孩儿。他原来是清河医院内科的，爱人难产在他们医院故去的，他就转科了。嗨，不知道啥时候才能再见到你啦！"

"你不是说组团……"

"还是那么实诚。"苏克俭笑了一声。

谁能想到，他们在半年后就这样相遇在李家老堂了呢？

李向仁要给自己开新方子了。李珍和父亲间的配合，把坐在一边的苏克俭看得目瞪口呆。

李珍拿着《本草纲目》，打开到检索页。她的铅笔点着药名，李向仁无动于衷似的看着，可是，他突然就点点头，李珍就把她铅笔点着的药名写在纸上，又拿出扑克牌，从红桃 A 开始举，举到红桃 3 时，李向仁点点头，李珍又在药名下写上 3 钱，如此这般，开七味药的方子，大概用去了半个小时。

这时，李珏端着一个木质的小托盘来了。

"姐，开饭了！今天我照顾爸吃饭，你陪苏大哥。"

李珍点点头,对苏克俭说:"饿了吧? 珏儿做饭也是把好手,一点儿不对付。我就不行。"

苏克俭眯眼对着正午的太阳:"这儿的春天可真好哇! "

"那你就别着急走! 快入夏了,这儿的夏天也好,很凉快,很安宁;秋天就更好了,你眼看着群山变得……"李珍不说了。

苏克俭伸伸腰,说:"我要做一件事,我自个儿觉得有意义,等会儿给你看看,你如果也觉得有意义,我的后半生就有事儿干了,也许,还真能干成。"

李珍的眼里闪动着很不常见的亮光,她说:"是啊,太好了! "

第二章 / 月下人间

## 月徘徊

午饭过后,冯玉然把通知发到了群里:各位,出发前的工作都安排好了吧? 我们三点准时出发。卢姨由丽丽照应。米大夫和留下值班的同仁辛苦啦!

节日般的气氛像花粉一样在蓝海妇幼保健医院的各个楼层里飘荡着,好像有香甜的颜色,好像有芬芳的味道。

卢秀英把明天要用的酒精棉球已经全部摘好、入瓶、封装起来了。然后,她又开始做棉签。

徐丽丽推开小工间的门:"我就知道,您准在这儿!"她奔过去,拿下卢秀英手里的小木棒儿和脱脂棉:"嗨! 卢姨,您做得再多,也禁不住几天使的。我向您保证,这些东西咱以后还抽空儿自己做,不在外面买现成的。"

"丽丽呀,这还不单是省点儿钱的事,眼里有活儿、勤快,是好护士必须具备的,李主任那时候就是这样带我们的。"

徐丽丽点点头。

"再有呢,多告诉告诉新来的那些姑娘们,要是产妇和家属说了什么不中听的话,别立马就以牙还牙地还嘴。先安抚,觉得安抚不了,先当作没听见,一般也不会发生口角。然后,再弄清楚是怎么回事! 真吵嚷起来有什么好的,啥问题没解决,还会生出更多的是非,两边儿都更来气罢了。"

徐丽丽点着头:"记着啦! 那咱快走吧,大家都在车里等您呢! "

"干啥去呀?"卢秀英看徐丽丽很着急的样子,就跟她出来了。

徐丽丽帮卢秀英换下工服:"上车您就知道了! "

徐丽丽把卢秀英领到冯玉然的车前,打开车门,让卢秀英坐了进去,自己跑到另一侧也上了车。

冯玉然把车开起来了。

徐丽丽看了一眼车后窗,对冯玉然说:"他们跟上来了。"卢秀英也不禁回头看看:她们的车后,跟着一辆金杯中巴。

车子很快就上了咸通立交桥。这时,徐丽丽才拉着卢秀英的胳膊,甜甜美美地告诉她:"卢姨,玉然姐带我们给您过生日去! 去一家新开业的宝乐中心! "

卢秀英看看徐丽丽,双手扒着驾驶座的靠椅:"玉然啊,这事怎么不先告诉我一声呢,咱不去了行吗?"

冯玉然和徐丽丽在车镜里对了一下视线,她们为自己办的这事儿没有事先和卢秀英打招呼发出微微一笑。

看着卢秀英着急了，徐丽丽拉着她靠在座椅上："您看，告诉您了，这事儿还不让您举双手给反对掉？"

"不合适呗！带出来这些人，院里忙得开吗？万一来个急的……"

冯玉然安慰卢秀英："您放心吧。院里有米大夫，没事儿！我好几天前就跟林叔说了，他今晚如果单位没事儿也会来的，家里，他说他会安排好。咱们在宝乐住一宿，明天早餐后回来。"

卢秀英小声说："玉然，这得花不少钱不说，咱还不如用这工夫去孤山呢，我以后要拔脚出门儿，可困难不小啦。"

"卢姨，我一定带你去一趟，在佟瑶生产前。"

"哦——你有这计划啦！"卢秀英的心有些熨帖了，就转脸看着车外。很长一段时间，卢秀英的活动范围就是两点一线：家，医院，连着家与医院的骑车线路。离开这两点一线的范围，她看这个城市的眼睛都好像不够用了："嚯，变化这么大！"她转转身子，看向车窗外的远景：那是高楼林立的港湾区，港湾区下方是架满桥吊、堆满了集装箱的码头，从码头放射出来的护波堤像一条条飘在水上的钢直的铁线，铁线尾端辽阔的海面上行驶着进港或出港的一艘艘巨轮。

码头，是她小时候和母亲常去的地方。她们在父亲将要回来的时候，总是提前十天就天天去接他。远洋的货轮归期延后的居多，知道是这样，她们也还是带着盼望前去。没有接到父亲，她们就沿着码头的疏港路往家走，一直走到天很黑才进家门。

有一次，她和母亲走回到家门口时，看见家里的灯居然是亮的！她们和父亲走岔道了！母亲抹着眼睛捶打着父亲宽实的后背：

"你从哪儿跑回来的？你从哪儿跑回来的？"

一年多没有见到父亲了，她竟然不能一下子把"爸爸"叫出口，她只是张着嘴巴无声地笑着。母亲抱起她，把她递到爸爸怀里，用指尖儿分别点着他们父女两人的脑门儿："你长大了，千万不能找个跑船的！记住啦！"

"记住啦！我长大了，千万不能找个跑船的！"她回答。父亲抱着她，笑着、颠着："我闺女又沉了不少！想爸爸不？哪儿想啊？"

"心想！"她抱住爸爸的脖子，把脸埋在爸爸的肩膀上，大声地说。其实，心想，常常是不说出来的。

中午，林南在区里的工作结束了。大家正要去吃饭的时候，区办的小刘喊住了他："林处长，有个电话找你的，打来好几回了。"

"唔？"

"接吗？"

"这话问的？"林南摇摇头，心想："怎么能不接呢？谁没事儿能这么找人，而且一般这样都是工作上的急事。况且，我怎么了？还有不敢接的电话么？"可是，他心里也确实在琢磨："谁找我呢？电话竟然找到区里，是什么样的生人啊？熟人就用上手机了。"

"喂，我是林南。"

"林南！想找到你，看来也不难嘛！"一个女的。

"您是哪位？"

"呵呵，听不出我的声音了！忘了！忘了，好！好吧，我叫裴、紫、曦！"

"啊,啊啊,裘,紫曦！你是,裘,紫曦……"林南听到这个名字,又慢慢地念叨了一遍,半天无法再言语。电话那端也没有了应声,过了一会儿,电话挂断了。

林南看了一下手里的听筒,一时间,竟有一些恍恍惚惚的感觉。小刘一副精乖乖的样子看着他,说:"林处长,那咱们吃饭去?"

林南对他朝前摆摆手,示意去吃饭。

刚走出门没几步,林南又站住了:"帮我看看刚才来电的号码。"

"哎！"小刘麻利地转了回去,不一会儿,一张便笺递到了林南的手上。林南照着号码拨出去,回话的是富春华大酒店的总机,告诉他查号请拨 8。

小餐厅的墙,雪白雪白的。

四菜一汤的分量六个人也吃不完。小刘把装红烧肉的大盘子挪到林南跟前:"这是您最爱吃的。"

林南有些恢恢地说:"现在,也不是年轻那时候了,吃不下——"


载着卢秀英的长途汽车往县里开去了。

仗着年轻,林南和郝天成啃着冻饼子就着雪团子,天没大黑前赶回了青年点。青年点里的情形立刻让他头大如斗了。

没人做饭,也没有人烧火了。

三个男知青头朝里躺在炕上,身上裹着棉大衣,脚上蹬着棉胶鞋。地上,堆着几个提包。

郝天成照着三双直溜溜的小腿儿踢过去："都给我滚起来！烧水！"

林南跑到女知青那边。女知青的屋里静得全无声息，令他敲门的拳头都吓得麻了。他一脚把门踹开，看见的是满地狼藉。罗颖和马天琪她们几个裹着被子坐在炕上，有披头散发的，有脸上挂花的，还有披头散发脸上挂花兼具的。她们的目光一起向林南扫来，让他顿觉全身比刚才在山里时还冷。

"裘紫曦呢？"

没人回答他。但马天琪的眼神落到了她身边的铺位上。那个展开的铺位是躺着人的，只是层层叠叠地堆着被子、棉袄、棉裤、棉大衣，脑袋的部位还有一个滚圆的棉帽子倒扣着。

林南掀一下帽子。

被子里突然伸出来的一只手猛地把帽子抓过去又扣上了，然后，那堆棉织物就又静止了。

林南退出了女知青的宿舍。可是，他还没走出几步，就听见里面传来声嘶力竭的哭喊："我要回家！我要回家呀——"接着，就是一片哭声。寒夜里，一群女人高高低低长长短短的哭声，让人的心肺和血液都能卷曲起来。突然，一声怒吼像个炸开的惊雷："闭嘴！要哭！给我滚外边哭去！"那是裘紫曦！

郝天成出来了，他要从柴火垛上拉扯下来一捆树枝。

林南默默地走过去帮他。

郝天成扛起树枝，说："放假吧！快放假！再在这里待下去，要出人命啦！"

林南没有一点儿睡意。他开始和苞米面，贴大饼子。原来大饼子并不那么好贴，有好几个都溜到锅底儿的水里去了，还大大小小的贴得一点儿也不匀乎。

"要是卢秀英没走就好了！"林南薅了一把前额上被火舌舔得一片焦臭的头发，在烟熏火燎里使劲地眭着眼睛。

才一晚，没了烟火气息的灶间，三个大缸就全冻住了。

林南砸开冰层，才把酸菜起出来。洗酸菜时，从手指尖儿到肩膀根儿都被冰水扎得一阵痛麻。萝卜咸菜无论如何都切不成丝儿了。林南双手握着菜刀，噼里啪啦地剁着萝卜，大大小小的萝卜块儿围着树墩儿做成的菜板子掉了满地……

"快快快！吃饭啦！谁晚了，耽误大家赶不上车，别怪我不客气！"郝天成把包也背上了："多吃！不许掉队！半道儿没劲儿走不动，谁也管不了！被大雪天里的山猫野兽拉走了，别怪我没提醒你！"

十几个年轻人闭目合眼地狼吞虎咽着，剩羊肉煮的酸菜都被吃得盆底朝天了。

林南在清点人数时，发现没有裘紫曦。

"裘紫曦呢？"女知青都腾不出嘴来回答她。马天琪鼓着腮帮子指指宿舍。

"你怎么还不快起来？快点，马上要出发啦！"林南冲进宿舍，又气又急地高声大叫。在他喊完话转身要走的当口，他的背包带儿被紧紧地抓住了。

"我不走！你也不能走！"

"快起来！走！"林南要往门外走,裘紫曦紧紧地抓着他的书包带儿。林南去掰裘紫曦的手指,可那手指就像成精的章鱼爪,林南有多大的力气掰,她就有多大的力气卷。而且,那手指冰冰凉凉、滑滑腻腻地让人心麻。林南放了手。他又扳住门框,像老牛一样弓起身子往外挣,他拼命地使劲儿,只听"扑通"一声,裘紫曦从炕上被拖到了地上,可她依然紧紧地拉着他的书包带儿。

"你松手啊！赶紧穿衣服！"

"不！"

随着裘紫曦的叫喊,林南差点摔滚到门外去。书包带儿断了！林南只见裘紫曦甩开砸在身上的书包,像长臂猿一样地扑过来,紧紧地抱住了他的腿。

一头闯过来的郝天成摊着双手倒退着:"老天爷！幸亏我没当这点长啊！"

林南绝望地站住了,他捡起断了带子的书包,冲着郝天成的背影喊:"告诉我妈,我过两天就回去！"

一串儿人影在天地浑和的灰色里,走了,走得越来越远。

林南放开手,书包"啪嗒"一下子掉在了地上。他像是被吓着了,身体不停地抖起来。他抖着,抖着,不停地抖着,原来和他以同样频率颤抖的还有地上那个还在抱着他的大腿的人。

林南像一棵被风刮得快要伏地的小树,伸着胳膊直着身子薅过炕上的大衣,丢在裘紫曦的身上:"你回不去,是你自讨的！我让你先抓,你干什么呀? 啊? 谁让你替卢秀英啦? 你这要是冻死了,也是你自找的! 我昨晚半夜三更跑去找刘昂,惹得他家三条大黑狗一起狂吠,你没听见满村子的狗都在叫吗? 现在,你还这样……"

林南不仅无奈、气恼,还一阵伤心,他连嘴角都在抖。

大衣,一点儿也没有减轻裘紫曦的哆嗦,她牙齿打着战:"我不想,一辈子良心不安,我,我谢谢你,做的阄儿,还把它,嚼碎了。"

林南长长地叹口气:"你那么见微知著地干什么? 你在这儿八年了还没待够? 我看你这几年,我都看得够够的! 够够的! 你不知道,看着你,我有多堵心! 还有你那副破眼镜……"

裘紫曦突然跳了起来,她像被围剿的狐狸似的冲向门外,林南只抓住了那件空空的大衣。

林南的脑袋都要被冻木了,可他前面的裘紫曦还在猛跑。那两条胳膊抡得像哪吒脚下的风火轮,两只青白的脚板带着积雪不要命地翻飞着。

山风在没有一片叶子的树枝间打出一声声一阵阵锐利的呼哨。裘紫曦本能的尖叫在长风的呼哨里仅仅是一个短促的强音。她滚下了山坡,被山坡上的几棵橡树推来搡去地往沟里送。

林南饿虎似的扑了过来,他抓住了裘紫曦的一只脚。那只脚像冰溜儿一样凉,只动了一下就摊得软了筋骨。

"我错了! 我说错了还不行吗?"林南的嘴唇哆嗦着,他跪在雪地上,双手举过头顶,放下胳膊的瞬间脱下了身上的大衣把裘紫曦连人带雪地裹上了。他的眼泪冻在脸上,鼻涕冻在下巴上。他像扛着一只山羊一样,抓着大衣的袖子和下摆,把裘紫曦扛回了男知青的宿舍。

他不停地去摸裘紫曦的脸,扒她的眼皮,她的那副破眼镜也不知摔到哪里去了。

"我错了吗? 我说得不对吗? 谁来告诉我一下这可怎么办啊!"林南直着喉咙喊着。他把裘紫曦重新裹在被子里,紧紧地抱起来萎在炕头上。这时,他像一个怀抱着垂死的孩子的女人,哀哀地哭出了声。

多亏这时刘昂来了。

在林南走后,刘昂就去找队里的会计刘老疙瘩,赶在天亮前,好赖把年终账扒拉出来了。知青们每个人能分到的现钱是十块到十五块不等,刘昂拿着狩猎队刚卖出来的钱和从各家收上来的一些豆包,跟刘老疙瘩套着爬犁沿着沟里早早去了两集岗子车站。

知青们看见了刘昂和刘老疙瘩,他们的狗皮帽子上都结了白霜。

郝天成代林南和知青们收了账单和钱。刘老疙瘩不停地倒换着两脚:"队长说带着豆包让你们路上垫肚子,俺们就在这儿等着啦。看你们一个个哭脸尿腚的,赶紧滚豆包吧! 不愿意回来就在城里糗着得啦,来这儿也干不了啥,还不够让人操心的呢!"

刘昂踢他一脚:"快帮忙!"

刘昂和刘老疙瘩使劲地推着郝天成的后背和屁股,乘务员才算把门关上。车轮挂着防滑链把积雪轧出了深深的凹印,火车"噗噗噗"地喷出一团团黑烟后才摇摇晃晃地开走了。

"别忘了给俺带虾米!"刘老疙瘩才想起来他要说的话。

刘昂没好颜色地瞪着他。刘老疙瘩拍拍刚才从车顶掉到他帽子上的雪,说:"正好少两个,要不让谁上车不让谁上?弄不好又得打起来。这帮熊孩子,都难斗着呢!"他看看刘昂瘪着面颊,牙齿咬着腮帮子的脸:"哎,哥,你是咱老刘家的人,跟他们可不是一路的啊!"

刘昂束起鞭子,跑上爬犁,吼着:"快!上来!"

知青点的门大敞着。

刘昂跳上炕,夺下林南怀里的裘紫曦,一脚把他踹下地:"收雪去!拿水桶!"

"还愣着干什么?快回家取蜂蜜和野猪油!"刘昂愤怒地指派着刘老疙瘩:"再拿张狼皮褥子!"

"哎,哎!"刘老疙瘩转身出门时差点儿撞到门框上。

裘紫曦感觉自己终于从阴森酷寒的洞穴中慢慢地爬出来了,洞外暖暖的。暖暖和和的可真好啊!可是,渐渐地,她就感到越来越热了,热得像火一样的夏天。

那可真是一个火热的夏天啊!高中的毕业考试都不考了,裘紫曦就和同学们热火朝天地去了北京。

"菊馥啊,多给孩子准备点儿钱。"裘新民正在帮女儿打背包:"得这样,要不然跑到半路就得散开。"

"爸,你可真行,啥都会!妈,不用带钱,红卫兵走到哪儿吃住行都有人管!妈呀,把你的手表借我呗,我们路上看时间倒是很需要的。"

"还是把我的给你吧。"裘新民看见妻子有点儿不舍得,就要摘自己腕子上的手表。

"不要,您的野马表盘子太大!"

"我这个带夜光啊!"

"拿着吧,我用实际行动支持革命小将。不过可得小心,别给我弄丢了!"王菊馥把手表递过去。

"不会不会!我把自己丢了,都不会丢了表!"裘紫曦高兴地接过手表,马上套在了自己的腕子上,她左看看右看看,看得一脸的喜悦。

裘紫曦从家出来,就是带着这样的喜悦踏上了"大串联"的路途。

三个月后,当她回到家时,京剧团的"文化大革命"也正搞得轰轰烈烈。那些大名鼎鼎、小有名气、默默无闻的演员们,都不再看着剧本排戏、演戏了,他们每个人都是集编剧、导演、演员于一身,正在社会大舞台拉开的又一张大幕下,上演着自己的人生大戏。

没人在意这个满脸兴奋、疲惫、满身灰土的少女。她的眼睛在夏末的高阳下,在眼镜片的后面,正注视着这个她刚刚度过了整整十七个春秋的京剧团家属大院。

京剧团家属院的墙面,从一进大门就都被红纸黑字的大字报糊满了。

二楼 U 形的廊道站了整整一圈人。所有人的脑袋全部低垂着。在低垂的脑袋底下,是白纸黑字的大牌子,牌子沿着廊道的护栏也高高低低地挤了一圈儿。

　　大院中央搭建着一个大大的木板台子,台子的四周站满了人。人群骚动着,忽然,一声浑厚而嘹亮的呼号像冲天的海鸟腾空而起:"打倒叛徒、内奸、特务吴敏熙!"

　　"打倒叛徒、内奸、特务吴敏熙!"暴雨顷刻而至。裘紫曦本能地抱住了脑袋,跑向离她很近的楼梯口。她从人缝里挤上楼梯,她想赶紧回家换换必须得换的裤子。

　　廊道的端口被两把闪闪发亮的大刀片子挡上了。虽然是道具,她还是被镇得不敢再迈步了。她和那两个手持大刀的女子是熟识的,她们都是她母亲的学生,年轻一点儿的那个叫梁玉,另一个叫黎冰。在她抬头的那一刻,站在台子前端方凳上的吴敏熙连同凳子一起,画着白白的一条弧线和黑黑的又一条弧线倒下了。

　　白白的,是他的大花脸。

　　黑黑的,是他戴的髯口。

　　就在这时,裘紫曦看见在自家门口站着的王菊馥也倒下了,她脖子上的牌子被带得翻过护栏,一个边角势不可挡地砸向了她的脸。

　　"妈!"裘紫曦惊叫着冲过阻挡,梁玉和黎冰高举着大刀追赶着。她奔到了王菊馥的身边,丢开背上的行李,扯开腰间的挎包,翻出毛巾按在了王菊馥的脸上。很快,毛巾上浸出了血迹。

　　"医院!得马上去医院啊!"裘紫曦抱着母亲的头,向四周张望:她们的两边都是挂着牌子的人,这些人连扭头看她们都成问题。从王菊馥倒下的空当可以看见的前面,是楼下不断振臂的人群。身后的两个大刀女垂下了刀锋,她们两个嘀咕了一下,就听黎冰喝道:

"王菊馥,别装死！赶紧回家把这张吓人的鬼脸弄干净,再出来接受批判、教育！"

裘紫曦拖着母亲进了身后的家门。

她找出母亲卸油彩妆时用的酒精,又抓了一把卸妆棉,就扒去了王菊馥脸上的毛巾。

"啊！"母女俩同时叫了起来。

裘紫曦看见母亲脸上的伤口,就像她要上台演出时描画的那对红唇。

"妈,妈——"

"痛——啊——"王菊馥的哭叫,还带着唱腔。她歪歪扭扭地支起身子,又捌捌斜斜地爬起来,扑到镜子前。裘紫曦在母亲的身后,看见镜子里的王菊馥再也不是那个国色天香风生水起的花衫名旦了。

那天很晚,裘新民才垂头丧气地回来。

"爸——您吃饭了吗?"裘新民摇摇头。他看看躺在床上背对着他,头上盖着枕巾的妻子,又看看满脸焦躁惶惑的女儿,说:"爸一点儿也不饿,爸没胃口了。

裘家住的房子是南向的大套间。外屋大间是裘新民和王菊馥的卧室兼书房,墙上挂满了王菊馥的各种剧照。里屋小间是裘紫曦的卧室兼书房,书架的最上层,摆着一张松木框的全家福。里屋小间的北侧,是一个靠着廊道开窗的厨房。裘新民是从部队文工团转到京剧团的,不善炊事。在京城长大的王菊馥出生在梨园世家,她打小学戏,十几岁时扮演《拷红》里的小红娘就成名了,洗菜、做饭根本不是她想的事。所以,裘家很少开伙,裘新民每个月初买好饭票,放在书柜中间的抽屉里,家里谁回来得早,谁就去食堂打饭。当编剧的裘新民不用天天在团里坐班,所以打饭基本上就是他的事。

裘紫曦拿了一联饭票,在厨房找到了饭盒。她下了二楼跑到院子西北角,先上了一趟卫生间。等她端着饭盒回来时,看见父亲正抄着一把剪子,猛地拽开了书架下的柜门。

一摞子稿纸被他兜底儿掀了出来。稿纸在剪刀口里,瞬间成了宽纸条,又成了细纸条,最后成了满地如雪的小纸片儿。

"看我这都是写的什么呀?帝王将相?才子佳人?牛鬼蛇神?我真是中毒了!"裘新民扔了剪子,盘腿坐在纸屑堆里。他随手抓起屁股底下的一把纸屑,猛地吹了一口气,一些纸屑从他的手边又掉到了地上,还有一些纸屑飘飘悠悠地飞起来,飞到了王菊馥的身边,飞到了王菊馥的身上……

裘紫曦对林南说过:"我一看见下雪,就想起那个人铰的那一堆稿子! 偏偏这黄沟岭,这多雪……"

"哪个人?"

裘紫曦看看林南:"一个写剧本的!"

"编剧? 剧作家!"林南满心的崇拜显露在半张着的嘴巴上。

"所以,我也就爱和你说说话。"

裘紫曦站在草绿色的解放牌大卡车里,在一片喧天的锣鼓声中离开了校园。王菊馥的脸还肿胀着,她不愿意出门。裘新民把跟了自己半辈子的柳条箱给裘紫曦递到车上,说:"常给家里写信啊。"

汽车越开越快，跟在车后面的一群家长被甩在六十二中的大门口了。裘紫曦在汽车的响动中好像听见了母亲带着京戏韵味的一声呼喊："我的，紫曦呀啊——"

那年的春节，大雪纷飞，雪后还到处都是冰凌、树挂。

裘紫曦是背着装着各种蘑菇的枕头套跑进京剧团家属大院的。可是，迎接她的不再是父母的笑脸和温馨的家。

她家的门上贴着十字交叉的大封条。

裘紫曦的枕头包就一下子落到了脚面上。

她没看见父母是怎么被批斗、被处理的，她要承担的只是结果：裘新民因为拒不接受批斗，成了反动分子，已经判刑并送至内蒙古昭盟劳改去了。裘新民在被判刑后马上就和王菊馥离了婚，原因不仅在于他是反动分子，也在于批判王菊馥的梁玉揭发：王菊馥和原剧团团长、叛徒、内奸、特务吴敏熙关系非常不正当，还和混进市政协的反动分子、大资本家刘青稣有不正当男女关系，甚至裘紫曦都是他俩的私生子！王菊馥于那个黑夜在黑崖角跳海了。

这个城市所临之海是中国东北地区唯一不封冻的一片海。

黎冰把裘紫曦拽进家门，悄悄地交给她两样东西：一张纸条和一块表。表是王菊馥的，纸条是裘新民急就的，上面只有一句话："你要好好活着，不用管我。等着找到你的父亲！"

黎冰帮裘紫曦把表戴上，撸开她的袖子把表推到了袖子里头，又拉直袖子看了看。

"记住了吗？再看一遍！记着啦？千万不能忘啊！"黎冰把那张

纸条伸在裘紫曦的面前。"看看,都被眼泪浸湿了!你还要留着吗?我看别留着了!牢牢地记在心里,经常地想着,等你再大些,等情况好一好——"黎冰一下子把裘紫曦拉到自己的胸前:"在我这儿待着,别往外跑。别看这院子现在空了不少,可人人的眼睛都雪亮雪亮地能看到犄角旮旯呢。没事儿我教你《苏三起解》,不用从嘴里唱出来,在心里唱就很好。这是你妈教我的,想她,你就在心里唱吧……"

"言说苏三已命断,来生变犬马——"裘紫曦嘴唇喃喃地动起来。

"快,上猪油蜂蜜!"刘昂扯开装雪的水桶,林南赶紧把调好的猪油蜂蜜用大衣里扯出来的棉絮往裘紫曦身上蘸。

宿舍里还是凉的,可刘昂不让刘老疙瘩把火烧得更旺。过了那阵要命的紧张和忙碌,林南觉得后背都在冒冷风。

从此以后,遇到不寻常的事,林南就会后背冒冷风。


林南后背冒着冷风,给冯玉然打了电话:"小冯大夫啊,我,我这里有点儿特殊,特殊的事情,怕是,怕是去不上了。"

冯玉然的手机挂在方向盘的边上,开着免提。冯玉然说:"那您晚点来也行啊!"

"啊,那,那我到时候再看着,看着办吧。"

"您——"

林南的电话挂掉了。

卢秀英不以为意地接住冯玉然的话音:"来不了就算啦。他有事就让他办自己的事去。耽误了他工作,我倒不安。"

富春华大酒店的富丽堂皇在秋日午后的暖阳里，通过微带弧形的飘窗映进来的街景，接上了这个城市的地气。

裘紫曦靠着高高的椅背，一支接一支地吸着烟，眼睛望着街上。远处，夕阳已经掩映在一带红黄相间还伴着橙色的晚霞背后，这时，连不高的楼顶上那些斑驳的构件都流溢着一派明丽和温柔的景象。

裘紫曦在烟灰缸里很有耐性地按灭了手上的那支"万宝路"。


太难受了！真是不如死掉！盖了好几层被子，她的五脏六腑还是像被凝固在冰里那么冷，可是，她的皮肤却火烧火燎地热，热得只想把自己浸在一缸凉水里。不知道过了多久，等她终于不再昏昏沉沉时，如豆的油灯下，照出她左右的两团人形：一个是林南，一个是刘昂的媳妇赵葵花。

赵葵花把油灯端到裘紫曦的跟前，看看她，然后对林南说："看来，这回是真没事了！"

林南赶紧问："要不要喝水？"

裘紫曦点点头。林南就把茶缸子放在手里，用小勺子给她往嘴里送水。

"不凉不热温和的吗？"赵葵花问。

"不凉不热温和的！"林南答。

"你可吓死俺们了！"赵葵花从林南的胳膊上探过脑袋近近地看着裘紫曦。裘紫曦喃喃着："苏三的命未断，来生变犬马——"

"别说话,喝水!"

"老喝水哪行?张师傅不是说喝完不凉不热温和的水,得喝米汤吗?我赶紧回家熬米汤去。"

"在这儿熬吧,我们还有点儿小米。"

"呵呵,熬一碗米汤都不够粘你们那大锅的。"赵葵花说着,下炕走了。她没走几步,马上又转回来:"把你们的手电筒给我!"

林南把放在裴紫曦枕边的手电筒递给她。

裴紫曦轻轻微微地转转脑袋,她向林南伸出了手。林南就放下茶缸子把裴紫曦的手握住了。屋子外面静得只有他们熟悉的山岭的声音,屋子里面静得只有他们自己心跳的声音。

裴紫曦开始慢慢地说:"我不走,因为我无处可去!"

林南看着那双发鼓的眼睛:"我也不会走了,因为我不敢断了你这条命!"

"我好像看见刘昂了。"

"他送张师傅去了,就是后山的那个老道。张师傅给你扎针了,红肿不消的地方都放了血。"

裴紫曦的眼里闪出一串火星儿:"哦,你看,刘昂和我怎么样?"

"他救了你。"

"我这么问吧,你看,我和刘昂长得像吗?什么地方像?"

"不像!哪儿都不像!"林南肯定地回答,但眼里飘出闪着疑问的水星儿。

裴紫曦握着林南的手开始发紧:"刘家堡子这个地方,多偏僻、多贫穷！从前，不甘贫穷的，两只脚走出黄沟岭，就只有当兵一条道。裁撤兵丁时，他们开始当摊贩，拉帮结伙地相互扶持，渐渐地，有的出人头地了。于是，更多的人就去投奔。这些年，他们山里山外也从没歇气。我慢慢地才明白，刘昂是回了祖籍了，难怪他在这里可以像达达花一样恣肆。我是吗？我似乎想清楚了，我是！所以，他把我也带这儿来了。如果不是这样，刘昂不会七个春节陪我在这儿过年，还跟赵葵花结婚。他爸可能把一切都告诉他了。我能到这里来，应该也是拜那个人所赐，那时，他还没有倒……"

"别胡说。"林南差点儿去捂裘紫曦的嘴。

"我只跟你说说。"

"你可千万不能这么胡思乱想，会出问题。"

"我经常想，我能不想吗？问题是我妈已经死了，我必须得弄清楚！"

林南把脑袋摇得都要晕了，他严正地拆解着："真的哥哥还不是刘昂这样。我是家里的长子，我和林东是同母异父的兄弟，我明白，一个哥哥的心情是什么样的，他在兄弟姐妹之间会做什么，我好像一下子说不太清楚。"林南又埋头指点了一句："亲哥，能和你那样吗？"

裘紫曦松开了握着林南的手："那是我的瑕疵！我冤枉他的……他就那么稀里糊涂地有媳妇了，都没和我说过。"

"接接我！"赵葵花拎着篮子挤开了门。

"我喂她。这是你的，趁热赶紧吃。"赵葵花把一个很大的手巾包打开,放在林南跟前。她拿去上面的大碗,下面的碗里装着满满的小米饭,上面还有几块酱瓜子。

"我在饭里拌了一大块儿猪油。这米汤,还挺稠,我用笊篱淋出来的。"

如豆的油灯发出的微光里,有了猪油和小米粥醇厚的香气。

"别那么矜持,大口吃啊!"赵葵花说林南:"还不饿吗?她也没事了,你好好吃饭吧。人是铁,饭是钢。我是不懂啊,你们要是也和我一样,生在这山里,长在这山里,那还就不活着啦?"

裘紫曦见林南停止了咀嚼。她自己,即使是落到了现在这步田地,也从来没像赵葵花这样地假设过。

当又一个暮春到来的时候,裘紫曦的心慢慢地平复得就像梯田上的泥土了,表面上再看不出什么。她望着赵葵花的红花头巾,后面撅起的三角那么贴心地摩挲着她的脊背,脖子下面的两个巾角飘着的流苏时常拂抚她的脸。裘紫曦能想到,这块方巾肯定是刘昂给她买的。赵葵花的脸健康得像打了胭脂,妇女们用小锄头除草时,她一会儿直直腰,一会儿直直腰,微微隆起的小腹骄傲地俯视着刚长出一寸的绿油油的麦苗。

已经过去的这个冬天,两本藏在裘紫曦枕头里的小说,出来了一个又一个的人物跟她和林南讲述人间的喜怒哀乐。林南坐在炕沿上念着,念到激动时,还跳到地上边走边打手势。裘紫曦低着头,想安娜的命运,想娜塔丽娅的命运……

裘紫曦在歇工的时候折了一大把达达花。直到现在,马天琪和罗颖也没有回来,她们都得了急性肾炎,正在办病退。

八月,一年一度的征兵通知下来了。参与征兵,这在刘家堡子是比过年还重要的事情。凡是够年龄的男人只要没残疾,都二个想法没有地去参加征兵体检。那些被刷下来的,全是下一年报名者的先生。青年点里的五个男知青除了林南,也都报了名了。

黄沟岭的麦子也在八月初成熟。郝天成躺在野麦坡的一块大石头上,嘴里嚼着麦粒,看一眼拎着麦捆的裘紫曦,含糊不清地对林南说:"看你,眼睛像个小鬼蟹子似的,长出壳了,一副还想横行的神气。为什么不报?"

"怕跟你争名额。他们几个随帮唱影的……"

郝天成忽地坐起来:"说实话!"

"我妈不让。她怕我离家太远,有事还不让回家。"

"孝子啊! 你不怕一辈子回不了家啦? "

"大不了,我把我妈接这儿来!"

郝天成看着林南,把拳头放在石头上,慢慢地伸出大拇指:"哈,你还真有种!"

林南的有种,最先让裘紫曦遭到了重创。

裘紫曦请假进城了,她要配眼镜。她顶着初冬的风找了三家医院,才在第一人民医院的妇产科找到了卢秀英。

"我得流产!"裘紫曦穿着城里人还没有开始穿的大棉袄。

卢秀英一把揪下头上的护士帽:"我不是大夫呀! 刘昂这个混蛋,他怎么不来?"

"他来干什么？这件事，全世界只能你知道！不要跟任何人提起！懂吗？"裘紫曦紧紧地攥着卢秀英的手。卢秀英当然懂得裘紫曦这件事被人知道的后果，她用心用力地点着头，担起了一个终身的承诺。

"如果没有活路了，我就跳海去！"裘紫曦在医院那股来苏水的气味里，好像忽然看到了母亲。洗尽铅华的王菊馥在向她招手："过来吧，孩子，让妈妈抱抱你！刘家堡子马上又要银装素裹了，寒啊！苦哇！"

卢秀英手里的帽子都快被她扭碎了，她看着裘紫曦，眼里已经全是眼泪和泪水浮起来的焦灼。

"英啊，快去把……"李珍拉开医护休息室的门，看见的是两个神情异常的人。

"珍姐！求您——"卢秀英一把将李珍拽进来，紧紧地扭着她的袖子。

裘紫曦的眼睛在她新买的烟色塑料框的眼镜后面凝视着，嘴巴倔倔地微噘着。

"知青？"李珍看着裘紫曦静静地问了一句。然后，她把卢秀英叫到了门外。片刻过后，卢秀英进来了："我马上找人调班去，你一会儿就按李大夫说的做！"卢秀英这时长长地出了一口气，她重新把帽子戴好，抻抻衣襟，又出去了。

裘紫曦默默地看着李珍。

李珍伸手在裘紫曦的脑袋上抚了抚："看你的头发，和我女儿的一般黑。这段时间，如果没有热水，就少洗几次头发。"

"哦——"裘紫曦在来苏水的味道里，从李大夫的身上，闻到了微微的奶味儿。这样的气味，让裘紫曦已经要断裂的神经，松弛了下来。

"拿这个，去挂号。先给自己起个别的名儿用用吧。"裘紫曦低头看看手里的小纸片，上面写着，加一号，右下角签着李珍的名字。裘紫曦一下子就在绝望的悬崖上擦干了眼泪。

值班室里，来苏水的味道小多了。卢秀英放开了裘紫曦的手："来，把这两片消炎药吃了。你好好睡一觉，明早和我一起回家去，歇几天。"

裘紫曦冒着虚汗："再陪我一会儿吧！好像没有病人来啦！看你现在活得这么好，我很高兴！"

"正上火呢！前天医院都炸锅了，很多人都要报名、考大学！报上登出来了，以后上大学不推荐了，得考。我心里着急，可没用啊，我初中毕业下乡的，培训的时候听老师讲的那些课，好多都不懂……"

"考大学？登出来了？登哪儿啦？"裘紫曦手里的杯子，水都洒出来了。

卢秀英拿下杯子，给裘紫曦擦擦手："你没看见？在挂号厅阅报栏里的报纸上啊！"

"带我去看看。"

"明天一早行吗？"

"不行！"

挂号厅对外的大门已经锁上了。裘紫曦跟着卢秀英从楼里走迷宫似的到了那里。裘紫曦像是寻宝的人终于见到了宝藏那样，隔着玻璃摸着那张报纸。她从卢秀英手里拿过手电筒，从头到尾仔仔细细地看着。

"我明天就走，我怕来不及！"

脚下的地毯很绵软，弹性十足。裘紫曦自言自语着："就怕来不及啊！"当她要走到 1622 房间时，看见一个男人正在那里踱步。

岁月，让一个曾经精瘦、干练的青年人无可避免地出现了苍老。眼见他的腿脚不再如御风般的敏捷，身体也是微微发福的样子，只有那对眸子还原样地闪在皱纹横生的眼帘里。

"啊！"见了面，林南和裘紫曦不约而同地发出了一样的声音。

窗外的灯光，是林南坐在圈椅里的背景。他借着这灯光看着裘紫曦。她还是那么瘦，头发波浪般地披在肩上，黑色的宽松毛质长裙腰间垮垮地系着黑色的缎带。三十九年的光阴，竟然这么快就过去了，如果没有眼前这个人的出现，他好像都忘记了从前。

当脸色苍白的裘紫曦戴着新眼镜把那个消息宣布出来时，林南一下子扔了手里的镰刀。

他摇着她的肩膀问："没胡说，是吧？"裘紫曦定定地看着他，紧紧地闭上了嘴巴，一头把他撞倒了。场院里一片欢腾，尤其是夏天新来的那几个小知青，他们爬上高粱垛，又从垛子上翻下来，来来回回地折腾着。

刘昂握着镰刀头,镰刀把儿拄在地上,环顾着满目山野,说:"风变向了!"赵葵花站在他的身后,挺着大大圆圆的肚子,怀里抱着高粱穗儿,问:"你不想?"

"不想!我姓刘!"刘昂又把镰刀把儿使劲地往地上点点。然后,他高喊一声:"削高粱!削完了这垛,明天送你们都上公社,报名去!"

公社知青办并不能办理报名,却在公社中学进行了考试初选。初选通过后,林南和裘紫曦他们才去了县里。在县里报名时,因为人多,男知青和女知青分别在两个学校里填表。会面时,裘紫曦和林南的眼睛都在问:"报哪儿了?"

"文科,三个志愿是:中央戏剧学院!中央戏剧学院!中央戏剧学院!不服从分配!"

"文科,三个志愿是:辽宁师范学院,沈阳师范学院,锦州师范学院,服从分配。"

他们几乎是同时在说。然后,就是一阵长久的沉默。

高考,对于他们是不知就里的新鲜事,谁知道报名是这样的报法呢?无奈是揪心的无奈。林南的喉间立刻哽咽了,他紧紧地挽住裘紫曦的腰,他明确地感觉到了,他和裘紫曦就像两条相交的直线,焦点就是刘家堡子。此后的生活能留下的,可能就是彼此越离越远的轨迹了。等拿到各自的录取通知书时,无奈就变成了不可挽回的无奈。

"怎么不提早告诉一声呢，你要回来。"

"也是突然决定的。"裘紫曦从床头柜上的书里拿出两张照片，递给林南。

林南一手拿着一张照片，左看看右看看：两张照片都是二寸的。一张是银盐冲印相纸的老照片，虽然相纸已经发黄了，但黑白的影像却很清晰。照片上是一男一女，一看就知道那是结婚照。另一张是很新的光面相纸，红底上的彩色影像也很清晰，照片上也是一男一女，一看就知道那也是结婚照。

裘紫曦走到林南的身边，指指每张照片上的男子："看出什么了吗？"

林南仔仔细细地端详着。

裘紫曦轻轻地说："这个，是我儿子，也三十一岁了。"

林南一下子明白了："紫曦——"

"他在黑崖角边上的那个养护中心住着，都九十六岁了。幸亏他没有老去！这张照片原来夹在那本《白夜》中，那本书送给你以后，我就放进《安娜·卡列尼娜》里了，再后来，好像就忘记了。上个月，儿子要结婚，我们搬家收拾书柜，我又看到了这本书，这张照片就从里面掉了出来。那时，他也是三十一岁呀！我一下子就……醒了。"

窗外的灯光在更黑的夜里显得更亮了。但是，光线却照不到1622的房间里来了。

林南的眼睛潮乎乎的，鼻子一阵阵发酸。他不敢想，如果裘紫曦没有再次发现这张照片，如果不是看见照片上年龄相同的两个人那么像……

裘紫曦打开落地灯，灯光照出她的微笑："找你，却不难。难在想着还要不要见见。"

林南抽抽鼻子，也低着脑袋笑了笑："是！"

"有一个剧本《达达花红麦子黄》。这些年，剧情和人物一直在心里转着，我总是想写，可是，一提笔……"裘紫曦轻轻地摇摇头。

林南抬头看着裘紫曦："你还是那个性情中人，一点儿没变。"

裘紫曦笑笑："你变了吗？"

"变了些，但没大变！"

裘紫曦大笑起来："都老头儿、老太太了，还敢说'一点儿没变''变了些，但没大变'！连城里的薄凉秋风都经不起，黄沟岭山风的那份凛冽想想都头皮打战了。"

"笑我！"林南也难得地一声大笑："你想去刘家堡子！"

裘紫曦看着林南："我还是愿意和你说话。你陪我走过了生命里穷极的那一年，没有你，就没有还活着的裘紫曦！我这辈子，点点滴滴浓缩成酒，苦的、辣的、酸的，当然也有甜的，都喝过了以后，现在才觉着，活得不亏……我还想去看看卢秀英，她今晚在宝乐中心等我呢，我们已经约好了。明天还一起去看李珍大夫。"

林南惊奇地张大了嘴："你，你知道卢秀英和我是一家吗？"

"知道！你好福气！"

"那你还有什么，不知道的吗？"毕业之后，林南觉得自己一放手,裘紫曦就像个风筝,飘到他望不着的地方去了。

"我和同学、同点儿的知青大多数一直都有联系。这回,就是他们帮我又找到我爸的。"

林南心里闷闷的,一时间什么也说不出来。

"知道卢秀英过得挺好,我很安心。这次接走我爸爸,以后即便再来这个城市,恐怕也没有这种根根叶叶的感觉了,也许,也许不会再来了……"

林南心里一阵悸动。他张开双臂,张着,但又慢慢地把胳膊放下了。

月亮,已经快圆了。

月亮孤单单地悬在没有星星的天穹。

一辆出租车过了咸通立交桥,沿着跨海高速路驶向城外。林南回头看看后座上的裘紫曦,她抱着臂膀已经睡着了。

"师傅,来点儿暖风吧!"林南说。


## 孤山月影

青玉湾,是从青鱼湾谐音来的。它位于老城区的东北侧,与市中心的直线距离大约有二十五公里。这个新兴的大型住宅区,就像一枚棋子,被放置于东港与老城区之间。

人言:有了人,就有了一切。而有人的前提得是先有住人的房子。随着房地产开发、公路和城市轻轨的通达,五六年间,青玉湾的房价也从低洼的状态开始了快速的溢升。宝乐集团的战略眼光精准地关注着这个态势，在商圈与住宅的配置恰到好处的那个节点上，它开始兴建集商业、餐饮、娱乐、休闲为一体的又一个宝乐中心。

郭代莲一接到冯玉然的电话，就跑到门口等着来了。

这个宝乐中心的建筑是个方方正正的立方体，白色大理石墙面的外观很欧式也很气派。六米层高的一楼，四面都建了雕花的回廊，四个大门的上端还仁立着仿意大利文艺复兴时期的人马塑像。

楼里，是中心挑空的回廊式结构。锃亮的扶梯载着上上下下的人，人们都情不自禁地去看回廊栏杆处设计的悬挂式室内阳台，因为阳台上开满了姹紫嫣红的鲜花。

郭代莲兴致勃勃地把冯玉然她们带到了下一层里早已准备好的大包间。这个房间果然如郭代莲向冯玉然保证的那样——"没挑儿！"徐丽丽一干小伙伴儿都闪着美瞳，手指掩唇地叫了起来："噢！"

房间的墙面全是森林图景的彩绘。一个很大很厚的原木板台稍左的上方摆着树皮围成的椭圆形浅筒，筒里错落有致地插满了万寿菊：金黄的、橘黄的、橙红的、大红的、浅粉的、深紫的、雪白的、黄瓣红芯的、红瓣黄芯的……这些花儿，有大朵的，也有小朵的，有盛开的，也有刚刚吐蕊的……在一棵白桦树后面，一只小梅花鹿露出了可爱的小尾巴，它的脑袋迎着微风吹来的花香正慢慢地伸过去，它的大眼睛好像刚刚从沉醉中睁开，因为它被一只小蜜蜂骚扰了。

本是这个房间的两个前窗，被设计得倒像是一个古老的深林小屋的后窗户。一到这里的人们，就感觉自己是这家的好朋友，在他们家旷阔和静的后院里，大家正有一个美妙的聚会。

郭代莲一双丽人眉，眉梢画进了额角下面的头发里，大眼睛飞流顾盼地照应着进了房门的每个人的表情。

徐丽丽一步一步地走到花筒前，回头望望还站在门口的郭代莲，伸手就要去摸小鹿的脑袋。

冯玉然微笑着，挽着卢秀英在造型奇特的木墩凳子上坐下了。

卢秀英很不习惯也很高兴，她看看那些像假花一样美丽的鲜花，夸奖道："代莲这姑娘，真是心灵手巧！"郭代莲美美地站在她们身边，欣赏着那些年轻的白衣天使们的赞叹和惊奇。

"和五年前装修医院时比，更棒了！这回能当上首席了吧？"冯玉然问。

郭代莲扬起胳膊在自己面前画了个大大的弧线："光餐饮、娱乐这一块儿，就一万五千多平方米。"她左手拍拍自己的右肩："我担纲的！等吃完饭，我带你们好好玩儿。看看我设计的荷池，还有阳光露台上的曲水流觞！客房，客房先不说了，你们要住的嘛！这回我再不是首席，还能谁是？"

冯玉然站起来拍拍她的肩："别骄傲！一翘尾巴就该进步不了了！"

郭代莲有点受挫："你越来越像我大姨！连说话口气都像啦！卢姨您说是不是？"

卢秀英笑着拉一下冯玉然的衣角，岔开话头儿："告诉代莲，咱俩今晚不住这儿！"

"为什么？"

冯玉然告诉郭代莲："回孤山！"

郭代莲眼里一下子跳出带着水汽的小火苗："真的？太好了！我这就给家里打电话。"

"不用！"

"打吧！好有个准备呀。"

"准备什么？以前，卢姨和我们在值班室都挤一个床睡，到孤山跟回自己家一样。"冯玉然看着郭代莲的眼睛，然后把她推了出去："快叫上菜！"

徐丽丽和郭代莲一起点的菜品，都和健康长寿有关，装在宝乐特制的异形盘、钵、碗等容器里。这些菜，每道都有个吉祥如意的名字。卢秀英记不住，但听着就觉得好。等菜都上齐了，徐丽丽领着两个小同事把一个大蛋糕抬到了桌子上。她向卢秀英鞠了一躬，说："这是我们的心意，请卢姨收下！我们感谢卢姨的栽培！"

卢秀英也弯下腰，她在心里感谢这些年轻人。小时候，母亲给她煮生日蛋的日子好像就在昨天，也好像是很久远的事了。那时候，一颗温乎乎的鸡蛋从母亲的手上传到她的小手里时，她会在母亲的眼睛里看见让她的心也温乎乎的光芒。下乡的那四年，她离那光芒远了，就感觉心里凄凉。结婚以后，她很快也成了母亲，她要想着给自己的孩子煮鸡蛋、买生日礼物了。随着家庭生活水平的一点点提高，林家百吃不厌的饺子，几乎天天上桌。她在没忙得忘记自己生日的时候，就买点儿虾仁儿，包韭菜虾仁儿馅儿的饺子，带着上班,直到今日。

徐丽丽带着大家拍手唱着生日歌。

"玉然啊!咱俩不是同一天生日吗?"

"今天我们就是给您过生日!我中午吃了您包的虾仁儿馅儿饺子了。明年的今天,我再上您家去吃,真是太鲜了!非常好吃!"

冯玉然情不自禁地抱了抱卢秀英。这个曾经怀抱着自己,把自己"宝贝儿,宝贝儿"地叫着的卢姨,个子什么时候比自己矮这么多了呢?眼泪慢慢地滚出了冯玉然的眼角,她用小手指仿佛是不经意地抹去了。郭代莲的眼光像张密密实实的隐形网,她敏锐地捕捉到了冯玉然的泪光,一声叹息就飘落在她举向唇边的那朵万寿菊的花瓣儿上了:大姨该多想和女儿这样啊!可她们为什么就不能亲亲密密的呢?

冯玉然才抬起的手,这时指间照进了一片白光。她看见郭代莲拿着一支硕大的红灿灿的万寿菊正眼神迷离地看着自己,她还看见房门慢慢地开了,门口站着林南和一个她不认识的女人。

"林叔来了。"冯玉然在卢秀英的耳畔轻轻地说。卢秀英回过头,差点被树墩凳子绊倒,急促中她拉住冯玉然:"玉然,要跟咱去看你妈妈的人来了!"

郭代莲安排蓝海妇幼保健医院的其他人都去荷池泡温泉了。这时,她想好了:和表姐一起回家,趁着这个难得的机会让大姨和表姐再变成贴心贴肝儿的娘俩儿!她打电话给她公司的老板,说:"郝总,我跟您请几天假,回趟家。"

电话那端,郝天成皱了皱眉:"那得尽快回来！这个宝乐中心我们做得好,银座的图纸马上就要给过来了。"

"郝总,设计费的提成能在这几天给我发了吗？我有用。"

"好吧,我让财务尽快给你结。"还在办公室忙着的郝天成,眉毛拧得更皱了。

郭代莲马上又找到一个号码接上:"小丁,把车开来,我在宝乐。就是我做的青玉湾的宝乐嘛！"

不久,一辆别克轿车停在了宝乐中心的前门。郭代莲跑过去,冯小丁伸手打开了后车门。

"我不上车,你下来！"郭代莲关上后门,拉开前门:"你是送车来的,我回趟家。"郭代莲笑嘻嘻地看着冯小丁。

冯小丁下了车。

看到冯小丁有些郁闷的样子,郭代莲拉了一下他的手:"那你跟我一起回去,可以吗？"

冯小丁捏住郭代莲的手指:"我一定会去的！等我把那幅画画成！"

此刻,冯玉然后面跟着林南,卢秀英挽着裘紫曦,他们一起出来了。

"那你打车回去吧,老板给我发红包了,双份！我已经转到你支付宝上了！我不在的这几天,你别老闷在屋里画。早晚出去风凉风凉！"

冯小丁催促着:"天都凉了！快进去吧！"

郭代莲被冯小丁推进了车里，然后冲着出来的几个人喊道："林叔,您坐我这儿!"

冯小丁晃晃光光的脑壳,又着一双直溜溜的长腿,后退几步,站在了台阶上。他专注地看着车里的郭代莲,大门口廊柱上的大灯散发着清朗的光,像飘雪一样地照着他,夜里的风扑着吹向他宽宽大大的白色粗线毛衣和同样宽宽大大的牛仔裤。

卢秀英看着冯小丁,她觉得自己好像在什么地方见过这个小伙子,可是一下子又想不起来到底是在哪儿见过的。

冯玉然也在看着冯小丁,她朝他走了两步,张了张嘴。

"上车呀! 姐,你们快上车! 这外边风可不小!"郭代莲招呼她。她的车已经被徐丽丽从车库开出来送到门口了。冯玉然深深地看了一眼冯小丁,然后过去换下了徐丽丽。

"林叔,我快点儿开,到孤山大概要两个半小时,要是困了,您就睡一会儿。"郭代莲手脚利落地开车上路了。

"我一点儿都不困。"林南说。

"我怕自己困。这一阵儿,我又忙、又累、又困、还有点儿闹心。您得时不时地和我说句话,给我提提精神。"

"明白! "林南就接着说:"我看你这性格好,爽朗、直率。"

"我本来就直性,又是干工程的。干工程嘛,虽然是小活儿,干的时候也事事不能含糊了。那说话做事就得直来直去,这样才能有效率,才好把活儿干到位。"

"有道理! "林南微笑着。

"林叔您是在机关工作的领导吧？看上去就显得特别有涵养。"

"是吗？"

"是啊！您和裘阿姨肯定是有故事的人，可看您，多稳得住！在大家面前都不多看她一眼。卢姨过生日，您在这场合也不热情地表现什么。"

林南抬抬屁股，为自己刚才的轻言有些不安：郭代莲是看到什么就说什么的直性子不假，可她还长着一双能看到人心底的眼睛呢！他惶惶然地转移了话题："刚才那个小伙子，是你男朋友吗？挺帅，还很有艺术气质！"

"林叔好眼力！他是画家。原来是我师哥，嗯，现在，是我未婚夫了！我是这么认为的！可他爸爸不愿意，我爸妈也不太赞成。"

"为什么呢？"

"也许，是我不够漂亮？可小丁不这么认为呀！也许，是嫌我家是小镇上的？可小镇人有小镇人的优点啊！成事呢，得是许多条件都够了才能成；事不成，只要一点儿不行就不好成啦！所以，我真想不出到底是为哪一点儿。我爸妈的意思我知道，他们是希望我找个大夫。"

郭代莲很有感悟地说着，并和盘托出自己的打算："但这归根结底是我们俩的事呀。我和小丁同居也有好几年了，现在，我还真得好好计划一下以后的日子！这回我结了设计费，就够交首付款了，我早在东港看好了一套房子……"

林南认真地听着。

夜空里还能听见的，就是车轮和路面快速摩擦的沙沙声。

林南好像从未想过，他和裘紫曦是为什么不成的，怎么就散了；而和卢秀英是怎么一下子就成了，还安安稳稳地过了这么多年。

冯玉然眼睛看着前方，手里把着方向盘，耳朵听着卢秀英和裘紫曦絮絮地说着她们的家长里短。

对面，不时有车灯一闪而过，如放电的海鳗。

郭代莲开的车在前面好像是滑行着，滑得顺畅、安然，就像一条在深海里的小鱼。

冯玉然放松了手和脚平平静静地跟着，跟着这条快乐的小鱼。她不用看天，不用看地，也不用看着路。月光皎皎地洒在天地之间，路面上也铺满了月光，她听她们说，听得很入心，尤其是两个年过花甲的母亲在说自己儿子的时候。

裘紫曦说："小剧场有时候只来七八个人，他也要演。今年演的是《冬天也可以无雪》，好在是正儿八经的夫妻档，不然，女主角他也请不起啦！我有时候也不安，他爸爸都快八十岁了，还没见上下一代人呢。他随了我们俩，也搞戏剧，看这情形，以后能不能有饭吃真不好说，还是天淳那样好，学个实实在在的理工科，做 IT……"

"累着呢……没结婚以前，他在家住的时候，我一星期都和他碰不上几次面儿！他们要生二胎了，我这回去伺候媳妇坐月子，可好，能天天见着儿子啦！老林盼着能生个孙子，还跟我们老太太一起烧香拜佛了！人老了，真跟年轻的时候不一样了……"

"卢姨，林叔年轻的时候什么样？"

"听你紫曦阿姨说说,他们一起在青年点的时间比我还长。"

裘紫曦慢慢地说着:"主要是心肠软,很有责任心,还头脑透亮,我很爱和他说话,也是一个爱好文学的青年。"

"哦?卢姨,那你们在青年点时就好上了吗?"

"没有!说来都觉得不可思议。我都工作五年了,也没谈恋爱。在这之前是觉得岁数还小不着急,得好好工作几年,学好技术再说。好像转眼间就二十五六岁了,别说父母,连亲戚朋友都跟着着急了。我爸远洋回来,还责怪我妈对我不关心,我妈那天委屈得落了泪。我就对我爸说:'别埋怨我妈,是我非要找个读过大学的不可!'那时候大学生多难找!过了一段日子,有一天,我爸就让我去跟人见面,在秋林公司边上的那个电影院门口。这个人,就是你林叔!一见面,我都傻了,然后我俩就开始笑!那个笑啊——人家来看电影的都看我们。把门儿的还问:'要开演了,进不进?'他说:'不进!'连电影也没看,我们就压马路去了,还摽着胳膊。我们就在路边上谈妥了订婚的日子,没几天就领了结婚证,赶在我爸再出海之前我们就结婚了。"

裘紫曦好像看见了站在电影院门口的林南和卢秀英,他们那个笑啊。笑命运,笑人生,笑自己,笑旁人,笑在青年点的过去,笑竟然这么巧的……同样的感慨万千,裘紫曦没法儿笑了,她的眼泪,在已经不年轻的脸上,滚滚而落。

车子平稳地滑出了好几公里。

"也没有花儿,也没有戒指,好像什么时髦的都没有,也好像不需要这些似的—— 一晃三十多年，我们就这么平平淡淡地过来了。"

"能遇上你，我不知是哪辈子修来的福分，林南娶了你，就不止是福分了！你和谁，都能过好和顺的日子,这里边的平平淡淡对不少人都是奢望呢。"裘紫曦嘴唇抿着眼泪在心里说。

车子转了一个大大的弯,绕过了山脚。

再往前,她们就进孤山镇了。

孤山镇的夜晚,因为汽车的响动,飘出几声清淡的狗叫。

李家老堂所有灯洞里都亮着汽灯呢！

郭代莲一脚刹住汽车，还没把车门开开就迫不及待地大叫："爸——妈——"

李家老堂堂屋的门，是跟着汽车开进院子的声音一起打开的。郭代莲一脚迈出车一边喊："大姨,您看看这都是谁呀！"

李珏和郭茂源跟在李珍的身后跑出来,他们看到李珍和卢秀英都是一把握住了对方,两双手紧紧地扣着。

"英啊——这大半夜的跑来！你也不嫌累！"

"不累！玉然开车,我们坐着。玉然啊——"

冯玉然没有下车,她把车开到了东屋的门口,才一步一步地朝这边走来。郭代莲先把林南领进堂屋让爸爸妈妈招待,自己就又急忙跑出来："姐,姐！"

"你也稍稍消停点儿！能不能有个大人样儿啊？"

郭代莲点头哈腰地挎起冯玉然的胳膊："看你回来，大人们多高兴,我大姨的眼睛紧着看你呢!"

"她再看一会儿,就该烦心了。我可困了,咱俩先睡吧。我猜她们得唠到天亮去!"

"咱跟我大姨她们道个晚安!"

冯玉然走近李珍她们的门口,说:"卢姨晚安!裴阿姨晚安!妈!我睡觉啦!明天见!"

"玉然!进来坐一会儿啊?"

"不啦卢姨,明天一早儿咱一起吃饭,我下午走!"冯玉然回应着。然后,她看看郭代莲:"你住哪儿?"

"我住……我和你一起,在这屋!"郭代莲指指李珍她们隔壁的房间。往常,郭代莲是住西屋的,和她爸爸妈妈仅一墙之隔,有时娘俩儿还隔着薄墙喊着说话。

"我去把包儿拿过来!"郭代莲跑着去了堂屋,正碰上郭茂源送林南去东屋的另一个房间。

"林叔,晚安!"郭代莲向林南摇摇手,就一脚扎进堂屋,抱着李珏转了一大圈:"想我不?"

"不想!你太闹得慌!你一回家,到处扑腾,哪儿哪儿都是你的影子。你看你姐,多安静,那才像个姑娘家家的呢……"

"哎,那你和我大姨说说,把我俩调换调换得了。"

"人家你大姨能干吗?"

"你干吗?"郭代莲眼角叼着狡猾戏谑的笑。

"我也不干!在你大姨那儿,你还不得天天挨训呐!我还真心疼，你这个刁丫头还是在我跟前矫情吧。"

"就是！"郭代莲在妈妈脸上亲一口："今晚做个美美的梦！梦见我和白马王子喜结连理啦！"

"嘿，越大越不嫌害臊了！"李珏望着女儿跑出去的背影，半天才落下胳膊，收起指着她的手指头。

郭茂源给林南关好门，熄灭了汽灯。

李家老宅的院里，也渐渐地安静了。

林南环视着这间屋子：雪白的灰墙，拉线开关的日光灯，靠西北角摆放的床。林南仔细地看了看他觉着奇怪的被褥，李家的被褥竟然是粗棉布用靛蓝扎染的，还有很宽也很松软的枕头。房间东墙那边，从头至尾顺着三条黑漆的长桌，桌下，还有两把黑漆的椅子。桌子上，好像白天还有人在摆弄的那些纸张，现在整整齐齐地压在镇纸下。林南好奇地拿起光滑细腻的黑石镇纸，纸上，写着的都是植物的基本信息、自然属性、形态和药性，每张纸下都有几张这个植物的全株和局部放大的照片。

林南很是惊叹：这些照片把这些药用的植物拍得太精妙了！照片很有布局地显示了每株植物生长的小环境、全株的样貌和细致入微的局部特征。

这张上是五味子。

老山核桃树黑褐色的枝干伸出了照片的上端，那里透着微微的天光。几片墨绿叶子的边缘上已被初秋的风吹出了清晰的叶脉和淡淡的黄。近在眼前的一串五味子红得晶莹剔透，后面的那一串却像没有完全拨开的玛瑙,闪出半边的红和浑和的淡绿,里面还有几粒小点儿的五味子竟是完全的青绿色。一只展翅的卷叶虫静悄悄地躲在果实旁边的叶子后面,露着灰褐相间的小身躯。五味子的叶子就像它的帐篷,近前的果实就是它的口粮。

这张上是关玉竹。

清晨的阳光是从山脊上流淌下来的。在山阴的一块青石脚下,一小片关玉竹青青翠翠地迎接着一派明净、柔和。其中一棵长得有些高,也有些粗壮。在它纤长叶片的尖角上,有滴露珠正要掉到地上,而另一片叶子上的露珠,却圆润得像珍珠似的闪着光。一只褐色的小蚂蚁,正低着脑袋凑过去,像是要喝露水珠儿的模样。关玉竹的每片叶下,都垂着一对儿长筒状的小白花,那六对儿洁白的小花儿,还没有开放,她们就像含情脉脉的姑娘,穿着绿裙子,手牵着手正要出场,正要舞蹈,正要歌唱。

……

林南看得爱不释手。他边看边想,这是谁拍的呢?大概是李大夫。真没想到李大夫还有这样的本事!看样子,这是在做药用植物图志啊!这可和妇产科离得有些远。

月亮就在孤山顶上,把清辉洒在四面八方。

冯玉然又翻了一个身,她觉得李珍的目光还在追随着她,让她睡不着。她忽然想起了一件事,就问郭代莲:"喂,代莲,睡了吗?"

郭代莲迷迷糊糊地答了一声:"要做梦了。"

"先别做梦!我问你,你的男朋友叫什么名字?"

"小丁啊！"

"别小丁小丁的,他叫丁什么？"

"不叫丁什么！小丁是他的名字,他姓冯,噢,和你一个姓……"郭代莲一下子不困了, 她猛然想起在宝乐门口冯玉然看见冯小丁时的奇怪样子和表情。

"知道他爸,叫什么名字吗？"冯玉然虽然犹疑着,可还是嗓子发紧地问出了这句话。

郭代莲坐起来,抱着枕头闭着眼睛摇着头。

冯玉然看着郭代莲,她翻身下床跳到郭代莲的床前,拽出郭代莲怀里的枕头:"你知道,快说！"

郭代莲睁开眼睛:窗棂上的玻璃把屋外清水似的月光透进来,照出冯玉然清晰的轮廓和大致的眉目。郭代莲看着表姐一动不动剪影般的样子, 舌头都不太好使了, 她感觉到了一种不寻常的气场,在冯玉然注视下,她嗫嚅道:"冯,冯,建国！"

剪影似的冯玉然慢慢地退回了床边。这个她从来不说在嘴上的名字,现在听郭代莲说出来,她周身的血液都要凝固了。

郭代莲揉着枕头叫了一声:"我知道了！他为什么不同意！姐, 姐——"

冯玉然慢慢地把腿脚抬到床上,重新躺下了。

郭代莲抱着枕头,咬起嘴唇。她想起自己第一次上冯家时,就滔滔不绝地把自己和自己家的情况竹筒倒豆子似的倒了个干干净净。尤其是,她还特别自豪地说到了她敬爱的大姨,曾经是本市著名的妇产科主任的李珍大夫，还说起她亲爱的表姐冯玉然医生办起了蓝海妇幼保健医院的事情。从那以后，冯小丁就再也没有请她去过他家里了，虽然，他们还是和从前一样相爱。

"我真是心粗啊！"郭代莲把脸埋进了枕头里。

月亮还在孤山顶上，把清辉洒在四面八方。

三个女人，坐在暖乎乎的炕上，围成了一个圈儿。圈里，是四个小笸箩，小笸箩里，装着开口的榛子、山里红、圆枣子和山葡萄。

"接到代莲的电话，他爸去街上看了好几回，我说，你看着表，十点才能到呢！"李珍笑着，说着。

卢秀英看着李珍，像心里的石头那样的惦念，终于放下了。她坐在炕上，好好地伸了伸腰，舒了口气。她的眼睛又随着李珍去抱被子的身影转着，还是那么利落，身子稍稍胖了些。也许是因为不用再管这管那的了，眼睛里少了严肃和冷厉，增添了和蔼和温情。

李珍又把一床被子塞到裘紫曦身后，说："围上点，这山里可比北京冷多了。"

裘紫曦的手背在身后，拉着软软的被子，贴在腰上。她的眼睛一直湿润着，她时时注视着李珍：她的头发很密实但全是花白的，到了这么晚的晚上，还依然盘着紧紧实实的发髻。她的脸上有了不少皱纹，皮肤还是黑璨璨的。她的眼神还是那么坚定、温和，让人从心底里信赖……

"李大夫，您想起来我是谁了吗？"

李珍有些不好意思地笑了："真老了，记性大不如前……"

"达达！那个叫达达的女知青，没有介绍信，钱还不够……"裘紫曦含着眼泪说。

李珍似乎想起来了。

裘紫曦流下了眼泪："因为遇上了您，我就没跳黑崖角。那天，是我命运的转折点，卢秀英告诉我大学恢复考试了，后来，我就考去了北京念书，选择了学戏剧文学。"

"好哇！"李珍双手一合，然后两个掌心儿就落在了盘着的腿上："我是幸运儿，上大学是村里推荐的，要凭考，可考不上。"

裘紫曦拉回话题："达达，您有印象没有？其实，百家姓里都没有这个姓氏。后来，我写剧本、发表文章都用这个名字。"

"真不错！一看就是个才女，多亏没给耽误了。还是当作家好，大夫不行，到年岁了是真干不动啊，看你这头发还黑着呢，英啊，你的头发怎么比我还白……"

"染的！"裘紫曦撸撸发卷。

卢秀英说："我随我妈，我妈的头发就白得早。她总说是惦记我爸惦记的。"

李珍看着卢秀英和裘紫曦，问："累不累？累了咱就躺下唠。"

月亮高高地悬在孤山顶上，把清辉洒在四面八方。

裘紫曦躺在被子里，腰身贴着褥子，感觉着硬硬实实的土炕。她把被子提到鼻子底下，闻着一股清淡的花草香气。

"啊！真好闻！"

"夏天的时候，连小后园子里都长了一些蓼蓝，我和老苏还在外边采了不少回来，发成了靛蓝，染了这些布，就把家里的旧被褥都换了。"

"你染的？老苏？苏克俭？"卢秀英小声问着，声音里透出一股难掩的高兴劲儿。

"是啊，这几年，他都在这儿了。他有一本《药用植物图谱》，上面的图都是画的，他要把这些草药都找着，拍出照片来用上去。"

"这可真是太好了！"裘紫曦感叹着。

"都能找到吗？"卢秀英问。

"找到一多半了！小时候，我常跟我爹上山采药，也帮他做。这山上，有很多种药材！有东北药用植物园之称呢。"

"今天怎么没看见苏大哥呀？"

李珍回答卢秀英："他上千山了，前天才去的。他还想拍一些像东北天南星这样的药材在秋天结籽儿的照片。"

"在黄沟岭，有一种灌木，开淡黄色的花，入秋结出蓝色的小果子，我们如果被虫子蜇了、砍柞树棵子时割了手，就拿它抹，能止血止痒，就是不知是什么药材。我还尝过，酸酸甜甜的味道，不难吃，可当地人都不吃，他们说，那是给乌鸦吃的东西。"裘紫曦想起了在刘家堡子最后的那个秋天，在进城去找卢秀英之前，她怀着"如果药死了，就死了吧"的心情，坐在沟边上，一粒接着一粒地吃那颜色、形状看着都非常奇特的小浆果的情形。

"就是吃一粒，满舌头都茄紫茄紫的那个？"卢秀英问，她在烧火做饭时也尝过，很甜。经过了霜打的小浆果，皱巴巴的，在苦寒的日子里她马上尝出了那种不一般的甜味。

"应该是蓝靛果。属忍冬科,能清热解毒,对高血压还有一定疗效。"李珍说:"蓝靛果在这边还不多见。"

"珍姐,你都懂这些中药啦!"

"原来知道点儿,现在跟老苏又知道了一些。小时候跟我爹学医时,是东一扫帚、西一耙子地学。来什么病人你就是什么科的大夫,我爹不擅长妇科,村里的妇女有什么病都得出去看……有时,我看着真难受啊!"

"您后来学妇产科和这个有关吗?"

"有啊!工农兵大学生原则上不是哪儿来哪儿去吗?我寻思,我要是学成了,就补了李家老堂的缺项了。"

"如果有来世,我也选择做医生!"裘紫曦说。

"那可屈才了!人家鲁迅还从学医转成当文学家了呢!"卢秀英不同意裘紫曦的选择:"老林也总想当个文学家呢,还说等退休有时间了他也写本小说什么的。"

……

月亮升得越来越高了,几声鸡鸣远远地传过来。

"睡一会儿吧!明天你们还要赶路。"李珍拉了一下炕沿底下的灯线,日光灯在"啪嗒"一声后,闪了一点儿莹白后就暗下去了,屋里也顿时黑了。渐渐地,裘紫曦的眼里又是一屋子的清辉,那是月光透过窗棂照了进来。

这个夜晚,李家老堂里的人,除了李向仁,大家都难以入睡。

清早,冯玉然推开房门,见郭茂源骑着小三轮车正好回来,李珏坐在车上。

"玉然啊,你起这么早干啥呀?"李珏从车上跳下来,端详着冯玉然的脸:"太累了是不是?感觉你没睡好呢,眼皮都肿了!"

冯玉然摇摇头,看看小三轮车后斗里的鸡鱼肉菜。

"老姨!我去看看我姥爷!他醒了吗?"

"你姥爷现在,你也不知道他啥时候会睡着,啥时候会醒。多亏你妈回来了,别怪你妈老不去看你啊,你姥爷真是离不开人了。要不是你妈在跟前……有好几回,都挺危险的!"

冯玉然轻轻地推开门,她看见青花的棉布被子下和青花棉布的枕头上是一个老人安静的身躯和安详的脸。她用手背轻轻地触摸着老人白白的头发,竟感觉到这头发和婴儿的一样软,老人的脸上有很多皱纹,也像刚出生的婴儿那样皱巴巴的。


> 大白鹅,黄嘴巴,
>
> 嘎嘎嘎嘎看护家,
>
> 家里有爸,家里有妈,
>
> 还有一个胖娃娃。


这个儿歌,是冯玉然小时候在姥爷家跟姥爷学的。

冯玉然慢慢地退出了房间,关好了门。她抬头看着天空,青白的月亮还在天上挂着,好像还比夜里更圆了些。

"老姨,我先回医院了!"

"这么急呀,还没吃早饭呢!哪能让你空着肚子开车上路哇?"

"我一点儿都不饿,真的。我抽时间再回来。"

"玉然啊,听老姨话。"

"老姨,我会抽时间再回来看你们的。我妈那儿,你替我说一声,我就不去打扰她们了。"

郭代莲披着头发从屋里跑出来,只看见了一个车影。她歪歪扭扭地走过来,一把抱住了李珏:"妈!这回,我姐可得和我生气了!"

"这是怎么话说的呢?"李珏把女儿推到离自己一尺来远的地方,拽着她的胳膊问:"又和你姐犟啥啦?"

郭代莲连连摇头,带着哭腔说:"我的人,冯小丁,是我姐的亲弟弟!"

李珏听明白了。她被惊得差点儿倒地,倾仰的身子把后面的小三轮车撞得都要翻了。

"不是冤家不聚头吗?怎么还赶到你这儿来了呀?"郭茂源送完菜从堂屋出来,他听见了女儿和妻子的话,也被惊得站住了。

眼看着冯玉然的汽车开出院子、开上大街的,还有一双含泪的眼睛。李珍披着夹袄站在东屋的窗户前,有些发愣地站着、望着。她听见门响就起来穿衣服,可还是没有赶上。

"小点儿声啊!先都别声张了!"李珏一边压着嗓子看了看郭茂源,一边把女儿扯进了自己的西屋。

郭代莲倚着门框,背着手,头发披盖着脸颊。

"代莲啊！你别哭。你一哭,妈也心乱。要我想:咱不能跟那个小丁好了。你如果不好说,妈和你进城跟他说去。你在咱家也掌上明珠似的,我真怕你也……"

"不会！小丁不会那样对我的！"

"一辈子的事,两个人好的时候,谁会想到那个人能变心呢！要不是当年那事,你姥姥不会着急上火得那病的。说你姥姥是被他那个,那个爸气死的,不算冤枉他！要是他们家家风就这样,拿离婚不当事,咱还能咋办,那可苦了你了。不！不行！我可不能眼看着你再遭那个罪！"

"我明白你的意思,妈！但我知道,小丁不是那样的人！"郭代莲顺着门框蹲下了,她双臂交叉在膝盖上埋起头。昨晚,她瞪着窗棂看着窗外,几乎一宿没有合眼。冯玉然自从躺下来,就没朝她这边翻过身。她非常非常想跟表姐说说话,也希望表姐再问她点儿什么,可是,她们就在宁静如水的月光里,沉默着,像是冻在冰里的两条鱼。

呜呜咽咽的哭声从郭代莲的身上传了出来。

另一间西屋,响起了李向仁拍着炕沿儿的动静。李珍的脚步声也从堂屋向西屋来了。

李珏愁苦满面又有些惊慌地拉起郭代莲:"去炕上躺一会儿,哭成这样就先别和你大姨照面了。"她从炕柜上拉下来一床被子盖在郭代莲身上,念叨了一句:"我的闺女呀——"

李珍轻轻地叫了一声:"爹,我扶您起来呀？"

李向仁并没有要起来的意思,他抬手指着西屋的另一间房。李珍赶紧过去了，看见李珏正在把郭代莲的长头发从被子里捋出来顺在枕头边上。

"代莲怎么啦？"

郭代莲薅着被头盖上了脸。

"没大事，就是着凉了。我给她发发汗！"

"让我看看！"李珍奔过来。

郭代莲紧紧地攥着被头，呜呜地说："大姨我要睡觉！我脑袋发沉、发昏，我睡一会儿就好了！"

"让她睡吧！"李珏拉着姐姐出了西屋。在迈出门槛的那一刻，她抬头看看天，太阳已经升起来了，清圆的月亮还在天上挂着呢。


## 月色千年

早饭准备得差不多了，郭茂源就告诉李珏："我上老康家一趟，让康老三把咱家的客儿送到刘家堡子。"

"给你车钱！"

"不用这么多。"郭茂源又还给李珏一百。

康家就在李家老堂的街对面。康健和正在院子里擦他那辆新买的红色轿车。

郭茂源问："今天有活儿了吗？"

康健和回问道："哥，你有事？"

"你要是还没有别的活儿，俺家有三位客人要去刘家堡子，你给送送。"

"山里？"

"山里。"

"这道儿可不好跑！可哥张嘴了,我就去吧。"

郭茂源看看车:"这是城里来看李大夫的客人，毛手毛脚的新司机我也不能找。"

"那是啊！"

郭茂源递过去三百元钱:"不多,也不少。"

康健和看着郭茂源:"有哥的面子呢,啥多少的,够油钱就行。"

郭茂源拍拍康健和的肩膀:"还有一个事！你悄悄地和你妈念叨念叨,别跟那些闲着没事的老太太们指指点点的。"

康健和眨眨眼皮,反应了一会儿才"哦"了一声。

"去年,你媳妇早产,要不是李大夫……"

"哥,要不是李大夫,俺媳妇和儿子……俺心里记着呢。"

"这个倒未必要记着。你们记着李大夫是好人就中了。人家苏院长在俺家是编书呢,如果他们以后真能走到一块儿,我和你嫂子倒是巴不得的。"

"那让俺妈去给说和说和？李大夫和俺妈早先关系就不错！"

郭茂源摇摇头:"咱也不知道他们心里到底咋想的，等等再说吧。"他看看门前的大街:"今天路上的车多不多？"

"不多。"

"路上小心,慢点开！"

"没问题啊！"

郭茂源把这事安排妥当后回家来了。过马路的时候，他还是伸着脖子往大街的远处望了望。再想想家里躺着的闺女，他撸撸花白的寸发感慨道："活着，可真不容易！"

冯玉然早出了镇子。她开着车窗，感觉着耳畔呼呼的风声。风声，原来也是不尽相同的。堆积在山脚下的风，就像钻进车里的啸猿，不停地叫着。关上车窗，它就横在挡风玻璃上，手舞足蹈地拍着玻璃乱嚷。

冯玉然只得下了高速公路，把车停下来。她扶着方向盘，使劲地闭了闭眼睛，又使劲地睁了睁。恍惚间，她好像又看见了昨天晚上看见的那个人：他穿着一身绿色的军装，头上戴着有红五角星的帽子，大步地向她走来，他皱着的眉头在走近她的那一刻舒展开了。

"爸——"冯玉然叫着，然后就趴在方向盘上失声痛哭起来。

路边，是已经采摘完毕的葡萄园，还有一些干枯的葡萄叶挂在藤上。它们多像秋风里那些瑟瑟的牵牛花啊！

有几只很大的黑鸟在水泥柱子做成的葡萄架上站着，不知为什么，它们突然扑棱棱地飞走了。

"进城了吗？医院没事，很好。就是感觉得给你打个电话！"冯玉然的电话响了，来电话的是米宽。

冯玉然清清嗓子："我也没事，很好。"

"感冒了？"

"没有——"一个"有"字还没有说完，冯玉然就又掉下了眼泪。

"你在哪儿呢,快告诉我!"米宽显然感到了什么。

"在一个,在一个被遗弃——"

"玉然,等着我,我很快就到,很快!"

冯玉然张开泪眼,看着上方的高速公路。汽车一辆又一辆地呼啸而过。

康健和的车开得很稳,他右侧副驾驶的位置上是林南。林南回头看看后座上的卢秀英和裘紫曦,她们俩抵着脑袋睡着了。

林南给林天淳又发个短信:"中午给你奶奶买点儿包子,市场东边那家,叫海菜嫂的,猪肉海麻线馅儿的,你奶奶爱吃。再熬点小米粥,切点酱萝卜咸菜。再买一块儿豆腐,用大葱拌拌。"

林天淳很快回信了:"我今明两天都加班,佟瑶带暖暖去了,她休息。我短信转给她了,放心。"

林南把手机装进了衣袋,他并不能完全放心。天淳如果是他自己,佟瑶如果是卢秀英,那他就什么也不用嘱咐了。他抬眼看看外面,这里山上的草木大部分都黄了,地里的庄稼也已经收割完毕。昨晚,看苏克俭拍的照片和编撰的书稿,他看得很入迷,面对着那些好像有了灵性的纸张,他也很感动:"等我退休了,也得干点儿这样的事。总说写点儿什么写点儿什么,还不知道从哪儿写起呢!"

他又回头看看卢秀英和裘紫曦:这是和他没有血缘关系,却和他的命运息息相关的两个女人。看着那一黑一白的两团头发,和摊在卢秀英手上的裘紫曦的眼镜,林南的眼睛不由得又泛起了酸涩。

刘家堡子在孤山镇的东北,而且是更偏北一些。这一程的公路虽然还不是高速,但也是柏油路面双车道的三级公路了。沿途的村镇,房屋建筑大有改观,白墙砖贴面的二层小楼比比皆是,而且,很多人家的房顶上还安装了太阳能热水器。

"也不知道刘家堡子现在什么样了?"林南自言自语着。

"大哥你多长时间没去过了吧?"

"多长时间呢?马上要四十年啦!"

康健和看看林南:"那可真够长的,我才三十一岁!"

四十年!是很长的时间了。可有时,真有弹指一挥间之感啊。

林南的电话响了,显示的人名是:郝天成。

"喂,我说,重色轻友的典型啊!我说过多少回了,去刘家堡子,你都不干。裘紫曦一来,你就跟去了……怎么?老婆在跟前?那我说你听着,我绝口不提你和裘紫曦的恋爱史,说实在的,你们那么秘密,除了我火眼金睛,也没谁发现。但刘昂和他媳妇儿应该是心里有数的,这一点你得明白。人家裘紫曦是去看刘昂,你吃不吃醋?……好好好,不瞎说。我在路上了,咱们两集岗子会合,就能一起走了……瞧这话问的,我怎么能不知道呢?裘紫曦回来,是我接的机!剩下的事,等见面再聊吧!"

现在,处于两山之间的两集岗子,已经修起了一个三间平房的小车站,还有了两排民居和几家小旅店、小饭店。等林南他们到达时,郝天成已经站在车站门口了。

"下车,下车,喝点水,吃点饭。"郝天成招呼着,他对卢秀英说:"秀英也出来了?卢秀英你可真是的,咱们什么活动你都不参加。"

卢秀英笑笑:"这回我退休了,以后抱着孙子去。"

"看看,转眼都当奶奶了——"郝天成想起了他和林南拼死拼活地在这里把她推上车的情形。

"早当了,孙女都六岁了,这个是二宝!"卢秀英告诉郝天成。

大家早上在李家老堂吃得太饱了,这会儿还不怎么饿,就每人喝了一碗酸汤面。郝天成开来的是别克商务车,正好把人都载下,他就打发康健和说:"你回去吧,人我带着了。"

进山的路,竟然也是柏油路面双车道的,这让林南很吃惊:"没想到山路也修得这么好!"

"你也不问问谁给修的?"郝天成拍拍座椅扶手。

"谁呀?"

"宝乐的老板刘纵涧啊!刘纵涧是谁?刘昂的大儿子!就咱在这儿那年生的那小子啊。"

林南恍然大悟了:怪不得郝天成总要来刘家堡子,对一个不大不小的装修公司来说,搞大型综合房地产开发的宝乐,可以轻而易举地装满他的饭碗。

"有这个想法,你自己来有什么不行的?"

"我下乡头一年,那时你还没下来呢,刘昂他老叔家,就是刘老疙瘩他们家,他们家的狗被我带人勒死三条!"

"是你领人干的?"裴紫曦知道这事。

"弄死人家的狗干什么?住在山里,没狗可不行。"卢秀英说。

郝天成看看卢秀英:"没正事儿闲的,还想烹狗解馋。为这,刘昂把我狠揍了一顿,点里人不知道罢了。所以,我对他一直耿耿于怀,有事也不好意思找他。"

"但这回我来,可不是为了和刘昂拉关系,找他儿子刘纵涧。"见大家都用探究的眼神看着他, 郝天成就笑了:"一是就想和你们一起过来一趟;二来,我要找一种石头。我公司有个设计师,也是山里小村长大的孩子,把天然石料和木材使得很独到,上次装修青玉湾的宝乐,多亏了她的这种设计,我想往这上发展发展。"

"那个设计师是叫郭代莲吧?"林南问。

"你怎么知道?"郝天成反问,然后扭头说:"这世界还真是小。来看看,看看外面的大千世界。"

车里的人的眼光随即都望向车外的黄沟岭。公路右侧的山脚下,是一条很宽的山间河道,现在过了有雨的夏季,河道里的水已经少了很多,裸露的河床上铺满了大大小小的鹅卵石。陈年的水线清晰地刻印着这条无名的沟河曾经的流年,在它的上方,青黑色的崖壁像大山袒露的胸膛,上面不见一棵草。

郝天成胡噜胡噜脸颊,说:"也是那一年,裘紫曦你应该记得。刘昂成立了狩猎队,可是不让咱们知青参加。我不服!那时,还没到大雪天,中雪是下过几场了。我就带俩人,踩着他们的脚印跟着去了。刚翻过两座山,就听见前面有枪声,我们高兴得紧着往前赶,没曾想,有一群野猪,大概六七八头的样子,从山顶就向我们冲来,当时就……麻爪了!我们连滚带爬地往山下跑,人哪能跑过野猪呢?再就听见身后枪声响成一片。野猪也顾不上我们了,顺着沟里狂奔而去。狩猎队的人端着枪,跑下了山坡,大骂我们费光了他们的枪弹。我滚到了一处山口,因为有雪,石头很滑,我被摔得鼻青脸肿。惊魂略定之后,我抬头看看我滚下来的地方,那山,像是用青灰色的石头一层一层地垒起来的……"

郝天成接着说:"我就来找那种石头!那是最好的文化石!兴许,我能发发财了。"

"嗯,这个是实实在在的资源,弄好了,你的公司经营可能会因此好起来。"林南说。

"也不容易!咱们这茬儿人啊,可太不容易了!"郝天成叹口气:"就你们两个考上大学的,不错!当艺术家、当干部!卢秀英也行。我也还行吧,当兵回来分在钢厂保卫科,厂子不景气我买断工龄下海了,总之干得比上不足比下有余。剩下那些人,日子可过得都太一般了。最差的是马天琪、罗颖她们那几个办病退的,病退回城,本来就没好工作,弄在街道大集体、小集体的小厂、小店里,都早早下岗了,先是领着少得可怜的下岗工资,现在领全市最低额的退休劳保……"郝天成皱着眉:"她们是栽在这儿了。要不是你们来,还有公司的事,我还真是一辈子都不想往这儿伸脚。"

郝天成的话,让大家一阵无语。只有小司机快快乐乐的,他停了一下车,大叫:"嘿!松鼠!松鼠——"

"请开慢点儿,让我们好好看看这里的山吧。"裘紫曦听着郝天成的话,脸一直朝着窗外。

黄沟岭，逶迤连绵仿佛没有穷尽之势。一道山脊还没有把两翼完全铺展开，另一条隆起的山脊就把臂膀插进来了。大山挨着大山，高崖对着高崖，峰顶峙望着峰顶，黄沟岭就这样占据着视野。黄沟岭的海拔还没有使植物分带，但已经使它们有了自然的层次。山岭的高处，已经落叶的红松抹出浩浩荡荡的苍灰，连着山顶的青云；苍灰的下方是一团团的枫红和一片片的松翠，而更铺张的则是橡树林。

橡树林才是黄沟岭的本色。

橡树林都是长在半山腰的自然林。谁知道经过了多少年呢？橡树林里，那些高大的橡树有的两人都难以合抱了。天光从叶子间疏漏着，斑斑点点地照着陈年旧叶，满地的叶子中间，纤细的茅草摇曳着，也有开着蓝花的桔梗吸引着蜜蜂、蝴蝶，还有一片片褐色的榛蘑像江南美人的油纸伞，展开在和它一个颜色的树叶上。

裘紫曦拉着林南就坐在这样的一棵大树下歇脚，天光也斑斑点点地洒在他们的身上、脸上。暄暄腾腾的叶子底下散发着湿润、温暖的气息，他们慢慢地扣起沾着泥土、树叶、蘑菇浆的手指。

知青们都趁着闲暇上山采蘑菇，准备回家时带着，对此，裘紫曦早已毫无兴趣了。难得的半天休息，她在青年点里也是气闷，就跟着林南出来了。她慢慢地倒在林南的身上："我没力气！林子这么大，我走不回去了！"裘紫曦伸直了腿，已经前边开口的解放鞋踢翻了装着一半儿蘑菇的柳条筐子。

"再坚持坚持！很快就到又一个秋天了！"林南摸摸她的额角。

"我不想坚持了,我要死在这儿!"

"别瞎说呀!"林南赶紧捂住裘紫曦的嘴。"万一真有山神,把你留下呢!"林南四处看看,眼瞧着一股山风打着旋儿卷起了身边的落叶。他一下子把裘紫曦抱在怀里:"你是我的! 不能成为祭品!"

"我是你的! 要祭,我就祭奠爱情吧!"

秋天到了,所有的橡树都结满了果实。小松鼠欢悦地采摘着橡子,山民也来捡拾橡子准备磨面、酿酒。裘紫曦感觉自己的爱情在春天里战战兢兢地开过了微弱的小花儿,在夏天里闷闷地狂长,也在落木萧萧的秋天里结果了。

只是,这个果实也如橡子一般的苦涩。

因为橡树林,黄沟岭的秋天总体上是遒劲而苍黄的。

"现在看,这里的景色也挺美的,可那时,真没觉得……"卢秀英说。裘紫曦的眼里闪着泪花:"远远地看着,不要走近了!"

到达刘家堡子时,太阳已经偏向了西边的山顶。

"看哪儿院子大、房子好,就朝哪儿开!"郝天成吩咐小司机。

别克商务车开进了村头的大院。大院的门口挂着刘家堡子村委会的长牌子,院子里很气派的三层楼,石头的立面把小楼显得像个城堡似的,城堡门口,和村委会的长牌子还并列着一块铜牌,上面刻着:农家书屋。

城堡里出来一个小老头儿。他看着几个下车的人,问:"纵涧怎么又把你们打发来了? 这回送啥呀? 他怎么就不能回来一趟?"

"不对呀！俺的天老爷！哪股风把你们给吹回来啦？"小老头儿拍着胸口叫着："不认识啦？俺,刘隗宝,刘老疙瘩呀！哎呀,郝天成,林南、裘、裘紫曦,小卢秀英啊……"

郝天成咂着嘴："这眼力,这记性。说实在的,走在大街上,我都不敢认你！"

"俺是干啥的,会计！那么小的数字都能过目不忘,何况这么大的人呢。快,快进屋……"

刘老疙瘩把一行人领到了楼上,就冲着隔壁喊了一声："小乐子,送茶来！"一个小伙子赶紧给大家送来了茶壶茶杯。倒好了茶,刘老疙瘩把小乐子叫了出去,不一会儿,他就回来了,问："俺猜,敢情你们一定是来找刘昂的,对吧！"

"对！"裘紫曦站起来,点头应答道。

"唉！"刘老疙瘩大人地打了一个哀声,脸上满是悲伤,眼角现出一丝快如闪电的狡笑。

"唉！裘紫曦哟裘紫曦,你们来晚喽！"

四个人面面相觑一下之后,裘紫曦手里的茶杯就落到地上,摔得七裂八瓣了。

卢秀英赶忙扶住了裘紫曦。

"怎么回事？"李南和郝天成一起问。

"那人！三年前,也是这个时候,背着枪,领着他的三条大黑狗去打猎。你们也知道,他就爱打猎！可现在,许是人老眼花,他总是空着两手回来。还不如俺呢,俺在家门口还常能套个野兔子呢！往常,太阳落山他就回来了。可那次，太阳落山了，他没回来！往常，晚回来个把时辰也是有的，赵葵花，俺嫂子，就没在意。掌灯了，他还没回来，俺嫂子估摸着他应该回来了，就去热饭。饭都热三回了，人还没到家！俺嫂子就慌啦，来找俺。俺没含糊，喊上人就找他去了。找哇找，黄沟岭多大？还到了晚上，林子里什么奇怪的叫声都有，俺们也喊，喊得喉咙都要破了！走得匆忙，谁都没有多穿衣裳，还没带火，人都凉透了，心里也发毛了，有人说'兴许他从别的道路早到家了呢！'是啊！这种可能性有哇，俺们就往村子走，走到村子，就是这儿——"

刘老疙瘩指指脚下："那时还没盖这新楼呢。房子，还是你们青年点的老房子。老房子里就闪出一个黑影……"

小乐子满脸愠怒地站在门口，比比画画地打断了刘老疙瘩，然后，就拉着裘紫曦下到了一楼。

一楼的农家书屋里四周都是书架，屋子中间，是和学校课堂上一样的桌椅，有七八个大大小小的孩子正在那里看书、写字。小乐子拉着裘紫曦在最南边的大书架下站住了，他取下一本书，拿到裘紫曦面前，翻开，指着书上的一张照片，又指指裘紫曦的脸。

裘紫曦已经冰凉的心又一阵滚热，这里，竟然有她全部的出版物，还有一套最近才出版的十本文集。裘紫曦点点头："是我。那是我的第一本书，《黄沟岭的橡树》。"

"是刘昂买的？"裘紫曦忍着哭声。

"刘昂让他儿子刘纵涧买的！"刘老疙瘩进来告诉裘紫曦。

小乐子把手机递给也刚进来的林南，自己紧紧地站在了裘紫曦的身边,抿着嘴唇,伸出一个剪刀手。林南连续拍了好几张。小乐子跑过来翻看着,非常高兴地点着头。等他再看刘老疙瘩时,就是一副不高兴的脸了,还狠狠地把手往远处指了又指。

"俺这个孙子,心眼儿灵通着呢,就是不会说话了,小时候有病给耽误了。"刘老疙瘩看小乐子的眼神满是怜惜:"哦,他说让俺领你们到刘昂家去,俺嫂子都备好晚饭了。"

郝天成拉住刘老疙瘩:"虾米放哪儿好呢? 车子后备箱就能装四个纸壳箱子。"

刘老疙瘩笑笑:"还记仇呢!"

郝天成也咧了咧嘴:"老欠着心里真是不得劲。"

林南跟在刘老疙瘩身后,追问着:"没再找吗? 就是找不着了?"然后,他就在院子里转了一圈。如果不是前面有那个山形参照,他一下子真不敢确定这里就是自己住过三年的地方。

"物非人也非!"林南心里实在是很难受了。

"别磨蹭啦! 俺嫂子该着急啦!"

赵葵花已经在大门口迎着他们了。裘紫曦抱着赵葵花就忍不住地哽咽起来。赵葵花拍着她的背:"别哭,别哭,哭啥呀!"说着,她自己也忍不住掉下了眼泪:"这一晃,大姑娘、小媳妇都变成老太太了。"

赵葵花一手拉着裘紫曦,一手拉着卢秀英,把她们带进了西屋。

"快上炕,炕上热乎!"裘紫曦手摸着还是高粱秆皮编的炕席,眼泪就掉到了炕席上。这个小院子和这个家,除了多了个电视,好像没有太大变化。在她抬头忍泪望向窗外的一瞬间,忽然看见院门口又进来一个人:鲜红的冲锋衣,草绿色的裤子,裤腿扎在高腰的黑靴子里,猎枪的枪筒斜在肩后,三只黑狗围在他的身边摇着尾巴。

裘紫曦惊得用拳头抵住颤抖的牙齿:"啊!啊!"

卢秀英和赵葵花也望向窗外。

卢秀英看得愣了,她嘴里轻轻念道:"是刘昂大哥吗?刘昂大哥回来了!"

"回来了!回来得还挺是时候!"赵葵花难掩兴奋地下地穿鞋。胖胖的身子伶俐得还像当年的那个小媳妇。裘紫曦感到了门外的风,赵葵花连外门都没来得及关上,就跑到了刘昂跟前。她拿下他身上的挎包,还把手放在他的耳根子边上和他说话,她的手指还点着自家的屋子。

东屋的林南、郝天成和刘老疙瘩都迎了出去。

出来的人们又拥着刘昂回到了东屋。

"真是你吗?这三年,你都在哪儿了?"裘紫曦摇摇晃晃地奔去东屋,迎向刘昂。"如果你今天还不回来,我这辈子,还能见到你吗?"裘紫曦的泪眼已经看不清什么了。

"我怎么能不回来呢?"刘昂扔下枪,攥着裘紫曦的胳膊摇着她。

"都快上炕里坐!这么多年没见面了,一肚子话,咱慢慢唠!我先把桌子放上,小乐子!来——哎哟,早上带的饼你咋没吃呢?"赵葵花拎着刘昂的挎包。

刘老疙瘩蓑进炕角,抬眼看一眼小乐子:"这个笑话儿是讲大了!"

林南和郝天成一起看看刘老疙瘩。"我说的呢！"郝天成明白了，他摸摸刘老疙瘩的后脑勺儿："这性子，一点儿没变！"

赵葵花顺手拿起炕上的笤帚疙瘩，敲着刘老疙瘩的大腿："你就不能有个正形？真把他咒跑了，我咋办啊？"

"你上我大侄子那儿享福去！"

"我才不去呢！城里的人比山里的石头都多，看着忒眼晕，忒闹腾。"赵葵花这才扔了笤帚疙瘩拿桌子去了。

"舍不得俺哥直说得了！当年死磨烂打要嫁给俺哥的精神哪儿去了？打俺的劲头倒不小……"刘老疙瘩龇牙咧嘴地嘟囔着。

令人悲怆、哀伤的事仿佛从天而降的流星又突然消失了。缓过神来的几个人好像被警醒了一样，牢牢地记住了那劈头盖脸的黑暗，也牢牢地记住了那耀眼惊喜的一瞬。此时，他们都有了一种格外的珍重之心：对面前的人、对自己、对这个农家小炕、对外面的莽莽群山。

裘紫曦还沉浸在激流翻滚的痛苦的河里无法自拔。她像濒死的溺水者，她的心把身子坠得沉沉的，上不了岸。她紧紧地攥着卢秀英的手，卢秀英不断地替她擦鬓角的汗和眼角的泪。

小乐子抱来了酒葫芦。他站在门口看着裘紫曦，犹豫着该不该把酒放在桌子上。

裘紫曦的心开始有了丝丝暖意。她向小乐子招招手："如果没酒，就辜负今天这不平常的日子了！"

刘老疙瘩蹭到桌子前："最地道的橡子酒！"他用手指了一下自

己的脸:"为了这壶酒,俺把山里的松鼠都得罪惨了。"他很高兴大家还能继续听他说话:"松鼠秋天不是把橡子都埋起来了嘛,俺春天就把这些埋了一冬的橡子扒拉出来。这些橡子酿的酒就不苦也不涩了,还甘甜绵软,一点儿不上头! 不信? 你们喝! 俺还真有点儿舍不得啦!"说着,他抱着葫芦,把每个人的酒盅都满上了。

"嗯,好酒!"郝天成抿了一口,吧嗒吧嗒嘴。

裘紫曦把满满的一盅酒都喝下去了,她的眼角还挂着泪滴:"这真是黄沟岭的酒啊! 黄沟岭的味道,外人也许品不出!"

"酒不醉人,人自醉!"林南也痛快地喝了一杯。

"刘家堡子! 刘家堡子酒如其人,教你受得起苦,遭得起罪,也能苦中求乐,品得百味!"刘昂脱去了外衣,露出圆领的旧秋衣哈哈地笑了一声,也干了满满的一盅。

赵葵花把一个大盆端了上来,小乐子跟着抱来一摞碗,还攥着一大把筷子。

赵葵花把勺子放进盆里,说:"吃吧! 锅里还有呢。"

这是刘家堡子特有的"大盆儿"。大盆里有猪肉:猪肉分成五花肉、排骨肉、肘子肉;有山珍:扫帚蘑、松树伞、蛋黄菇;有菜蔬:豆角干、葫芦干、南瓜、土豆、大葱……谁爱吃什么就往自己的碗里盛什么。

"这一口,那时没把我馋死喽!"郝天成把自己的碗盛得满满的。

"你吃得完吗?"卢秀英小声提醒他。

"吃得完! 吃得完!"

卢秀英看着他就笑了:"还这么贪吃!"

"贪吃不算大毛病,都是小时候亏大了! 我一生出来就挨饿不是。"郝天成夹了一片肉放进嘴里。

"好吃! 现在城里买的肉怎么吃都没这香味儿了! 这酒——"大快朵颐的郝天成又喝了一盅。

"别净吃南瓜呀!"赵葵花给裘紫曦夹了一块肘子肉,又给卢秀英夹一块。

裘紫曦深深地吸口气,闻着肉香。

卢秀英夹起肉片,一小口一小口地吃得很用心,很用心。

那是她下乡的第一年,要过中秋节了。她把知青们采来的杂拌蘑菇一颗一颗地都摘干净了,菜蔬也凑了六七种,可就是没有肉。青年点的两头猪好像嗅到了危险,它们前爪搭着圈栏不停地"吱吱"叫着,还一副要往圈外跑的架势。

郝天成向每人收了一毛钱,父给她:"看谁家的猪膘厚,就买谁家的! 其实就两个老刘家杀猪,那你也得比比看。"

卢秀英看村头老刘家的猪不大也不肥,就去村子中间的老刘家。两斤后腿肉放在菜锅里,卢秀英高兴地开始煮。

郝天成早早地跑了回来,他跳进灶间揭开锅:"咦! 你怎么买的肉,二斤肉怎么连个油星儿都没有! "

卢秀英夺下他手里的锅盖:"你还想喝油吗?"

"油? 油在哪儿呢?"还没等卢秀英把锅盖严实,郝天成提着粗泥坛子,已经把里边还没完全凝固的猪油都倒进锅里了。

卢秀英大叫:"你干什么? 我好不容易炼出来的!"她抓起锅边

的菜勺子来打郝天成。郝天成跑出灶间，卢秀英就举着菜勺子在后面追赶。

卢秀英边追边哭："还怎么过呀，油都让你祸害了！"

山里的月亮出来了，在满天繁星里清清亮亮地圆润着。

清清亮亮的橡子酒也一盅又一盅地从葫芦里倒出来，进了人们的肚肠，也上了人们的眼睛。刘昂的眼睛也清清亮亮的，他看着裘紫曦："你跟我去一下那屋。"

人们的眼睛就都望着他们的背影。

"把小茶壶带过来，还有那个！"刘昂的话被门帘子隔断了，赵葵花捧着那把小茶壶紧紧地跟着他们。

进了西屋，刘昂踱着步，踱着，踱着，他像在山里走累了一样，在圆桌边上坐下了。

裘紫曦一直看着他，看着这个像在翻山越岭的人。

赵葵花又送来两只茶碗，还递给刘昂一个纸包。她转身出去的时候把门带上了。

裘紫曦看着刘昂，说："你和我想的一样，真成了自在的村夫野老了！尤其是没有失踪，我很高兴。"

"怎么想起来村夫野老了？"

"没忘！不见你一面，也死不瞑目！"

刘昂把茶杯重重地蹾在桌子上，看着杯子里的茶："我就不喜欢你这样，紫曦！生活，就是像出剧，也不能总端着架势，把自己置于众目睽睽的境地。"

"这屋子里还有别的眼睛吗？"

"你心里有！满满的一坐席！"

裘紫曦也坐了下来，她挑了挑嘴角："随你怎么看，怎么说吧。活到现在，命运终于让我懂了，我追求的，它其实都给我了，它让我越来越不能怨愤也无从悔恨。只是，它给予的方式太特别，就像黄沟岭的雪，冷、硬，你也得把心锤炼得和它一样，才能接受下来。"

刘昂给裘紫曦斟上茶，就静静地看着她，什么也不再说了。

"你就不跟我说说你心里的事吗？我都想过无数遍了。"裘紫曦扭着手。

这双手修长、白皙。刘昂不由得想起这双手上曾经有的黑黢黢的冻疮，麦收时缠着的破布条和砍柞树枝时手指上粘得满满的黑胶布。

刘昂把桌子上的小纸包握在了手里。


南山区槐花巷深处，那幢日式小楼更安静了。夕阳照进窄窄的西窗，楼梯间也挂着斜斜的光线。沉重、缓慢的脚步声正在拾阶而上。

刘昂尽最大的可能把自己屋里的东西往大箱子里装着。

"你就是空手去，刘家堡子也能养活你。"

刘昂转过头，见父亲正在看他。"您想进来吗？"

刘青稽进来了。他宽宽大大的身子坐在刘昂单人床的床沿儿上。

"还有一件求你的事！"刘昂知道父亲想说什么，除了那件事，他能求到他什么呢？高大的父亲在自己面前低三下四的样子，已经让刘昂既难堪又恼恨了。

"记着照顾那孩子！"刘青嵇双手搭在膝盖上，腰杆儿还是直挺挺的。可他跳动的浓眉也在告诉刘昂他此刻的心情。

刘昂一副无动于衷的样子。

"她别无兄弟姐妹！"刘青嵇的话语里不仅有担忧，也已经透出了对儿子的哀求。

刘昂心里日久经年的愤怒，就像深深的矿洞里无处排泄的瓦斯，终于被点爆了。他大喊一声："我不！她活该！"

刘青嵇的宽额大脸被炸得扭曲着，一块一块的红紫像要飘飘落地的碎肉。

"嘿！击中了！"刘昂攥紧的拳头在自己的脸前挥了挥。他发出去的"炮弹"，准确地摧毁了他的肉中刺，这让他感到痛快不已。虽然，这也伤及了拿这根刺当宝贝的刘青嵇——他的父亲。

"混账！是你去剧团贴的大字报！"刘青嵇颤抖的大巴掌劈头盖脸地打了过来。

刘昂猝不及防地挨了一下，然后他就钳住了刘青嵇的胳膊："武斗？我也不是麻秆儿少年了！哼，我不贴，也有人批她！你当所有人都像你那样喜欢王菊馥吗？"从自己的嘴里说出这个名字，刘昂犹如被扎了一般的痛楚："瞪我？你现在难受了！你什么时候照顾过我和母亲的感受？要不是因为可怜的母亲，我早离家出走了！知不知道，我都为你感到羞耻和惭愧！"

"你羞耻和惭愧什么？君子，发乎情止乎礼。这是我对王菊馥！我和你母亲就是寡淡些也是一世夫妻，还没有你说三道四的份儿！"刘青嵇闭上眼睛，慢慢地落下了胳膊。

刘昂也不再看父亲，只是依旧梗着脖子。

当他第一个春节回到家时，小楼已经住上了另外三户人家，他的父亲已经被发配到五七干校了，他的母亲也跟着去了。

"起始，是我们都无家可归了！那时，我看见你就像看到了我自己，感觉我们像是同一条肋骨做的两个人。而且，给你造成灾难的人里，还有我！"

刘昂张开手，慢慢地打开纸包。

梅花表！

裘紫曦看着表，紧紧地咬着嘴唇。

"上面有个字母Q。在你走后的第三年，我才给齐羊倌家六张狐狸皮。"

"在现实生活和感情之间，我那时选择了遗忘和抛弃情感，也恬不知耻地往你身上抹狗屎了。"裘紫曦的话里飘着刘昂熟悉的冷冷的风。

"原本不是想还给你，是我想看看你这块表的来历。"

"你失望了！"

"我父亲有个习惯，他给人的东西都会刻上他的小名儿:石头。"

"这是终点吗？"

"其他的,你感受到的是什么就是什么了,无可挽回也没法弥补。我没好好地听我爸爸的话,但我也还不是什么混账东西。你根本不像我的哪个姐姐或妹妹,我倒希望你是她们中的一个。"

裘紫曦看见刘昂的眼里闪着难得一见的泪光。刘昂摸着那块表,说:"真是好表,还走着呢。拿在我手里又走了三十八年! 这三十八年,刘家堡子! 还是我媳妇想的对,我要是一落草,就落在刘家堡子呢?"

"落草! 落草——"裘紫曦眼里闪着泪花,像个老妇人一样,念叨着。

满天的繁星伴着山里的月亮,清清亮亮地圆润着。

郝天成胳膊搭着林南的肩:"你,没喝多少!"

"可不少了,平时哪喝过这么多!"

"这是平时吗? 平时有秀英管着是吧? 今天我替你的肚子跟秀英请示:我要喝半斤!"

卢秀英笑着对赵葵花和刘老疙瘩说:"这两人都没多大酒量,一个脸红,一个脸白。来,都喝点儿汤吧。"

"俺可有量! 俺喝多少,脸都不红不白的!"刘老疙瘩又倒了一圈儿。

郝天成两条胳膊圈住林南的肩膀:"看你,娶了一个多么好的媳妇! 还小气得结婚都不告诉大家一声。"

"赶上我爸要出海,来不及操办。"卢秀英替林南解释着。

郝天成转身又搂了搂卢秀英的肩:"我呀,我的心,你就从来没懂过！"

"你一天到晚琢磨吃的，我就知道你长个吃心眼儿。"卢秀英拿过汤碗盛了半碗汤，用小勺把汤打凉了些，递给郝天成。

"你如果不是，炊事员，我没事老……老到灶间转悠什么？就你，拿着菜勺子，撵我，满院子撵，我要，我要不是看你，哭成那样，还能让你打着！你一走哇，我的心都空了——"郝天成的脸红红的，眼睛也红红的，他的手已经不能利索地把酒送到嘴边了。

赵葵花笑着拍拍大腿："看你们城里人，啊，大男人也像大姑娘一样的，看上谁了就在心里揣着，还能揣这些年！"

"这是命！林南，林南就命好哇，和……和最有风韵的……裘紫曦谈，谈恋爱，虽说最后没走到一块儿，可他还娶上了咱秀英，这么贤惠的、贤惠的媳妇！"郝天成把头垂在了前胸。

赵葵花忙说道："这就是喝高了！"

卢秀英端洒了碗里的汤，眼前飘过一片棉絮似的。在棉絮的缝隙间，她看见了林南更加苍白的脸，和他手里的又一盅酒。她晃晃脑袋，擦擦手，帮着赵葵花拿来了枕头，让郝天成躺下了。

林南扬起脖子，又一盅酒进了肚子。他的嘴紧紧地抿着，两边嘴角像挂了铅坨似的向下坠着，他的眼睛发直，眼光却像探照灯一样，随着脑袋的晃动漫无目标地扫来扫去。

漫天的繁星伴着山里的月亮，月亮升得越来越高了。

第三章 / 发间流云

## 梦在鲁西

天色,从幽幽的黑转成了麻麻的亮。

麻麻的亮从窗帘的缝隙透进来,让林巧双感觉到天色已经开始渐明了。这个夜里,她醒来坐起好几次,又都迷迷糊糊地躺下了。昨晚,她睡得很不舒服,不仅筋骨疲乏,肚子还总是发胀,她觉得是吃得不对劲儿了。

昨天晚上,"三五"牌的老座钟已经敲过九下了,家里还没有一个人回来。她努力地听着,听着。终于,她好像是听到了脚步声。

果真是有脚步声。

林巧双觉得自己听出来了,这是她的大孙子林天淳来家了。她立刻放下了遥控器,扶着沙发站起身,要过去开门。

这时,林天淳已经打开门进来了。他一边脱鞋一边叫了一声:
"奶——"

　　林巧双看着她心心念念的大孙子把钥匙揣进衣袋里，朝她走过来，又把一个很大的纸袋子放在茶几上，才去摘身上的背包。她试图拎起林天淳放在沙发上的背包，好让他坐下。可是，背包只微微地动了一动，根本没有挪窝。她无奈又怜恤地说："这么沉！天天背着，打小你就背着这么个大包。"

　　林巧双拍着沙发背。

　　"奶奶！咱吃麦当劳。这是薯条、汉堡包、麦乐鸡，这个是奶茶，您尝尝。"林天淳把嗓门放得很大。

　　林巧双听得很清楚，她点着头："这些好嚼啊！嗯，俺大孙子给俺买来的，好吃啊！"

　　林天淳几口就吃下了一个麦香鱼汉堡。林巧双看着，赶紧倾过身子抚摸他的后背："慢着呀，你慢着——"

　　"奶奶！您慢慢吃，我先眯一会儿去。"林天淳几口又咽下去一个麦香鱼汉堡，就起身去了北屋。

　　林巧双看着满茶几的食物，感到很新鲜，也觉得不习惯，连碗和筷子都不使，这还叫吃饭吗？她一根薯条接着一根薯条地吃着，一只鸡块接着一只鸡块地咬着，薯条吃完了，鸡块也吃得差不多了，林天淳还没有从北屋出来。

　　林巧双慢慢地走过去，推开了北屋的门。她看见林天淳摊手摊脚地和衣仰在床上，已经睡得很沉了。她慢慢关上门，叹了一口气，又回到了沙发上。坐了一会儿之后，她又打开了北屋的门，这次她看见林天淳已经翻了个身，但还在沉沉地睡着。她只得顺手把门口的开关按下又慢慢地把门关上。这一天来,她想好好看看大孙子再和大孙子好好说说话的念想,就像南屋里白天的光亮,被到来的黑夜挤没了。

林巧双慢慢地退回到沙发上,摸摸遥控器,又把遥控器放下了。

"三五"牌的老座钟又开始报时了。她数着,等她数完了第十一下,屋子里好像突然就寂静得什么声响都没有了。

林巧双把遥控器又拿了起来,那个哥哥妹妹缠缠绵绵的电视剧还在演着。屋子里有了声音,林巧双感到了一些安宁。自从过了八十岁,她就开始有了不安感,八十四岁那个坎儿她战战兢兢地过来了,可是,一种说不出来的畏惧心却越来越强烈。这个,她对谁都不愿意说,她只是更想出出门儿,更乐意看见白天,更乐意听见声音,更乐意和人说说话,尤其是和儿子、孙子、孙女说。

可是,谁都很忙。大儿子上班忙、小儿子开店忙、大孙子创业忙、孙女念书忙,好像只有她才有时间。

她的时间可太富余了,富余到她都嫌夜太长。可是,白天明晃晃的太阳,一样能让她从心底泛出一阵阵恐慌。

林巧双慢慢地穿起衣裳,下了床,还拿起柜子上的梳子梳了梳头发。她的头发薄得太好梳了,总不洗也不会像年轻时擀毡一样地梳不开。年轻时,她梳好了头发总是要照照镜子的,得看看梳得够不够光溜。那面铜镜是母亲从长辈那里传下来的嫁妆,因为镜子背面是一朵盛开的莲花,所以就叫作莲花镜。林巧双想起了那面镜子,就在床头的褥子下面把它找了出来。她现在已经不用镜子了,十好几年前就不用了。

北屋的门响了。外屋的门也"咣当"地响了一声。

林巧双只瞄见了林天淳奔出门去的身影。她的心一沉,人也脚步沉沉地挪到了沙发边上。昨晚,剩下的食物还在小茶几上放着呢。

不一会儿,房门又响了一声。

林天淳一边用脚把门勾上一边叫着:"奶奶,你起来啦!咱们吃早点!"

林天淳从碗柜里拿来了碗和盘子。他把装油条的塑料袋放在盘子上,把豆浆倒进碗里。林巧双眼看着圆滚滚的豆浆筒成了一团薄薄的塑料膜。

"真行,这也能当家什使!"林巧双说。林天淳并没有接她的话茬儿,他说的是:"奶奶呀——您慢慢吃,我得上班去了。中午佟瑶过来给您弄饭,下午我爸他们就回来了。"

林天淳一口气喝完了一碗豆浆,嘴里叼着油条就急匆匆地走了。

林巧双看着林天淳的视线被房门挡了回来。她只好看着自己眼前的豆浆碗,开始慢慢地扯油条。她把油条扯成小块儿,然后一小块儿一小块儿地放进碗里。油花,一珠一珠地浮到了豆浆上,慢慢地连成了一小片。刚开始,油珠还是清亮的,可是,汇成片的油珠就浑浊了。

林巧双拿筷子把一块块油条都压进了豆浆里，就像按捺着她的满腹心思。可油条还是往上漂，只是变得苍苍白白的了。

看着这种苍苍白白，林巧双的心思就又慢慢地去了那个老地方。有些年头了，林巧双总想着要把那个地方给忘掉，她也觉得自己已经忘掉了。

可是，这几年，她的梦里总能真真切切地出现那个地方。这是忘掉了吗？

窗外，照进来一束阳光。凭着这束阳光，林巧双知道，今天又是一个万里无云的好天气。

那个老地方，在林巧双梦里的景象，也常常是天空万里无云。只是万里无云的天是苍苍白白的天，连地也总是苍苍白白的。

和暖的春风依旧刮来。

叫林巧双十五岁那年的春风是干巴巴的，里面没有一丝水汽。

林洪昌领着儿子林勤天天天往自家的十来亩地里送肥。这个准备种地的庄稼人虽然开始皱眉，但他的耐心就像鲁西的土地那么深厚。他等着，等着老天下雨。老天怎么可能不下雨呢？

可是，雨就是迟迟不下。

去年夏天，日日夜夜流淌着的黄河水突然不再注入渤海，而是调头夺淮向南去了。

赵老庄，距离黄河北岸只有三十里。等赵老庄的男女老少听到这个消息时都目瞪口呆了。他们祖祖辈辈在此耕作、生息，他们深知黄河毫无征兆的改道意味着什么。所以，他们也万万分地感到庆幸,庆幸此时自己的家园没有成为泽国,没有人人变成鱼鳖。

乡绅廖志信抖着山羊胡子,手杖颤悠悠地向上指着,然后又颓然垂落,他连脑袋也低下了。他就这样低着脑袋长叹道:"这是要天翻地覆哇!"

只是,赵老庄这块狭小的天地,还没有在顷刻间就翻覆。

人们在惊惧中过着日子。

惊惧的日子里听到的都是不好的消息:黄河改道是国军在花园口炸了大堤,炸大堤是要以水代兵阻挡日军西进。济南在以水代兵前就被日本兵占了,日本人在那里还成立了维持会。而今,济南维持会给它能辖制的县下令了,以后都要服从他们的治理。

维持会体现治理的第一件事,落在赵老庄人眼里的,就是他们派人来领着日本兵,让保长李福海去县里集合了。李福海回来时眼珠子红红的,他耷拉着脑袋嗡嗡地念叨着:"成他们的保长了。不答应,就不放回来……"

那天傍午,林洪昌一进家门就匆匆地拉起妻子林黄氏进了堂屋。他着急忙慌地说:"你立马去亲家家吧,让他们赶紧预备起来,怎么也不能等到秋天了,有些婚嫁的讲究,也讲究不起了。"

"俺也听说了。可不要,再等等吗?就这么嫁了闺女,俺心里可不好受了。"

"不能等! 不能……"

林巧双见林洪昌回来了,就从厨房赶来,她想问爹爹下晌是不是去镇上买棉花籽。

林黄氏早就告诉林巧双了:"今年得多种一亩棉花,你爹和俺想给你做四铺四盖,好事成双啊!"

林巧双是要爹爹再给她买点儿红丝线。她听见了爹娘的话,也明白了爹娘在说什么事,就含着眼泪退回了厨房。那时,她心里已经是五味杂陈了:看样子,很快就要离开这个待了十五年的家啦!真舍不得爹、娘和弟弟呀。好在婆家也在本庄,公爹和爹爹还是把兄弟,要嫁的人是打小就彼此喜欢的陆开福。

原本,两家是打算在秋天给他们办喜事的。林家正在给林巧双预备嫁妆,她自己也正在绣红夹袄、红夹裙。陆家正准备着翻盖房子,陆开福又跟他爹出去干活已经一个多月了,他们也会很快就赶回来种地的。

林巧双想到开福要回来了,心头一热,眼泪也流了出来。眼瞅着心里牡丹花一样好的婚礼要变成凄凉的青蒿模样了,她的眼窝又被眼泪蜇得酸涩酸涩的。

日头也开始毒起来了!从春到夏,它把田地晒干了,也快把人心都晒枯了。

林洪昌盼着的雨还是没有下。而且,每日每日天空都万里无云。

万里无云的天空下,蝗虫却铺天而来,又盖地卷席而去。蝗灾过后,天地间就只剩下了干土的浑黄,渐渐地,大地又由浑黄变成了苍苍白白的样子。

前几天,廖志信陪着李福海又一次走家串户集了炮钱。然后,一门土炮就被几个精瘦的男人推着，架到了离村头老柳树三丈开外的地方。

林巧双带着弟弟跟在爹娘的身后，同全村人一起来观望作妖的旱魃是怎样从它盘踞的大槐树上被打跑的。

一声巨响，把脚下的地和人的身子都震得一抖。林巧双只见一团带火的黑烟在树冠里升腾起来。然后，就听见大树枝嘎嘎巴巴的断裂声和小树枝簌簌哗哗的落地声。

李福海在这些异样的声响里突然扑倒在地又赶紧爬起来，他磕头如捣蒜一般，嘴里还叫着："饶了俺吧！饶了俺吧！"

于是，人们就在不知旱魃有没有被打跑的阴影里更加地惊骇了。

随着保长家族的人一个个地跪倒、磕头，全村人都开始跪倒、磕头了。人心，在灾难面前，勉强支撑起来的一点儿强硬很快就软弱下去了，大家现在更怕惹恼了旱魃的后果是灾难比眼前更加地深重。

回家的路上，林巧双看着爹娘的额头都粘着土，他们的脸色也和土一样。再扭脸的瞬间，就看见陆开福朝她奔了过来。

"可回来啦！"

陆开福使劲地点着头。从他的样子看，他一定是知道了两家大人对他们婚事的安排。他看着她，把攥着的手从衣襟里伸出来，很快地把一样东西塞给她："俺看你瘦了！"

那是一小包炒花生。

"傻呢？在外头累成这样子，还把它揣回来？"林巧双使劲地拧了拧陆开福的手指头，眼泪汪汪地看着已经高她一头却瘦得肩膀耸立的未婚夫。

"俺不出去了！这回房梁、檩子都齐了，改天就脱坯子。"陆开福咧着嘴，笑着。

陆开福的笑容像秋天的高粱花那么饱满，让林巧双怎么都看不够。但是他们不能总站在村街上这么脸对脸的。不远处，林黄氏还在等着林巧双呢。

"俺回去了！"

"回吧！俺明天给你们送红薯干子去。"

"别送了，俺家还有吃的。"

"俺家去年种得多。"

叫是，林巧双并没有在第二天见到陆开福，从此，她就再也没能见到陆开福了。

陆开福和他父亲，还有庄里的另外十几个男人被李福海招呼起来，被日本兵用枪尖儿逼着带走了，走时，他们还抬着陆家刚买来的房梁、檩子。

李福海说："日本人要修津浦铁路嘛。修好了他们就把人送回来。"可是，这些人没有被送回来。李福海说："津浦铁路老有人破坏，老得修嘛。"

林家就要断粮了。

林洪昌得领着儿子林勤天出门逃荒了。走时，他一再叮嘱妻女："保命要紧！你们娘俩儿在家能卖啥就卖啥,等到俺爷俩儿回来！"

第二年开春,林家父子没有回来。林巧双几近绝望地看着空空荡荡的家和连拍打大腿哭的力气都没有了的娘。

林巧双摸着娘的头。林黄氏还不到四十岁,头发却和没有再发芽的村头老树一样,蓬乱着、岔开着。

"巧妮子,你可得熬下去呀！就是娘没了……你爹、你弟……"

"娘！俺会熬着！俺还得等着开福呢！"林巧双咬着牙。

自从打过旱魃之后,旱情居然真像人们惧怕的那样,转年是越来越严重了。

廖志信的山羊胡子上已经天天的满是鼻涕眼泪,他的手杖再也不是虚设的了,他的半个身子都要靠那根黄杨木龙头手杖支撑着。他的黑缎子瓜皮小帽也不见了,只见他灰白的枯发软软地贴着头皮。他瘪着已经没有几颗牙齿的嘴,喃喃地说:"只有这一招了！只有这一招了！"

李福海扇了自己两个耳光,问:"那俺就豁出去了？"

村里开始流传要用寡妇祈雨的消息。

用寡妇祈雨——这是从古老的往昔传下来的最极端的祈雨办法。人们心里都明白,不到万不得已,这是使不得的,损阴德啊！可是,现在村里十室九空还不是万不得已的时候吗？人都死绝了,留德何用？于是,人的私心越发显现,如地岩里被天力挤压出来的汩汩恶水,渐渐地形成了污浊的河流。

李福海被污泥浊水裹挟着,进了林黄氏的屋门。他蹲在没了木头炕沿儿的土炕下:"林嫂啊!得有七个人才管用呢,俺把你也算上了!实在没人啦……"李福海说着说着就咧开大嘴,扬起脑袋嗨嗨地哭了。林巧双头一回看见这个曾经耀武扬威的大男人蹲在女人的面前,还大放悲声。当林巧双明白了从没登过林家门的李福海这个样子的根由,是把自己的娘亲也当成了寡妇时,她鼓起所有的力气扑过去就薅李福海的头发:"你咒俺爹!你个挨千刀的!你咒俺爹!你还把开福给俺逼走了!你这个害人精!"

林黄氏趴在炕沿上:"保长能给俺盛碗干饭来吗?"

然后,村里的几个寡妇得到了前所未有的重用。她们梳头净脸,穿着她们最好的衣裳,在碾坊开始推碾子。碾盘上空空荡荡的,原本,那上面应该是有精挑细选的五谷。没有五谷,那碾盘子上撂下的就该是凡人肉眼看不见的寡妇们的心魂。

寡妇们一边推着碾子一边有气无力地哭着,她们从胸腔里传出的哭声空得好像茫茫的赤地,也满得像曾经在三春开凌的黄河。

碾子转得像高阳下的树影一样慢。

林巧双的眼睛紧紧地盯着母亲。每当母亲的身影从碾坊的空门洞里出现时,她沉溺下去的心,才又漂浮上来。

细雨就在那个夜里,悄悄地来了。刚开始,是细小的雨声,还能动弹的人先是打开门窗,然后就在越来越大的雨里敲开了火镰。

"老天爷啊!老天爷啊!"廖志信就是在那场雨里倒下的。不久,他的坟上就长出了青草。李福海逢七就去廖志信的墓碑旁边静坐,完全失去了原来的精明强干，而且，他还像秋草一样日渐枯萎了。寡妇们也排着队似的，一个接着一个地进了各家的坟地。林黄氏张皇地一边吃着野菜一边说："俺不能死！俺得见着儿子！老天爷你得让俺见儿子一面！"

当干涸的黄河故道再也没有河水流经，野草就开始在曾经的河底、河滩滋长起来。方圆百里的老百姓有了能吃的野菜，没有死去的人们就像返青的草，慢慢地有了生气。

日子，好像另起了一个头，又重新开始了。

林巧双心里的盼望像盏长明灯，不屈不挠地亮着。她和家里的两个娘一样，都在望眼欲穿地盼着两家在外的四个男人回来。

可是，仅仅又过了一年，两个孱弱的母亲就都熬到了人生的尽头，她们没有熬到盼回自己亲人的那一天。

战争岁月里惶惶的人们也没有心思买房子置地了。林巧双把自家的地契和房契都换成了办丧事的花费，才尽了闺女的心和没过门的儿媳妇的心。

林巧双在赵老庄是只身一人了。她站在陆家的院子里，扑倒在地上，眼泪就渗进了土里："开福啊！俺们都没娘啦！开福啊，你咋还不回来呀！"罩在她身上的天还是苍苍白白的，地也是。

"巧妮子，你得熬呀！你爹、你弟……"林巧双记着娘的话呢，可她现在得怎么熬下去呢？

一股沉沉的气压在心上，压得人都要窒息了。想到这些，林巧双现在还想放声大哭,可是,现在也和那时一样,她就是哭不出声来。于是,林巧双浑浊的眼泪,就掉进了饭碗里。突然响起的敲门声也是急促促的,把她手里的饭碗都惊到了地上。

林巧双用手背擦干眼泪。这时,她慢慢地看清楚了,站在面前的分明是欢天喜地的暖暖而不是满脸凄惶的唐广益。

"太奶奶,包子来啦——"

林巧双"哦"了一声,过了半晌才想过来,自己不是在那个老地方了。她又开始仔仔细细地打量着暖暖身后的人。她有些吃力地看着,终于看清楚了跟暖暖一起来的是孙媳妇佟瑶。

暖暖的小脸蛋儿粉白粉白的,就像三春的杏花那么好看。她鲜红的小嘴唇微微地嘟嘟着,露着洁白的乳牙边。暖暖的眼珠儿黑亮黑亮的,装满了五六岁的孩子特有的勃旺生机和纤尘不染的稚气。

林巧双的眼光就像将要熄灭的油灯芯,被暖暖拨亮了。

佟瑶一边收拾茶几,一边对暖暖说:"去厨房拿块抹布来,帮妈妈把地上的豆浆擦干净。"

"抹布是什么?"暖暖问。

佟瑶看看暖暖,在餐巾纸盒里扯出一些纸递给她:"你先用这个擦吧,一会儿我再告诉你什么是抹布。"佟瑶又指指暖暖的脚:"把你和太奶奶的鞋子都擦好。弄得满地豆浆把人摔倒了可不行。"

林巧双的目光最后落在了佟瑶圆滚滚的肚腹上,她喃喃地说着:"能生养,多好哇!你有福啊,做娘,做得儿女双全!这次,一准儿是个小子!"

"是吗？您怎么看出来的？"佟瑶忙乎了一阵，就累得双手捧着腹部在沙发上坐下了。

"就是！广益给俺托梦了。这孩子，得姓唐啊——"

佟瑶疑惑地看看奶婆婆。林巧双的手摸着佟瑶垂在腰际的长发，慢慢地说："这头发可真好哇，又黑又亮的，要是梳成大辫子该有多好看呢！俺还没出嫁那会儿，就是——"

佟瑶能看出来，奶婆婆浑黄的眼珠里飘荡着的已是属于她的那些遥远的往事了。

佟瑶只知道奶婆婆是山东人，但并不知道她是怎么漂洋过海来到这里的，更不了解她的身世。听奶婆婆说自己肚子里的孩子得姓唐，还有什么人给她托梦之类的话，佟瑶就问道："奶奶，孩子为什么要姓唐呢？咱家不是姓林吗？"

林巧双摇摇头："他儿子、孙子都随了俺的姓，那是没办法的事。他的重孙子再不姓唐，俺就更没脸去见他了……"

林巧双说着，就拉住了佟瑶的手。佟瑶的手不仅温暖、柔软，还有力量。林巧双觉得，佟瑶满月一般的脸上那双细长的丹凤眼能把她想说的话引出来，也能把她的话装进去。看着这样的一双眼睛，拉着这样的一双手，林巧双的心思就像跐在杂枝乱草里的脚，一点点地找到了出路，就像那年她走投无路濒死之时，瘫倒的身体被唐广益的一双大手拉起来，领她走向生路一样。

出了赵老庄，林巧双没在意走了几天的路，也没有心思记下沿途的地名。她只奔着能见到爹爹和弟弟的地方跟着唐广益一路往东走。

当他们走到海边时，唐广益说："这里是芝罘。"

"芝罘！"林巧双记住这个地名了。因为这里除了临海，到处都是高高低低的连绵山丘，这和她家乡鲁西平平展展的地貌完全不一样。

唐广益的手心里捏着两张政记公司小火轮的散席票。他还给她买了六块三角形的发面饼。

"一块就够了。"她说。

"六六顺。"他说。

天渐渐地黑了下来。他们就坐在码头上为穷人准备的棚子里，等着第二天的渡船。

黑夜中的山形在秋天的凉月里模糊而沉重。林巧双从一面敞开的棚子可以望见满天的星星在忽明忽灭。

她终于鼓起勇气小声地问唐广益："唐大哥，你咋认识俺爹和俺弟呢？"

"俺们一块儿在码头上扛大包，住的地方还挨着。"在赵老庄的时候，唐广益告诉林巧双说："俺回老家来办事，你爹托俺转道也来看看他的家里人。"

早晨，他们终于上船了。

昏暗的舱底人挨着人。在轰轰的船鸣声里，林巧双晕船晕得觉着自己混混僵僵地好像是在去另一个世界的途中。唐广益不知踩了多少人的腿和脚,才挤到她的跟前:"妹子! 挺住啊! 你弟弟咋也得见着你呀!"林巧双咬着牙,使劲地点着头。

林巧双和林勤天见面的地方,叫金家套。那是日本人划定的码头苦力的聚居区。聚居区是一排排的地窖子。林巧双一脚踏进金家套林勤天住的地窖子时,好像是掉进了土坑里一样。

傍晚昏暗的油灯下,林巧双记忆里弟弟的样子和眼前的林勤天已经面目全非了。

林勤天横卧在滚包带开花的一床破棉絮上,他的光脑袋费力地抬起来,声音虚虚地叫着:"姐——"

林勤天干巴巴的脸上淌着流不断的眼泪,他的颧骨高高凸起,凹下去的眼睛大大地睁着,爆皮的干嘴唇嚅嗫着,他不断地叫着林巧双:"姐呀,姐——"

林巧双扑过去抱住弟弟。

林勤天的腰受了重伤,下半身已经完全不会动了,而且,他总是不停地咳嗽。站在一边的唐广益低着头,把身上的发面饼放下,说:"我过去烧点水。"

林巧双放下弟弟。路上,她问唐广益她爹爹和弟弟咋样时,唐广益说:"还行,就我这样,你到了就知道了。"那时,她心里对爹爹是有怨气的。她哭着说:"爹呀,你咋也应该回来呀,俺娘……"现在,她不用想也知道爹爹和弟弟这些年的命运一点儿也不比她和娘强,而且,爹爹也已经不在了。

她开始给弟弟收拾被窝儿,给弟弟洗脸。

林勤天告诉林巧双:"俺还活着,都是唐大哥和几个工友照应着,他回老家送他爹的尸骨去了,俺让他去的咱家……"

唐广益又开始帮林巧双找营生:给苦力们洗衣裳、补衣裳。

三年之后,苏联红军来了,日本人占据的码头被他们接管了,苦力仍然干着苦力的活儿,但工钱多了一些。唐广益因为初识文字,苦力们有事找他帮忙他也从不推辞,在金家套是人缘极好的,所以他被吸纳进了新成立的工会。

可这时,林勤天已经开始吐血了。他把自己最后的愿望也托付给了唐广益:帮俺姐,把俺和俺爹,一起埋回家啊!

林巧双让弟弟活下来、站起来的希望就这样破碎了。

这些年,除了给苦力们做缝补浆洗的活计养活自己和弟弟,林巧双做的另一件事,就是不断地请唐广益给老家写信,问陆开福回家了没有。

等林巧双跟着唐广益再次回到赵老庄,那里又成了滚滚黄河的北岸。可是,日思夜想的赵老庄却没有了让林巧双继续盼下去的念想。在她跟着唐广益离开的第二年,赵老庄发生了历史上最严重的瘟疫,那一带的村庄几乎所有人口都在这场瘟疫里灭绝了。

林巧双再看见的陆家,三间泥房已经倒塌了,残破的院子里长满了野草。

陆开福更加没有音讯可寻了。

唐广益陪着失魂落魄的林巧双又回到了金家套。在那个冷冰冰的地窖子里,她扑在唐广益瘦削的肩膀上才失声痛哭:"俺的命啊——"

"这才哪儿到哪儿啊！你还这么年轻，命还长着呐，得活着呀！"唐广益是这么说的。

"俺们把两个窄巴巴的地窖子打通，就成了一家人。"林巧双跟佟瑶说："后来，码头从苏联人手里收回来，成咱中国人自己的了，俺好像也开始转运了。地窖子顶上的草帘子换成了石棉瓦，新成立的维修队还在南墙上给开了一扇窗户。苦力们都成了码头工人，俺还进码头食堂给工人们做饭去了。大儿子，就是你公公，就是那年出生的。"

林巧双瘪瘪嘴："要是没那三年自然灾害，唉！人的命，咋说道呢……"她说着，手从额角慢慢地向上捋着白得透明的那层头发。

林巧双清清楚楚地记得，那是南儿四岁那年的秋天。职工食堂油没了，菜没了，粮没了，连食堂后院那一大堆煤也没了。她一手牵着儿子，一手攥着从头上摘下来的白布帽子，从食堂往家走。

"娘，俺饿，俺走不动。"南儿顺着她的腿边坐到了地上。

"娘知道俺儿饿得慌，娘带俺儿回家躺着去。"

林巧双把儿子扶了起来，儿子就半倚着她的腿走了起来。

等他们走到家，唐广益已经回来了。他坐在炉子边上，黄泥筒炉上放着坑坑洼洼的铝饭盒。

"有煤啦？"唐广益点点头，说："锅炉房那边要来了一点儿。我做饭呢。"林巧双挪开饭盒盖,看见饭盒里煮着一些黄豆。

"没留点儿吗?可不能一顿都吃了呀!"林巧双回头看见儿子的眼睛已经瞪得和豆粒一样圆了。

"过来呀,儿子!"林巧双看着一双大手拿起了一双小手,小手的掌心儿里开始出现了一颗又一颗豆子。

"一个、两个、三个、四个、五个、六个……"先是唐广益数着,然后是唐广益数一个数儿,南儿就跟着数一个数儿。直到南儿的小手心儿里已经要装不下了豆子了,唐广益就把一些豆粒拿到炉子的铁皮盖子上。

不一会儿,豆子发出了爆裂的声音和香气,还有的豆子崩到了地上。爷俩儿满地找着豆子,找到一粒儿,就发出一阵轻轻的笑声。

可是,笑声很快就过去了。几天之后,唐广益和几个码头工人去碰海,他们看见别人在海里碰出过鱼、贝、参、鲍,他们知道碰海的凶险,也知道自己并没有碰海的本事,可他们还是把自己投到海里去了。这一去,唐广益和一个工友就再也没有从海里出来。

林巧双想起那天坐在炉子边上的唐广益。她在他的身边站着时,看着他的头发好像在什么地方沾满了白粉,就去抚弄那些头发,可是,白粉像是浸到了他的发丝里,任她怎么抚弄,都不掉半点儿。她仔细地看了看,才看出来他的头发已经开始灰白了。

她带着南儿在那片海边捡着被海浪冲上来的海菜,想着她跟着唐广益奔亲寻亲的那些日子,一颗心就像泡在了海里。可是,真被大海吞噬了的是唐广益,她所在的还是人生的苦海。

南儿抱着她的大腿，恐惧地看着冲到了脚边的白浪。她抓起海菜搂住儿子："儿啊，别怕，你还有娘呢！"

"俺要爹爹！"南儿又哭了。南儿越来越不愿出家门了。他只要出门去，就会被小孩儿们欺负，他们一人推搡他一把，然后就跑到一边连声高叫："没爹没爸海南丢！没爹没爸海南丢——"

林巧双挎着海菜篮子，心里又苦又急地看见南儿气愤地向那群孩子哭喊着："我不是海南丢啊——我有爹爹——"

"南儿，你想有个爹爹吗？"

"想！我想要一个大高个儿的爹！"

林巧双是领着南儿捡煤核儿时认识老林的。老林推着装满煤渣的独轮车，向煤灰堆跑来。他操着和她一样的鲁南口音，对捡煤核儿的女人和孩子们大喊大叫："都给俺闪开！闪开！闪开！别烫着了怨俺！"

老林四十多岁了。他几乎没有头发，但有一张嘟着的大脸，那脸几乎和煤灰一个颜色。每当孩子们恶作剧地排在锅炉房门前高声大叫他"黑人儿！黑人儿！"的时候，他就拎着捅炉膛的大铁钩子跳出来，追撵着一群孩子满煤场地乱跑。

那天，老林是跟着街道的蔡大姐提着两瓶二锅头来的，他还递给了南儿一包花花绿绿的糖块儿。

南儿看着林巧双，林巧双说："拿着吧。"南儿这才怯怯地接着了。她目不转睛地看着南儿第一次吃到糖块儿的表情。南儿嘴里含着糖，小手细致地抚平了包着糖块儿的玻璃纸。突然，他像想起了什么一样地跑了出去,接着,林巧双就听见了南儿的喊声:"你们快来呀!俺给你们糖吃!"透过小南窗,林巧双看见在自家门口,围来了一帮孩子,南儿正在给他们挨个发糖块儿呢。

糖块儿,还是带玻璃纸的高级糖块儿,含进住在金家套的孩子们的嘴里,怎么看都是比过年穿出了一件新衣裳更少有的事。孩子们开始拿羡慕、巴结的眼光看南儿了。

老林和漂亮的玻璃纸糖块儿,让南儿摆脱了不敢出门玩和没有一个玩伴的日子。

林巧双就这样决定和老林结婚了。老林这时还提出了一个要求:"我给养着的孩子,得随我姓。"

林巧双咬着牙,也点头了。

老林的酒瘾在码头上是很出名的。

不久,林巧双就明白了老林为什么四十多岁了还是光棍。有酒瘾的老林,一半工资都喝酒了。他喝了酒就嘟着一张青白色的大脸,把锅炉队三个班的二十几人挨个儿骂一遍,酒醒之后,还对自己的所作所为一概地不认账。锅炉队人人都想把老林赶跑,可是,老林除了出大力烧锅炉之外什么其他技术也没有,再加上他那样的酒瘾、酒德,也没有什么班组要他。

在家里,老林喝完酒经常随手拿起什么东西就往林巧双的身上打。林南护着她,他就连林南一起揍。这时,小小的林东就被吓得躲在门后,身子紧紧地贴着屋门,满脸恐惧地伸着脑袋。

老林是因为肝硬化去世的。那时他刚满五十岁,才退休没几天。因为老林住院,那一年林巧双也无法去街道办的冰棍厂当临时工了,那时林南刚下乡,林东和一群只上半天学的半大小子在金家套成群结伙地到处打架斗殴。这些,都让林巧双的一颗心每天被扯得七上八下地难受。

"俺的命啊——"那时,林巧双经常想:这样的苦命得熬到啥时候是头啊!可是,她一这样想,就会在眼泪里慢慢地看见开福的笑脸。


佟瑶眼看着奶婆婆的眼神又飘忽了起来。她此刻感到林天淳说得很对,林天淳说:"我奶奶吃的盐比咱吃的饭都多!我小时候,她总跟我说那些过去的事,她现在不说了。"

这时,林巧双紧紧地拉住了佟瑶的手,过了好一会儿,她才终于慢慢地说出话:"你是咱家最有学问的!俺就想问问你啊,人,真能在那个世上碰面不?"

佟瑶的脑袋"轰"地一声就大了,她觉得自己的手也在那双苍老的手里僵住了。她直觉不应该对一个自己并不了解其经历和内心的老人冒失地回答"能"或者"不能",可除此之外,还有其他的答案吗?

佟瑶尴尬地低下了头。面对奶婆婆这么深不可测的问题,她只好心悦诚服地说着自己的感受:"我吃的饭真都不如您吃的盐多!"

林巧双没有放开佟瑶,她继续说道:"天淳七岁那年,咱家也买上电视机了。眼瞧着是要过年了,俺这边开始做正月里的面食。电视也开着呢,俺听见一个男人说着和俺一样一样的鲁西话,俺就赶过去看了一眼。俺看得可真真亮亮的呀:他的眉眼还有打小时的样子呢,人也就是壮了一点点。在俺心里,他瘦得真叫人可怜啊!俺等他,盼他。等了十六年,盼了十六年!那兵荒马乱的年月,俺以为他准是不在了。"

林巧双低下头:"要是知道他还活着,俺……俺哪能不等他呢?"

佟瑶捂住老人的手,替林巧双擦去了眼角的泪滴。握着老人生硬的手指,佟瑶感觉自己的心像被撒上了一把盐。这把盐是林巧双并不短促的人生在漫长的岁月中沉淀的,她还来不及细细品味,就已经被一阵酸楚打湿了眼帘。

"电视上的人影说没就没了,俺也没听清他后来都说了些啥。俺不知道他现在是不是像俺一样,还活着呢。俺到底想清楚了,和他在这边碰碰面总比在那边强啊,那边总有唐广益,还有老林呢不是……这事,俺想了多少日子了?俺就是和谁都说不出口。俺今天跟你念叨出来了,他的大号叫陆开福哇……"

佟瑶的思绪飞快地转着:按这个时间线索,去电视台档案片库去找,应该能找到那期节目。找到了节目,就应该能找到人了。想到这里,佟瑶在深深的感叹中有了一些欣慰,她紧紧地攥住奶婆婆的手:"俺一定要帮您找到!"

"是啊?"听了佟瑶的回答,林巧双忽然又显出扭捏和不安来:"那时,俺还是黄花大闺女呢,眼下,俺都老成这样啦!"

佟瑶的眼泪再也忍不住了。她做《午夜心语》这档节目都做十年了,她觉得自己时时刻刻都在关怀着人们的内心世界,为此,她去采访过不少人。尤其是每每有什么大事发生,她都想方设法在第一时间找到当事人。可是,她却从来没有关注过离自己这么近的这个老人的内心。

佟瑶禁不住质问自己:是什么让你忽略了她呢?然而,佟瑶也无法一下子就给自己答案。她有些不敢、也不愿深究和剖析刚才那一闪念:因为她是一个普普通通的老太太!

"妈妈,这是什么?"暖暖抱着莲花镜从南屋跑了出来。

佟瑶端着这片圆圆的很沉很沉的金属细致地看着。铜镜的光面闪着金属的光泽,在金属光泽的下面是一张满月一样姣好的银盆大脸。

佟瑶把铜镜小心地递给奶婆婆:"这样的镜子真是有年头了,可至今还能照得很清楚!"

"这样照着看!"林巧双双手持着铜镜,慢慢地扭动腰身远远近近地照着自己的头脸,上上下下地照着自己的领口和前襟。她拂拂脸颊,拂拂鬓角,又拂拂本来就很光滑的一头白发。

佟瑶看得有些发呆:这面铜镜曾照见过多少个像奶婆婆一样的女人?她们的青春也曾貌美如花吗?她们的暮年呢?还有,她们曾经的每个朝朝暮暮呢?

"这会儿子,也没人再用这样的东西啦!"林巧双把铜镜扣在沙发上。"俺的眼神儿也不济了。兴许,他都认不出俺来了,那样,是好还是不好呢？"

佟瑶再次低下头。以她现在的年纪和生活体验，她不能完全理解奶婆婆为什么总在这些貌似虚无的问题上打转转。她想把奶婆婆引导出来，她就说："奶奶，天淳说您最爱喝蛋花汤，我做汤去。咱们吃海菜包子喝蛋花汤。"

林巧双瞄着佟瑶厚重的背影进了厨房。她就摸着暖暖的脑袋，看着暖暖趴在沙发上，端着铜镜截住从前窗照进来的光束，又把一圈光团反射到墙上、天花板上、柜子上……

"你喜欢这个镜子吗？"

"喜欢，真好玩儿！"

"这个，是照人儿的。等你长大了，也把头发留得长长的，梳起大辫子。梳好了，就照照，看看有没有哪处不熨帖。眼瞄着就是大姑娘啦，大姑娘家家的，可不能头不像头，脸不像脸地出门去。哦，你要是喜欢，太奶奶将来就把它留给你……你真喜欢吗？"

"喜欢喜欢喜欢。"暖暖晃着一个个光圈，一派孩童天真而有口无心地应答着、欢笑着。


## 念


清晨的阳光照耀在海面上，海面的微波细浪把直射的光线打成了点点跳跃的金星。一群雪白的鸥鸟借着海风滑翔在波峰浪谷之间，不时地发出鸣叫应和着涌向岩岸的浪头。

岩岸是黑色的峭壁。从远处望去，在黑色的岩壁上筑巢、休憩的鸥鸟就是斑斑的白点儿。这片突兀的岩壁是南山一道山梁的横断面，这道山梁好像伸进海洋的大山的触手，但却硬生生地在海浪跟前折断了。

十五年前建成的滨海路，绕着南部海岸线贯通了城市的东部和西部。这道横亘路中的山梁，被横向开挖切成了南北两段，使山梁靠海的南端成了孤立的山昂。山昂北面，才见世面的岩体显露着青钢似的棱角和冷硬，也旋即开始了它的风化。在风霜雨雪、日月光阴间，它褪去了青钢似的棱角和冷硬，一点点地萌生出了饱经沧桑的苔藓。鸥鸟们也渐渐地飞过来在这里选址、筑巢，一代接一代地生息、繁衍。

山梁左侧的大海湾因为有背山面海的大好景象，里面建起了不少很有名气的宾馆、疗养院。以前，那里不是人人都可以去的，如今，去那里的人也不多。

山梁右侧的小海湾里山势悠缓，山脚下和慢坡上因地制宜地分布着一些孤高的文化单位。有市立档案馆、图书馆、博物馆……还有京剧团家属大院。

京剧团的家属大院，因为不断的破落和日益的杂乱而显得更加地破落、杂乱。又因为越来越破落和杂乱而使原来的住户搬走的越来越多，那些空出来的房子，现在大多被房主租给了居无定所的外地人。

冯小丁住在这里已经快一年了。

清早的光线柔和而明丽,凉爽的海风从半开的窗户吹进来,还带来了隐隐约约的涛声。

冯小丁醒了,他翻身睁了睁眼睛,枕着胳膊又把眼睛眯上了。

每天清晨,院子里总有一个跛脚老人挥着大竹扫帚很有臂力地扫院子。他唰唰唰的扫地声,有一种舞台上的兵勇为出场的将军开道的节奏。冯小丁可以想见,还有一个老太太站在二楼的廊道上,她一边看着跛脚老人扫地,一边啊啊咦咦地吊几声嗓子。

这两位老人,是冯小丁的邻居。他们虽然经常碰面,但也只是点头微笑打招呼。

冯小丁又张开了眼睛,他的目光投向了靠着北墙的画架。此刻,画架上盖着一张柠檬黄色的油布。这张他很小就开始使用的油布上,星星点点地沾了不少各色的油彩,上面还有几道很明显的方块状的折痕。

这些星星点点的油彩和折痕紧紧地牵着冯小丁的眼光,不一会儿,他的眼睛就开始发酸了。这时,冯小丁把眼睛再慢慢地合上,而油布下面的那张画就浮在了他的眼前。不,那哪里是画儿呢,那分明是活在他记忆深处的人啊。而且,那人好像就在他的身边,小心地替他把曲折在脑袋下面的胳膊拿出来,伸展开,放在枕边上。

天,暖融融的。

地,也暖融融的。

暖融融的蓝天上飘着云朵,暖融融的山坡上长着绿草,还有黄色的、白色的、紫色的花朵。

冯小丁刚才在学校门口被堵塞的心，好像被树上鸟儿的叫声通开了，脑袋里嗡嗡的乱响，也被一会儿一波的哗哗的声响安抚下去了。他不再抽泣，他的小手被握在那双硬硬实实、热热乎乎的大手里。他被这双大手领着，在一路鸟鸣中走过山坡小路，随即望见了一派浩瀚的汪洋。

想起自己初见大海时的那种震撼，今天的冯小丁依然心起波澜。那时，他紧紧地抱着那个人的双腿，把脑袋埋在了他的双腿间。那个人也慢慢地蹲下来，握住他的小手。他们就这样眼睛对着眼睛，交付着彼此的心灵。

冯小丁的心，开始一点儿点儿地被温和、慈爱所包裹，他感到小小的自己，好像又回到了舒适的母体，如同在柔软的襁褓里一样。那种恐怕被欺负的寒悸和已经受了委屈的愤懑，渐渐地消解在这片慈爱、温和之中。一瞬间，他好像还闻到了一股乳香。那股乳香给了他刚刚面世的生命最原初的力量，后来，在一个又一个的朝朝暮暮，他都不曾再贴到那个温柔的胸膛。那时候，他太小了，小到凡事只能用哭声来表示。所以，他就用哭声抗拒，抗拒那个永远都不能和他融为一体的假乳头，抗拒从那个假乳头里流出来的和他的体温永远不一致，而且味道奇怪的那些东西。

抗拒……但是，他抗拒不过。他怎么都抗拒不过。年轻的父母为此抱他、满屋转圈地哄他，不耐烦了也瞪他、吓他。而且，他的肚肠还不受他的控制，它们强烈地要摄取那些东西。他只得弱弱地动起口腮本能地吮吸几下，然后再哀哀地啼哭。

因此，孩童时期的冯小丁长得很瘦，和同龄人在一起时，他也觉得自己弱。弱到不敢说话，一旦开口，就招致嘲笑。怕被嘲笑，他就更加地抿紧嘴巴。这样的心境，直到那年秋天，他七岁。

那双眼睛，就在那个秋天的早晨，看见了他。他进入了冯小丁的世界，也留在了冯小丁的心间。二十八年过去了，那双眼睛，又在他的画上渐渐地开始了和他的对望。

今天，冯小丁本来是要为这幅画做最后一次调整的。可越到这最后的时刻，他越是迟迟地难以落笔。因为，他唯恐自己的笔端有毫厘的偏误，点出来的不完全是自己心中的那双眼睛。

照在脸上的光线在合着的眼帘里是一片如岩浆一样浑然透明的鲜红，也像猛然跃出海面的初升的太阳。冯小丁的头脑开始飞快地闪现这些年来自己笔下的画作，最后，他吃惊地发现：自己的画，画的几乎全是海！

他像被高高的浪头推着一样，从床上跳起来。他跳到画架前，轻轻地揭去油布，凝视着，凝视着……画像上的那双眼睛也一点点地聚集了精神，由远及近地凝视着他。

此刻，冯小丁感到自己的心都跳得砰砰的。隔着漫漫的时空，他们这一老一小好像又彼此拥有了。

"韩爷爷——"冯小丁的手指抚向那张古铜色的面颊。那是一张很坚毅的脸，有了淡淡的几点老年斑，也有秋季阳光般的柔和。冯小丁轻轻地抚着，忽然，他颤动的心头一下子就被手指尖儿触到的厚重油彩碰伤了。他没有去取画笔，而是把油布重新盖在画上，转身拎着衣服出门了。

去年十月末的那个周六，郭代莲难得有了一个休息日，就约冯小丁出来兜风。

滨海路宛如飘在山腰的青色缎带，牵领着人们流连在观山望海的美景中。三三五五的游客在人造的各种各样的海洋生物跟前，摆着各种各样的姿势自拍、他拍、单拍、合拍。

郭代莲一手扳着一只大青蟹的前螯，一手拉着一个红乌贼的触手，瞪眼、噘嘴，做着搞怪的网络脸谱。不一会儿，她又攀上恐龙山，环抱着山间半裸的恐龙蛋大叫起来："快快快，快给我照一张。"

冯小丁对这些风马牛不相及，却都被筑在一带山坡上的假生物们很不以为然，可他对郭代莲确实的快活却由衷地喜欢。郭代莲带着一串笑声从山坡上冲着他跑下来时，充满活力的身体挟着的一袭山风也覆盖了他。

"咱们砸蛎子去，怎么样？"

"还有蛎子吗？早没有了吧？"冯小丁嘴上回应着，但还是跟着郭代莲顺着一条小路从山上往海滩那边走去。

"我喜欢你这副模样儿。"郭代莲撩起礁石上凹窝里退潮时留下的海水，扬向另一块礁石上，面海而坐的冯小丁。冯小丁的眉头微微地皱着，眼睛眯缝着，目光遥视着远处的海面。

"不过，我更喜欢看你开怀大笑！"郭代莲跳过两块礁石的缝隙，坐到冯小丁跟前，有些突兀地说："搬回家住吧！你这样，我更没办法面对伯伯了。"

冯小丁摇摇头,搂住郭代莲的肩膀:"这和那,没关系。我想很久了,就想,找个清净的地方,把那幅画,画出来!感觉,在这里,好像离他更近。以前,我常常跟他到这儿来。"

郭代莲点了点头了。她也还在想着那个人是个什么样子。可是,从冯小丁这些年来断断续续的讲述里,她始终无法获知那个人的全貌。她也没有完全清楚,冯小丁为何对给这个人画肖像有这么强烈的意愿。

冯小丁用手指一下一下地戳着礁石表面的小黑珊瑚壳,慢慢说道:"我小时候,很结巴,就不爱上幼儿园,大了,也不爱上学。"

冯小丁把双手举过头顶,叉起的手指上下转着,然后,他抱住膝盖,深深地吸了口气,猛然间发出了一声长啸。

郭代莲张大了眼睛,爱慕地看着冯小丁发自内心的沉郁和这种洒脱。她张了张嘴,也想大喊,可是,刚刚提起来的一口气,还没等把肺泡鼓满,就泄出去了。她只好自嘲地笑了:她可以在许多人面前喋喋不休,却不能像冯小丁那样在本就无人的地方,心里也旁若无人地呼啸一声。

冯小丁说:"这也是和他学的,他这样时,会咳嗽,咳得很厉害。"

冯小丁说着,那些记忆深处的事,就又在心里冒出来一些。


9157厂,在南山西南面的山坳里。那里,原来是一个军营。军营中青砖青瓦的系列建筑和裸露的山岩一个颜色,然后,就都深藏在山里、山间了。9157厂是一个军工大厂,也是一个小社会。六七千人在这个山坳里从事生产,也在这里生活。

山坳里从来都是整肃、安静的。

冯小丁的号啕声引得生活区正去上班的人们不住地侧目。谷子羞愤气恼地拉扯着他,声音又小又细地连哄带吓:"上学吧,学校多好玩啊,有老师,有同学,还有滑梯。你如果不去,看我打你屁股啊?"

谷子虚张声势地扬起巴掌。冯小丁索性坐地上了,他的两个脚跟狠命地蹬踹着,把硬地上的土都蹬踹起来了。

"咋啦,谷子!"通讯队交换台认识谷子的,都匆匆地边走边问。

"不愿意上学啊!你到班上赶紧给我请假,我恐怕得晚了。"谷子用膝盖顶冯小丁的后背,冯小丁转身抱住了她的大腿:"妈!妈!我!我!我,不不不,去……"

谷子的胳膊又高高地扬了起来:"再闹,我不要你啦!"

冯小丁低下脑袋,更紧地抱住谷子的腿。

可是,他没有挨到巴掌。他听到了一个有些沙哑的声音,说:"你上班去吧,今天我看他。"

"哎!小兵,你可要听韩爷爷的话呀!"

冯小丁的心,感受着妈妈的腿从他的胳膊里挣脱出去时的那种空荡,他惊慌地看着妈妈起起落落的黑色鞋底离他远了,越来越远了。

"孩子!"沙哑的声音响在了他的面前。隔着眼泪,他看见一团有些花白的头发和一张古铜色的脸。

他的眼泪被擦去了。

他的脸上留下了一股扎拉拉麻酥酥的感觉。这时,他的视线和那双眼睛的视线对上了。

"今儿个退大潮,咱们去海边逮逮蟹子咋样?"

冯小丁从地上爬起来:只要不去上学,就好。

"哦,鞋带开了,会系不?"

冯小丁把鞋带系上了。那团花白的头发齐在他的胸前,替他拍打着裤子上的沙土。然后,他的小手就被一只结结实实的大手牵住了。

他们手牵着手,出了生活区的门,又出了厂区大门。遇见的人,有叫他韩厂长的,也有喊他大炮的,还有一个老头儿叫他韩聋子。他高声地回应着这些招呼,就着冯小丁的步子走着。两个门口,都站着持枪的卫兵,卫兵立正、敬礼,然后目送他们出门走远了。

山坳间有好几条大树掩映的水泥路,他们却走在山脚边的小路上。山坡上,开着一簇簇的黄花、白花、紫花,望不到边际的山岭里有此起彼伏的鸟鸣。忽然,从山上林间跳到小路上一只灰松鼠,它定定地望了他们一下,然后,又蹦蹦跳跳地继续往下边跑去了。

"呵,呵!"第一次见到松鼠的冯小丁惊奇地叫唤着。

"这个小松鼠,咋样?"

冯小丁不再神情凄然:"它,尾巴,可真长!"

"小松鼠,长尾巴,蹦蹦跶跶下山啦,下山去干啥?下山去干啥呢？"

冯小丁对着那双眼睛回答："下山,逮螃蟹!"

"韩爷爷耳朵不好使,没听清,小丁,你大声说呀?"

"下山逮螃蟹!"冯小丁用足了力气,大声说。

"这回听清了。哦,咱们就到海边了!"

冯小丁的脚步彻底地轻松起来了。那只大手也松开了他的小手。他跑起来,一边跑还一边追赶着一只翩翩的花蝴蝶。

海面还在一波一波地涌出白浪,涛声在礁石上拍击出哗哗的节奏。退潮的海岸,云水氤氲间,裸露的礁石闪着带有水印的光泽,褐色、绿色的海藻在礁石的底部正随波摇摆着。

"韩爷爷,这儿,一个,一个……小,蟹子!"

"哈,好几个!"

……

礁石缝里、拿起的石头底下,到处都有小蟹子,还有香螺、螺锥儿。海滩上,还有不少戴着各色头巾的妇女和孩子在赶海。

冯小丁真是太舒心了。他的面前再也没有讪笑的面孔,耳根子再也不受唧唧喳喳的人言困扰。他的脑袋也清朗明晰了,原来,世界还这么好!

"真好! 真好! 韩爷爷,那边……有人……游泳……"

"你想游泳? 小丁?"

"想!"

"我跟他,学会了游泳,就在这片海。你看见了吗?那里,有一小片……很好的场地,水下……都是鸭蛋大的鹅卵石。"冯小丁把那片游人很多的海域指给郭代莲:"那时,这里还不是……游人浴场……人也没有……这么多。"

"我原来,叫小兵,可他总管我叫小丁,慢慢地,大家,也都管我,叫小丁了。"

"那天,韩爷爷给我脱了上衣。他自己穿着裤子、衬衫就抱着我下海了。在他的臂膀下,我划水、蹬脚,一点儿也不害怕。上岸时,他给我脱下短裤,换上裤子、上衣。那时,我不明白,他为什么穿着湿衣服。我们晒了一会儿太阳,晒太阳时,我在礁石上画小鱼、小贝、海星,他夸我画得好,说,学校的袁老师什么都会画,能教我画大海、画大船,如果我愿意,他下午,就带我去找袁老师。所以,我上学的第一节课是图画课,袁老师表扬我,说我画在纸上的大鱼,就像在水里一样鲜活……从此,我最盼着的两样事,就是上图画课,和跟韩爷爷在一起。"

"他住在场部的招待所里。有一天,他领我去挖地瓜。他在招待所后院栽了一大片地瓜。我们干得满身大汗,他先去洗浴房冲洗,让我等着。我等不及,就自己跑去了。我看见,他的身体,和我的、和我爸爸的都不一样!他这儿,这儿,像是一片片秋风里的残荷,还爬满了蚯蚓。"

冯小丁紧紧地攥着郭代莲的手:"我被惊呆了!他慢慢地蹲在我跟前,说,'别怕!小丁,这是打仗留下的伤疤,现在不痛了。

你们这代人,不会受到这样的伤害了!你可以好好念书、好好画画了……'"

郭代莲看着冯小丁,她惊奇地发现:冯小丁此时的叙述是那么流畅,一点儿也不结巴。

冯小丁坐在阳光下的礁石上,整个脸都高高地扬着。

"冬天时,他的肺病又犯了,得去住院。去住院前,他送给我一个很宽的海绵文具盒,那上面是两只小鹿,他把着我的手,在一只小鹿上写出:'小丁',在另一只小鹿上写出:'老韩'。我上一年级时,就这样认识了这个复杂的字。这个字,我不是按笔画学会的。它像我看到的任何想画的东西一样,是看在眼里,映照在心里,然后再画出来。我画出来的这个韩字,和他写的几乎一模一样,像是钉子刻出来的,也像是钉子摆出来的,那个字,处处硬瘦、平直……他说,他会回来,等我给他念书、看我的画。我就等着,等着,一直等着。我攒下了好大一摞子画儿,画在什么样纸上的都有,用什么笔画的都有,也是画的什么都有。都要上初中了,我才彻底清楚,我等不到他了。他去医院的头天晚上,我爸妈带我来看他,我不想回家,就睡在他招待所的另一张床上。早上,他带我去食堂吃饭,那天的早饭是地瓜粥、萝卜包子……他穿着一身深灰色的中山装,披着一件泛黄的旧大衣。他把我送进校门,我到教室门口回头时,见他还在那儿站着看我呢……"

郭代莲的手紧扣着冯小丁的手。

她用手背给冯小丁擦去眼泪,也给自己擦着:"画吧!你画的每张画,老人家都会看到的！"

郝天成计划先送林南去单位上班,然后送裘紫曦回酒店休息,再送卢秀英回家。送过林南,裘紫曦问郝天成:"我不想休息。能不能让我先去京剧团大院？"

"那有啥不能啊？走！"郝天成又把车启动了。

到了京剧团大院门口,裘紫曦拉着卢秀英一起下了车。裘紫曦走在前头,脚步很轻地进了院子。她缓缓地吸口气,说:"好像没变！啊,这个换成铁的了！"她拍了拍去二楼廊道的楼梯扶手。

裘紫曦从二楼看下去,原来觉得很大的院子,现在看来其实并不太大。一个跛脚老人朝他们喊道:"喂,你们找谁呀？"

"我还能找谁呢？"听到这样的问询,裘紫曦心上一紧,然后就是一酸,她答道:"我要找的人叫黎冰。"

"老黎,老黎,有人找！"跛脚老人中气很足地喊了两声。

裘紫曦前面的门开了,一个腰板笔直的老太太站在门口,她手拉着门,看着来人。忽然,她颤声叫道:"是紫曦吗？"

"冰姐！"

看着她们抱在一起,卢秀英的眼泪都要掉下来了,她有些不好意思地冲郝天成笑笑,说:"还都能认出来！"

黎冰冲楼下的跛脚老人招手:"快上来呀！紫曦回来了！唔咦,你慢点,别再跌跤！"

"跌跤怎么啦？哪里跌倒我哪里爬起来。"

"间畅大哥！他是团里最好的武生来着。"裘紫曦小声对卢秀英说："我爸去内蒙古的消息，都是他带给我的。那时，他负责看管团里的反动分子们。"

"快进去坐！在家先坐一会儿，中午咱们饭馆儿里再边吃边唠！我这就去定座儿！"间畅把人们让进他们家。

裘紫曦喃喃着："好像都没变！"

"人变老啦！"黎冰含着眼泪攥着裘紫曦的手，她的嘴唇动了动，咽下去了一句就在嘴边儿的话："可真像你妈妈呀！"

小屋里，有五个人就转不开了。郝天成说："午饭我找地方，你们聊着，过一会儿我来接你们。"

卢秀英帮郝天成打开门。这时，她看见冯小丁肩上搭着衣服，顺着廊道过来了。卢秀英的脚，不由自主地跟上了冯小丁。

彼此觉得面熟的两个人都站住了。

"请问你贵姓？"

"免贵，姓冯。"

"哦，那你爸爸是叫冯建国吗？"

"您认识，家父？"冯小丁微微地哈着腰，他也想起来了，前天晚上，给郭代莲送车时，他见过这个阿姨。

卢秀英确认了冯小丁是冯建国的儿子，却不知道该怎么回答冯小丁才好了。她慢慢地边想边说："你是在我们医院出生的孩子！我是那天的当班护士。"

冯小丁看着卢秀英，很敏感地问了一句："这，您还记得？"

卢秀英也看着冯小丁，她点点头。

那天,是阴历的腊月初八。晚饭时,医院食堂蒸了腊八糕,还配给了腊八粥和八宝咸菜。

卢秀英休完产假,已经又上班半年了。上班时,给孩子哺乳成了问题,好在她是专业护士,给孩子留奶总能做得很好,婆婆也就不再说她当娘当得心狠了。

单层钢窗抵挡不住室外的严寒,白布窗帘都冻在窗玻璃上了。卢秀英把输完葡萄糖的瓶子装上热水,给冯玉然放在脚边上,又给她盖好被子,说:"宝贝儿睡吧,梦见小白兔采蘑菇……"

李珍翻着手里的书,说:"你也眯一会儿!"

这时,走廊里响起了急促的脚步声。

李珍抓起小桌子上的医生帽,一把推开门。卢秀英也一下子从床边撂下腿,站到了李珍身后,准备跟她一起出去。

可是,李珍的脚刚迈出门,就反手把门关上了。

深冬夜里已经安静下来的医院走廊,好像一个大大的传声筒,把李珍细微的声音都传了进来:"我正在想办法,会以最快的速度给你们单位交房子!"

卢秀英的愤怒一下子从心里到了手上,她猛地推开门:李珍面前站着一个穿着军大衣的高个男人。他的眉毛又黑又浓地卧在方脸上,一双薄唇紧紧地抿着。他的手里拎着棉帽子,脑门上冒着腾腾的热气。

卢秀英清清楚楚地知道他是谁了,忍不住脱口斥责:"半夜三更,你还找到这儿来啦?就算房子是你们单位的,可,可我们医院不给女方分房子,单身了也不给! 你让她们娘俩儿住露天地去! ”

冯建国垂下拿帽子的手,看了一眼卢秀英,就转脸急切地对着李珍说道:“听我说! 她难产了! 你知道,9157厂的卫生院不行。那边正在转院,我先来找你做准备,我知道今天应该是你当夜班。”

卢秀英看着李珍。

李珍的手紧紧地攥着帽子。她戴上帽子,回头对卢秀英说:“快! 准备! ”

这时,她们身后传出了冯玉然好像来自梦里的惊哭:“爸爸! ”

天将亮时,一场紧急抢救才告成功。李珍在第一时间对卢秀英说:“你先去告诉那人一声。”卢秀英浑身疲惫地从手术室出来,回头看李珍的一瞬间,发现她不仅头发贴着脑门儿,连口罩上也透出了一小片血渍。

卢秀英顿时心疼起来,干巴巴的嘴里满是苦味。她看见坐在门口长椅上的冯建国,正仰头抱着熟睡的冯玉然:孩子的身上裹着军大衣,衣角耷拉在地上。

“谢谢! ”

“你就知道,把人交给李大夫你就可以无忧了,是吗? ”

冯建国张开满是血丝的大眼睛点点头:“是! 她是好人,也是好大夫! 她也不像她,她太柔弱! ”

卢秀英几乎是抢夺一般地抱过冯玉然,甩下大衣:“好人就受到了这样的对待! 谁柔弱? 六岁的女孩儿不柔弱? ”

冯建国放开手,低着头,什么也不说。他还能怎么说呢,别人看見的事实,是他在女儿三岁时抛妻弃子,又回到了失去丈夫的前女友的身边。

这是卢秀英和冯建国第一次见面,也是迄今为止的最后一次。

卢秀英知道了冯建国的妻子叫秦谷子。秦谷子和所有的产妇一样,躺在产科的病床上,但却显得格外虚弱,虚弱得叫人忍不住地要心疼她。她撑着坐起来给婴儿喂奶时,婴儿的吮吸让她发出的一声声细声细气儿的呻唤,使产房里所有的产妇、家属和医护人员都心尖儿一颤一颤的。

初生的婴儿本能地吮吸着。这个没有吮吸到奶水的婴儿哭得眼角竟然滴出了眼泪。

"你得吃东西啊! 不吃东西怎么能下奶呢? 小家伙儿是吃不到奶,才哭得这么厉害。"卢秀英看着李珍劝导着秦谷子。秦谷子也像孩子 ·般地抹起了眼泪."我就是吃不下。"看秦谷了的样了,她是不知道她的负责医生李大夫,是自己丈夫的前妻呢。

卢秀英深深地叹了口气。

被送回婴儿室里的孩子饿得不停地哭,护士们急得直搓手,但也在尽量地耐着性子等, 等着能让孩子来到人世的第一次进食是母乳而不是糖水或牛奶。最后,孩子的哭声渐渐地小了起来,眼见着是等不下去了,小护士才有些慌乱地来找卢秀英。卢秀英看看孩子,解开襁褓摸摸他的肚子,然后包起孩子抱着他坐在婴儿室一角的方凳子上,解开了自己的衣襟。

孩子真是饿极了, 他的整张小脸儿都贴挤到了卢秀英的乳房上,吸吮的力量一点儿不像初生的婴儿。

这是卢秀英三十五年后再次见到冯小丁。而且,她离他就这么近。他出生的日子,好像就是昨天。可眼下,那个不点点儿小的婴儿,已经长成了一个高高大大的帅小伙子。

"请您,进来坐会儿,好吗?"

"你的家?"

"我租的,住着快一年了。"

卢秀英很注意地看看冯小丁剃得光光的脑袋。

"哦?你画画?"卢秀英环视着满是画稿的屋子和挂在墙上的画作。

冯小丁笑了笑:"我从小,就喜欢这个。"

看着那些让人有身临其境之感的海洋景象,卢秀英的心也像那些景象一样被感染了一些激荡的情绪。

"我父亲是海员!"

冯小丁给卢秀英递上一瓶饮料:"那,那可是什么样的海景,都亲历的人啊!您是因为,认识我父亲,才记得我出生的吧。"

卢秀英点点头,说:"你和你父亲长得真像!就是发型不同。画家一般都这样!"卢秀英伸手在脑后把自己的头发抓起来一把。

冯小丁憨憨地一笑,虽然没有得到自己想听到的解释,对这个看着他来到世间的人,冯小丁还是感到了一种特别的亲切。

"我的好朋友和你爸爸很熟。有这层关系,那时自然要照顾一些。看你长得特别像你爸爸,就这样。你爸爸妈妈都好吧?"卢秀英的这个说法，让冯小丁点了点头。

"还好。我妈退休好几年了。没事，就去了唱俄罗斯老歌的合唱队。我爸还在富春华酒店干着呢，他不愿意退休！"冯小丁想起了父母。这一年，他回家的时候不多，因为他要静静地画那幅画，也因为父亲对郭代莲莫名的冷淡。

去年中秋节假期，郭代莲只在家里待了一天，就跑回来跟他一起去见他的父母。

"我紧张。"郭代莲拎着大包小裹，紧紧地挎着冯小丁的胳膊。

"不用紧张，又不是考试。"

"我还紧张考试？"

"就像在，自己家一样！"

"那哪儿能一样呢？我这还头一次上门儿！"

"　样！"

冯小丁看着郭代莲像在自己家一样地跟着她妈唠嗑，又跟着他爸在厨房切菜、炒菜，熟练地擦桌子、盛饭，给两位老人倒酒、递筷子……那副随随和和、说说笑笑的样子，真好像她自幼就是这个家里的人。

这个家，因为郭代莲的到来，显出了平日的冷清，也显出了一种踏实的圆满。吃完饭了，谷子一个劲儿叫郭代莲："代莲你快过来歇着！让小丁收拾，小丁刷碗可利索啦！这些活儿，他从小也干。"

冯小丁利利索索地刷洗碗筷，收拾厨房。他发现，他爸爸的眉头紧紧地皱巴着，显然没有像妈妈那么高兴。

他问:"爸,你怎么了? 不高兴? "

"唔,有点儿累。"

"以后,家务活,代莲和我干,您就可以,不用动手了! "

"三个人的家务事能有多少。"冯建国甩甩手,接着说了一句:"你妈身体不好,我干这么多年了,干得很习惯。"

冯小丁的心沉了一下。在找女朋友这件事上,一贯声称"只要好你喜欢行"的爸爸,明摆着是不满意他喜欢的郭代莲了。

冯小丁很疑惑:代莲没有哪点能让爸爸不乐意呀?

郭代莲告辞时,谷子喊:"冯建国,快出来送送代莲。"冯建国在卧室里没有出来也没有回应。冯小丁给郭代莲从鞋柜里拿过鞋子,郭代莲连忙说:"阿姨,冯伯伯累了,不打扰他了。您也休息吧。"

"常来呀! "

"好的,阿姨! 我会常来看你们。"

那天,天上的月亮又圆又大。可是以后的那段时间,冯小丁再跟爸爸说郭代莲怎么怎么好之类的话,都碰了软钉子。最后一次,冯建国居然气恼地瞪了眼睛:"世界这么大,你找谁不行啊?偏找她! "

"爸爸,您这可,没道理呀? "

"你是我儿子,你还要什么道理? 嗯? 以为你画画真能成名成家、养家糊口啊? 看看你的画,是不是挂在富春华大酒店里了? "冯建国铁青着脸,竟然气急败坏地说起了他从前绝不会说的话:是他买了儿子的画,支持他的事业,而不是他的女朋友郭代莲。

冯小丁跑进了富春华大酒店。富春华大酒店富丽堂皇的大堂里,他的《海上日出》真的霞光万丈、气势磅礴地挂在那里呢。

"爸爸,你,为什么要这么做呀?"

冯建国没有回答。

冯小丁也没有再问。

冯小丁问卢秀英:"阿姨,代莲和你们一起回来了吗?她的手机怎么老关机呢?"

"我们是从刘家堡子直接回来的。代莲还在家呢,她感冒了,无大碍。看你和代莲,都画画,真是一对……"卢秀英的话,没有说完。她忽然感到了一个问题:这门亲事,让冯建国和李珍如何面对呢?还有冯玉然。卢秀英知道,这些年,他们都没有任何来往了。

门外,响起了几下敲门声。冯小丁打开门,站在门口的是黎冰和裘紫曦。

裘紫曦的眼睛红红的。黎冰给她讲述了裘新民从昭盟回来之后和独身的梁玉组建了家庭的那段生活。

那是他们安宁、平静的一段生活。

只是裘紫曦无论如何也想不到,裘新民竟会和梁玉走到一起。那时,裘紫曦确信裘新民不是自己的生父,而且,他也完全没有了养父的心怀。虽然,他曾那么爱她的母亲,也爱护她。那时,裘紫曦上大四了,再接到裘新民的来信,她连信封都不拆,就寄回去了。

她像一个断了线的风筝,身心飘摇无着得惶恐万分。好在,她马上就要毕业了,可以有个寄托生活的单位。此时,她也遇到了人生遭际更是坎坷的陈盛,惺惺相惜地相许相托,好像是个定数。

"年轻人,紫曦想进去看看,以前,这是她家住的。"

"这样啊,快!"冯小丁把门开得大大的。

裘紫曦进了屋子,环视着。

"我还能看看这个屋吗?"

"当然!"冯小丁替裘紫曦推开小卧室的门。那也是一个画室,只是比大屋更加纷乱。在宜家家居出品的书架上,醒目地摆着郭代莲笑得花香四溢的大照片。裘紫曦走近照片,才发现那是画像,画像的右下角有个很难发现的签名:小丁。

"这多好呀!画里画外都是艺术!"裘紫曦感叹着。在这个小房间,她也曾经那么地憧憬艺术的生活。

"我在这儿长大的!现在也常常梦见这儿。我们一家三口,在这儿吃饭,原来这里有个小方桌子……"

"这就是,思念吧!深刻的,思念,它不能,消失。"冯小丁说。他这很艺术范儿的言语立时直达了裘紫曦的心。

"那时我多愚蠢!那么深刻的思念提醒我,我都没有走出鄙陋,领会他爱女儿的苦心。我还倔倔地怨恨他……"

"那时,你是不是,很害怕?"

"我现在什么都不怕了!"裘紫曦的视线投向窗外,小时候,她常常趴在窗台上,望着楼下不远处的那条路。外出采风的父亲,每次都是从那条路上回来,还没有到家,他就在窗户底下喊她:"紫曦——"

"我也有，很深的思念！"

冯小丁揭去油布，三个步入和即将步入人生晚年的女子，都静穆地看着那个只在画上和她们年龄相仿的男人。

他穿着深灰色的中山装，从肩上和胸前的衣服褶皱，可以看到他微微前倾的姿态。他的头稍稍向右偏着，紧闭的嘴唇牵起面颊上的几道深纹，浓重的眉下，他的眼睛就像风平浪静的海。

"他说，他老家在山东。原来是农民，后来当兵了。那天，他刚刚离休。他也没有儿女……"冯小丁对着画板和身后的几个长辈们说着，等他放下了画笔转过身来时，他看见，她们的眼里和他一样，都噙满了眼泪。

这时，冯小丁一下子明白了，他为什么这么爱戴这个人，思念这个人。因为，在他的心里，他是他精神上的父亲。


## 长调啊长调

槐花街上现在已经没有槐树了。

槐花街 6 号是二十多年前市政府统配给本市优秀教师的高层住宅小区。小区有四栋楼临街，由二十六层高的十二栋塔楼组成，高楼外立面原先碧绿的马赛克贴面已经变成了灰绿色，相应地，原来点缀其间的雪白马赛克也变成了灰白的。从远处看去，倒很像是仲夏的槐花正在飘落。

每天傍晚，佟向毅和乌云都会在小区里的楼间转圈走走。平时，他们这时应该回家了，可是今天他们还在走着。

"要不要坐一会儿啊？"乌云看一眼丈夫，又看看楼间小花坛边上的长凳。

"坐。"

两个人在长凳上一坐下，就不约而同地看向正在花坛边上玩耍的几个孩子。

"外孙女呢？"住同一栋楼的尹老师正在看孙子。

"跟她妈妈出去了。"乌云说着，转头望一眼小区大门。她觉得佟瑶和暖暖应该快回来了。

说话间，尹老师的孙子勋勋已经爬上了花坛，还沿着窄窄的花坛边跑了起来。

"快下来！别摔着啊！"尹老师奔过去，把勋勋抱下来，勋勋边挣扎边叫喊："别管我！别管我！"

"这孩子太累人！我都快撑不住了！当班主任带班都没这么累！"尹老师一放下勋勋，勋勋就又要跑，尹老师一把没揽住，他就跑开了。尹老师只得连忙追过去。

乌云的目光也追着尹老师和勋勋，装在心里的事情又被引得泛了上来。

昨天中午十二点，是美国西雅图的晚上八点，那是乌云和儿子佟璋约好的，在微信视频上见面的时间。佟璋有些不好意思地告诉父母："林青的孕期反应还是很严重。再有一个月就要生了，她爸妈这会儿才说她哥哥家的二宝脱不开手，来不了。没想到会这样！真是不该要孩子！还没生呢,就这么费神了……"

"混账话！"听儿子这么说,佟向毅看着儿子在手机上那有些变形的脸,不由得气忿忿的。

"妈,你看我爸,他老人家是不是越来越爱发脾气了?"

"你爸没说错呀！连个孩子都不要,那叫什么家庭?那活着还有什么意思啊?"

"妈,反正你总是和我爸站在一块儿！不要孩子,就活着没意思啦? 这是什么逻辑呀?"佟璋耸耸肩,表示不能理解和明确的反对,但见父母都不高兴了, 他也很快地妥协:"好好好！就算你们说得对！"乌云和丈夫脑袋挤着脑袋地盯着手机,她眼见着佟璋举手投降,就心下一软然后又心疼得连忙安慰儿子:"别着急！儿子！我们过去帮你们！"

话说山去了,乌云才想起看看丈夫的脸:佟向毅的脸色果然难看。但无论如何,这都是不能等的、必须提上日程的事啊！所以,这几天,乌云就时时想和丈夫商量这个事。可佟向毅就是不理会,因为他早有意见:"他们可以回来！"

"那不现实啊！工作不要啦? 人家都绞尽脑汁地要出国,要把孩子生在美国。你没看《当北京遇上西雅图》吗? ……"乌云劝说着。

"再说? 再说你也给我滚那边去！眼馋人家那里的鱼好是吗? 你可是吃羊肉喝马奶长大的！"那次,佟向毅几乎咆哮起来,他额角的青筋暴起,话也说得没有了分寸。

乌云从未见过丈夫这样失态,吓得圆张的嘴巴再也不敢发出一点儿声了。同时,一股莫大的委屈也涌向了心头,眼泪也开始在眼眶里打起了转。但和儿女的事相比,做母亲的总会把自己的委屈压在心底。乌云还是想方设法地要和佟向毅商量:帮助佟璋。

"儿子容易吗? 儿子太不容易了!"现在每每想起佟璋,乌云都很难受。因为她觉得,他们作为父母,给佟璋的爱护太少了。用同事、邻居们的话说,就是:看你们家佟璋,多让大人省心啊! 你们真是摊上了一个好儿子!

佟璋的成长期,也是乌云和佟向毅最忙、最累的时侯。那时,他们都没有时间和精力管佟璋。佟璋默默地长着,直到他从子弟校中学考上育才高中,大家才把目光投向他一点儿。然后佟璋去住校,基本就脱离了父母的视线,再然后佟璋考上清华大学,又在清华大学读硕士,就更是不用他们管了。直到佟璋硕士毕业的那个暑假,他回家告诉父母:"我要去美国读博士了,九月初报到。"佟向毅才有些发愣地问:"谁让你去的? "

"我自己决定的! 今年春天申请前和你说过的呀! "

"谁同意你申请啦? "

"卡耐基·梅隆大学呀! 詹姆斯博士很欣赏我的程序设计论文,我去了就可以加入他的课题组,助理费用足够我交学费和维持生活……"

"我说的是我们培养了你,你却跑去给他们干活了! 帮狗吃屎不觉得着耻,还挺美的! 重工厂要黄了你知道不知道哇? "

"重工厂黄了你应该有责任,但跟我有什么关系呀? "佟璋看看乌云,满脸的委屈和无奈。乌云想说丈夫不对,也知道佟璋这下可是触到了他爸爸的痛处,很可能已经惹起佟向毅的心头火了,就赶紧先灭火:"你爸才是副厂长,黄了……"

乌云的话,反而起到了火上浇油的作用。佟向毅指着佟璋:"你的书都念到狗肚子去了吗?啊?那啥和你有关系啊?你是吃谁家饭长大的呀?啊?"

"真没想到,爸你这么褊狭!世界都变成什么样子了,你还停留在过去……"

"没有我们的过去,就有你的现在啦?你妈从昭盟来时,连个初中文凭都没有,靠自学也成才了……"

乌云夹在这对父子之间,左右为难。她好不容易才插上一句话:"我那是没有别的办法。现在孩子有出去长见识的机会,总是好的呀!等学了更强的本事,再回来……"

佟向毅看看乌云,又看看佟璋,一副得理不饶人的架势:"那是必须的!你去给他买飞机票时,让他在收据上签字!记住了,小子!我们送你出去,用的可还是人民币!"

乌云恨不得把佟向毅的嘴糊上。再看佟璋时,那个有着一头卷发、面容清癯的大小伙子,镜片后的眼里,竟是闪闪的泪光。

泪光闪闪的佟璋,给乌云的印象太深了。有丈夫在跟前,她不能把那么大的儿子像孩童一样揽在怀里安慰,只好背着佟向毅把自己的学期末奖金换成美元塞给佟璋:"在那儿边,咋说都是人生地不熟的。身子可别亏着,吃牛肉、喝奶茶!记住啦?"

那几日，是乌云和儿子这些年来话说得最多的时候。

佟璋问："妈，嫁给我爸这样，这样粗……粗犷的男人，你委屈不？"

乌云摇摇头。然后她告诉儿子："那时，在我们昭盟的大草原上，几乎没人不知道你爸爸的名字。你想想啊，一个下乡知青，能在我们蒙古人的那达慕大会上得到赛马冠军……姑娘们看他的眼睛，都亮得像星星啊！"

佟璋看着已不年轻的母亲那亮得还像星星一样的眼睛，很感动地搂搂妈妈的肩膀："妈妈，你才真可爱！"

"你爸爸不仅勇猛，还诚实！他的心性，就像蒙古人碗里的酒，清亮如水。也像我们离不开的奶，那么醇厚……"

佟璋没有吭气。在他的记忆里，爸爸是很少在家的，更难得和他待在一起。当了主管经营的副厂长后，他先是为了买原料，后是为了卖产品，整天忙得脚打后脑勺的样子。

父子两人最长最和谐的一次谈话，是佟璋填报高考志愿的时候。看儿子填报清华大学为第一志愿，还一副胸有成竹、志在必得的状态，佟向毅向儿子投出了赞许的目光。佟向毅挥挥大手，让佟璋报考机械专业："机械工业的水平上不去，咱就赶不上人家！像咱们厂，学这个，儿子！将来接我的班！我就不信了……"

"爸，我报计算机专业，我更喜欢这个专业。这个专业非常非常有用，未来的机械工业更需要智能化。智能化是离不开计算机的。"

佟向毅看看佟璋，觉得儿子真是长大了，就拍拍儿子的肩：

"啊,那就这样!好好学啊!我就是文化浅了……忙成这样,还得上党校补企业管理的文凭去,真窝心。"

"爸,你们真的是百分之五十开支啦?"

"暂时的!这你不用担心,吃饭、供你上大学没问题。你就一心一意把学上好喽!哎,再有一条,别一进校门就找对象,耽误学习……"

"知道了,爸。"

佟璋只身到了匹斯堡。毕业后,四处找工作,最后安定在了西雅图的微软总部。

去年,已经三十七岁的佟璋在西雅图注册结婚了。乌云和佟向毅几乎同时松了一口气。

乌云说:"我们佟璋终于也结婚了。"

佟向毅说:"嗯,找个中国姑娘,挺好!"

年前,他们回来了。佟家给他们举办了婚礼,俩亲家也欢天喜地地从青岛来了。

可在第二天的家宴上,佟向毅和亲家就有了不大不小的过节,因为佟向毅对儿子和媳妇说:"你们差不多就回来吧!国内也需要人才啊!"

亲家公把脑袋摇得像拨浪鼓:"你还是去人家那里看看再说这话!人家那是啥环境,咱这是啥环境啊?我去了都不想回来,别说年轻人啦!"

佟向毅没好气地瞪了亲家公:"再好,那是人家的!不是咱的!"

乌云忙着和稀泥："说这些干啥呀？咱们当老人的心，就是想要儿女生活幸福，只要他们幸福，怎么都行啊！"

"乌云你没原则了！什么叫怎么都行啊？"佟向毅在酒桌上摞了筷子。

"我这亲家当厂长当得脾气挺大呀——"

"天生的倔脾气！心眼儿可一点儿不坏！这辈子，都是我让着他……"乌云连忙给亲家公斟酒。

"我闺女可没你这么好性格。她是俺们的掌中宝，在俺们家，都是大家让着她的。"亲家母说。

"佟璋脾气很好，不像他爸……"乌云的话还没有说完，佟向毅就退了席："你们慢慢吃吧，我不奉陪了！"

佟璋看看林青："我爸的个性，我是很想有的！可就是没有遗传给我多少，他是遗传给我妹妹了。"

林青很给丈夫台阶地微微一笑，说："你别遗憾！隔代遗传，你看着吧！"她还饶有兴致地问婆母："妈，您和我爸是怎么谈恋爱的呀？"

乌云"哦"了一声。林青看也不看父母的眼色，继续说："妈您讲讲！"

"在我们流动小学的蒙古包前，我跟他说，我不嫁给汉人。他就走了。他是挺着腰板、端端正正地来的。走的时候，他在马上的背影，是斜着身子，半边屁股挂在马背上。我想啊，只要他再来一次，我就答应。可他，再也不来了！"

"我猜,您就找他去了!"林青鼓着眼睛说。

乌云点点头。

"妈,佟璋也是我追他的。"林青笑道:"再不抓住佟璋,我就成老姑娘了!职场上优秀的老姑娘,也还是老姑娘。当女人当成这样,就不算聪明啦。谢谢您和爸爸,培养了这么优秀的儿子,成了我丈夫。"

乌云真为佟向毅感到遗憾,没有听到儿媳妇这么感人肺腑的话。同时,她也非常高兴,高兴儿子娶到的媳妇,是这样的通情达理。

现在,儿子和媳妇需要他们了。乌云觉得,佟向毅就是不愿意,作为家长,也应该在这个时候帮他们一把,就像当初他们帮佟瑶带暖暖一样。

一想到暖暖,乌云就又放心不下外孙女和即将临产的女儿了。

"佟瑶她们怎么还不回来?"乌云好像是自言自语般地说着,眼睛却看着佟向毅。

"看我干什么?你也没跟我说她们上哪儿去了!我还正想知道呢!"

"到婆婆家,照顾奶婆婆去啦!"

"那你还有什么好惦记的?又不是打狼去了!"

"你……你看她们回来了!暖暖呐!"乌云被佟向毅顶得有些气恼,正压制的时候,看见佟瑶领着暖暖下了出租车。

暖暖撒开妈妈的手,径直朝这边跑过来:"姥姥,姥爷!"

佟向毅也露出了淡淡的笑容。但看着佟瑶手里拎着的购物袋，就批评道："又瞎买！"

"没瞎买！这是婴儿用品。"

"婴儿用品？婴儿用品我让你妈把暖暖用过的那些都找出来了！"

"我妈真有远见！还留着呢？"

"我让你妈留的！原来以为能给你哥哥的孩子用上。"

佟瑶笑道："爸呀，你可真能操心！都操到地球那边去了！人家不见得喜欢这些旧东西呀？还是给我这宝贝儿用吧！"佟瑶拍拍自己鼓鼓的肚子，偏过脑袋。

"这么快，怎么能这么快，就忘本了呢？"佟瑶转过脸时，看见爸爸已经是满脸的焦灼，而且，还有大颗的泪珠从皱纹很深的脸上滚落着。

佟瑶连忙抱住佟向毅的胳膊："暖暖！暖暖快叫姥爷！"

暖暖不知所措地看着几个大人，忽然"哇"地一声大哭。她抱着佟向毅的大腿："姥爷，你别死……"

乌云的心头闪过一道黑色的闪电，她抓住佟瑶的袖子，摇摇头，声音都发抖了："咱们回家去！"

那天夜里，乌云像往常一样，和佟向毅手握着手地入睡。夜已经很深了，她知道佟向毅还没有睡着。

她把他的手拉到自己的胸口。

佟向毅说："明天上午，把暖暖送到幼儿园，咱们看新民大哥去。你是不是迷信啦？我最近感情真是脆弱呀，想扳着，也扳不住了，老啦！"

"才六十五，老什么老啊！"

"从退休那天开始，我就觉得自己老了。厂子没了，社会也不需要你了……家里，儿女也不听你的。真没劲！"

"怎么没劲了？要不是你，那暖暖谁管？"

"要是没有暖暖，我就更没劲了。"

"那你就再发发热，看孙子。等他断奶了，咱就把他带回来。像刘老师的孙女似的，回来探亲了连中国话都说不来，那可不好了。"

"嗯。这话在理！你说，新民大哥能和他女儿走不？"

"应该能吧！他都等这么多年了。"

"那，这下可远了。不知还能不能再见到他。"

"能啊！你想他了，咱就去北京看他呗。还正好到首都旅游了。"

"我还没去天安门广场看过升国旗呢！"

"我也没看过。咱一起去看。"

"一定要让佟璋记牢，他不能加入外籍，持绿卡。现在是海外游子，可入了外籍，就不是咱中国人了！"

接下来，乌云难以置信地听到了佟向毅的自我批评："我总批评佟璋，那不是我不爱他……"

乌云把丈夫的手背放在唇边："哪有父亲不爱儿子的？佟璋自个儿也要做父亲啦！他一定会懂你的。"

佟向毅把脸转向妻子："你去儿子那儿吧！我等着佟瑶生下孩

子了，再去。"

乌云点点头。她伸手摸着丈夫的前额，又慢慢地抚着丈夫那头微曲的花白头发，她的手指游走在他的发丝里，这些发丝，从前像马鬃一般韧而硬，现在，这些发丝可是比从前细软了很多，很多。

裘新民戴着蓝色小暗格子的前进帽，不高的个子穿着得体的藏蓝色中山装，他的风纪扣一丝不苟地扣着，露出的衬衫领子洁白如雪，脚上穿着一双厚底圆口的黑面布鞋。

他拄着竹杖，站在窗口，看着进出疗养院的人。不一会儿，他看清了刚刚进来的三个人，是佟向毅夫妇和康殿成。

看到康殿成，裘新民就想到了康维恩。他们在一个蒙古包里住了四年多。第二年的时侯，康夫人在家病逝了。康维恩只能把康殿成也带到了草原上。在那四年的时光中，搞文艺的裘新民，渐渐为医者康维恩所倾倒。

裘新民经历过解放战争和抗美援朝的战火。战火里的文艺战士，从来不乏激情。这种激情，在裘新民的身上保留得很长久。

刚到昭盟草原上的裘新民是有些怨天尤人的，后来，还有了自暴自弃的倾向。但康维恩却像自来就是草原上的一棵草，面对一切时，都是劲草的天性和风姿。

牧民们特意给康维恩制作了一辆小号的辘轳车。

每天，康维恩就坐着这辆识途老马拉的车子，行走在草原上。见到他的牧人即便是骑在马上的，都会立刻下马对他躬身行礼。因为这个不会骑马的男人，会用他能有的一切，给牧民们疗伤治病。

他治病用过勃勒根们制作的酸马奶、牧民眼里的各色杂草。他会放血疗法，还会穿刺、针灸……尤其是，他能救女人和孩子的命！不论何时，只要有人来叫，他就会去。看着他在酒碗里洗过手，蒙古包里的女人们，呻吟里就少了对死神的恐惧。这个给别人解除了病痛的人，面容总是平平静静的。尽管草原的风，也吹黑了他原本白皙、细致的脸。

"你试试看，教孩子们认字、算术……"康维恩翻着一本书，那本书褐色的封面上，有长短两纵行的蒙文，在蒙文旁边，已经分别注上了汉字：一行是《蒙药简明手册》，另一行是内蒙古医学院中医系蒙医教学研究室编。在康维恩的膝头上，还摊着一本《本草纲目》，他对照着两本书和手上新采来的药材，用一个短粗的黑钢笔在书页上的字里行间，填着他一丝不苟的小楷字。

裘新民就这样猛然醒了。他操着南腔北调的长沙话，引吭高歌着来自中古此刻却怦然发于自身心怀的长调：离离原上草，一岁一枯荣。野火烧不尽，春风吹又生……

裘新民唱着：仅离离这两个音节，从压抑的心间经过起伏的胸膛再到隆起的舌面，就几乎让他用尽了全身的力气。他的唇齿微微地颤抖着，尾音游丝一般随着轻风飘向了天际……这才是歌的本源，不再像流火那样鼓噪、烘烤他人，而是像清流润养着存在于天地之间的自己的灵魂。

当他心里最后溢出的那个"情"字和他眼里的晚霞交融在一起的时候，少年康殿成正赶着老马车停在不远处，静静地站着。他的手里握着鞭子,车上,装着他今天捡来的烧早茶用的牛粪饼。

裘新民不知道康维恩是什么时候站在他身后的。等他咽去嘴角的咸涩回过头时,只见康维恩的脸上滴着两行热泪。秋风,吹着他的全身。他的额角,飘着牧人般半长的头发。

康殿成继承了康维恩的儒雅,还有着康维恩所没有的强硬,这从他们的步态上就能看得出来。

三人一出电梯,就看见裘新民已经站在他的房门口等着他们了。

看裘新民穿戴得这么正式,乌云的心已经在即将分别的感觉里开始难受了。

那年春季转场后,因为和裘新民他们的蒙古包离得最近,乌云和弟弟满都拉图成了裘新民最早的学生。阿木尔因为自己的儿女有了先生,高兴得特意宰杀了两只羊,请大家来喝酒。十岁的乌云一边当母亲的帮手,一边当裘新民的学生和助手。八年以后,她在裘新民的鼓励下,成了这片草原上小小的女老师,她教孩子们认汉字、做算术,也教他们唱从知识青年那里学来的歌儿。同时,她也教知青们蒙古族舞蹈。

裘新民坐在床边,叠合的双手抱拢着竹杖。

"……远芳侵古道,晴翠接荒城。又送王孙去,萋萋满别情。"这支裘新民首唱的长调,小屋子里的人都会唱。可是,这些年来,他们时有聚合,却从来没有唱过。现在,裘新民苍老的歌声,像是来自过去,也像是来自未来,每个人的心都被紧紧地抓住了。

他的声音很小，也很弱。但草原的风，却又在每个人的发间强劲地吹开了。

蒙古长调，是扬鞭跃马的草原人在天地间唱的。苍苍天宇，茫茫阔野，歌声自由地在草尖儿上滑行，去往悠远的所在。它那么孤独、那么清高、那么绵绵不绝。它带着水声跳过河流，在羊群旁边，触摸着一串儿紫斑风铃……然后，它又带着这串儿风铃的色彩，去亲吻额吉的袍角，再用额吉袍角的气息吹干马背上的汉子的眼睛……

佟向毅，这个钢坯一般的男人无声地哭了。

这个牧区的知青已经全部回城了，除了佟向毅。国营大厂重工厂即将撤销的知青办，做了他们的最后一项工作：来人动员他们的子弟佟向毅回去，以对他病重的父亲——全国老劳模佟本溪有个交代。他们让他去接他父亲的班，到红旗车间——铸造车间当翻砂工。他们说，你得服从组织安排，那个车间实在缺党员。根据政策，他们还可以安排乌云到子弟校小学部当老师。

在另一个蒙古包里，还有一个人没走：裘新民。

佟向毅坐在裘新民的对面，他们已经喝干了皮囊里的马奶酒。

"一切都像昨天似的！"佟向毅迷茫地说："原来，我已经在这里六年了。连儿子都有了，一切，却又变了……"

"整整十二年，我在这草原上！"裘新民看着佟向毅，用熟练的蒙语劝他："回去吧！你年迈的父母，也需要你！"

"而且，我也在盼望着，给我平反！这是我这辈子最大的要求！

还有，我的女儿。还有，常给我寄报纸、寄书本、寄东西的那个女人梁玉。我糟糕的命运，不是和她无关。真的面对面，我还不知道自己能不能接受，她这十年来的愧悔和对我的感情……"佟向毅听着裴新民娴熟的蒙古话，看着他已经满是皱纹的脸："人在洪流里，无法站稳啊。她如果真坏，也不会觉得这样亏心了。"

"那本来也是一个花衫的好苗子！"

"花衫？"

"花衫，也是旦角。我们的生活，戏剧……"裴新民又摇摇头："戏剧，哪堪比得。这还仅仅是一幕，离终场尚远。这个场景要拆了，你如何能不转场呢？就像康老先生那样吧：守正心，为人本。"

阿木尔赶着一辆辘轳车，辘轳车上载着乌云，乌云的怀里抱着五个月大的佟璋。

草原上的路，不是笔直的，也不是平平坦坦的。车辙的两旁，已经老去的车前子铺展着层层叠叠的叶子。

裴新民骑着一匹黑马，穿着蓝色的单袍，头上戴着圆顶立檐儿的硬皮帽，长靴把马镫子蹬得直直的。

佟向毅把缰绳交给裴新民，紧紧地拥抱着他。

"我想，重逢的日子，是不会太久了。你照顾好乌云和孩子吧！驾——"裴新民调转了马头。

"裴老师！"紧跟着乌云的喊声，马儿奔腾起来，一团黑色就离他们越来越远了。

月夜的海岸，就像木刻版画。山、树和礁石，都被月光以镂空的神功呈现着。

裘紫曦还在望着那块巨大的黑石。她下午就来了，一直在海滩上待着。海风越来越凉，海面也越来越暗。如果没有那轮明月，如果没有远处的人间的灯光，一个孤零零的人在这里会怎么样呢？

尤其是一个受了不可忍受的侮辱的人！

刚上大学时，那些和戏剧有关的课，裘紫曦是特别想上，又特别怕上。有时，老师的一些讲述，周围的同学听得平平静静，却能在她的心里掀起狂波巨澜，让她联想到她那可怜的母亲王菊馥。那样的时刻，她就抚着前额低下头，用胳膊肘使劲地压着桌板，帮助自己的内心按下悲伤。

那些曾经红遍全国的经典剧目，都一点一点地又开演了。同学们会省下饭钱，轰轰烈烈地去长安人剧院听大戏，看名角儿。

裘紫曦是一个人，悄悄地去排队、买票，一个人默默地走进那似乎熟悉又很陌生的环境里。舞台、坐席、行头、妆容、唱腔、念白、莲步、水袖……裘紫曦看见的，都是王菊馥的影子。

那次，她哭得脑袋胀胀的。在一阵阵的叫好声里，她看见王菊馥站在花篮边上，笑得那么美，那么雍容华贵。王菊馥把一朵鲜花投到她的怀里，在她泪眼模糊的间隙里，母亲的嫣然笑容被掩在了仿佛从天而落的大红幕布之后。

长安街的夜晚，华灯流光。

她孑然一身，落在灯影里，感觉天上微现的星子都是眼睛。星子看着她,看着她的孤独、悲伤。她望着天,咬咬牙:"王菊馥,你可真的解脱了?我看你是白演了《红鬃烈马》,白唱了《玉堂春》啊!你看,薛平贵又得胜还朝了,王金龙又进京赶考去了!呵,我就不像你,我不死!"

至此,裘紫曦再不梦见王菊馥,再不梦见王菊馥拉着自己,跳进冰凉的海水里,让自己浑身冰凉地颤抖着惊醒过来。

海面,变得黑幽幽的。

裘紫曦抱紧肩膀,看着不远处那块巨大的黑礁石。月光,给礁石勾勒出了清亮的轮廓,使之和黑夜有了明确的分界。她开始走近它,越走近它,涛声也越清晰。涛声里,先是浪头击石的轰响,然后是轰响连着波浪滚进的呜咽。瞬间之后,轰响和呜咽混合着,在水面砰然荡开,又从水面飞跃至空中,然后,是大海喘息般的短暂平静。

裘紫曦深一脚浅一脚地踩着松动的卵石,到了巨石跟前。夜里的巨石,以黑夜为背景,立刻压在了她的头顶。如果有翅膀,她觉得自己会即刻飞起来,远离这样的压迫,可是,人类没有翅膀。空气里充满了水汽,这样的水汽,仿佛有种诱惑:变成一条鱼吧!变成一条鱼吧!鱼儿可以赶紧游在水里。水里很平静,水里很安然……

裘紫曦靠在了巨石上。石头的冰凉从脊背传到了心上,她打了个激灵。这个激灵,让她清醒了,她伸出手,摸着粗砺的石面,绕到石头最低矮的地方,攀爬着上到了石头顶上。

被黑夜包裹着,被黑夜的凉风包裹着。

孤零零地站在这块孤零零的巨石上，裘紫曦的腿是抖的，脚下像是一片空虚，整个身心都无可依托地战栗着。她瘫软在了巨石上，不敢再往石头嵌进海里的方向挪一步……

"妈——"裘紫曦本能般的呼唤声瞬间就消失了，因为海浪呼啸而来，还把大海的粉末扑满了她的全身。

"妈妈，以后，爸爸就不能常来这里和你说话了……"她终于定了神，说出了自己到这里想和母亲说的话。

昨天下午，裘紫曦又到了黑石养护中心。可是，服务员说："裘老师出去了，他叫你等他。他每天这个时候都出去。"

"去哪儿呢？"

"去海边啊！我给你开门，你去他屋里等吧。"

裘紫曦跟着服务员到了七楼，电梯标识屏显示这是楼房的顶层。服务员推开房门，看了一眼室内说："裘老师叠的被子比我们叠的都好！"

小屋子里和楼房的外观、厅堂、走廊一样，到处都是白的：白墙、白床单、白被子、白枕头、白桌椅、老式的白茶盘、白瓷杯子……裘紫曦看看脚下，好像是新铺的地砖，但也是奶白色的。裘紫曦走近白色的小书柜，书柜上，赫然摆着她的全部作品，但不是那套文集，而是各种原始版的。她抽出那本小小的散文集《碎浪》，看见里面几乎每页都有勾画和批注。

"来啦！闺女！"她身后响起了那个久违的声音。

裘紫曦顿时泪如泉涌。

"我挺好的,孩子,不哭……"

裴紫曦哭得更加情不自禁。裴新民把竹杖放到女儿手里:"拿着,我把窗户打开。"

裴紫曦看着父亲推开窗户。从窗户远眺,可以看见大海。海边,那些黑色的礁石很触目,其中有一块,更是黝黑而巨大。

"我就上哪儿去了。"裴新民看着裴紫曦。

裴紫曦的心又是一阵疼痛。

"我这就带你去吃饭吧!咱早点儿去,占个好座位。这里的海鲇鱼炖得好吃,我让他们给我添了爆螺片儿。"这两个海味儿,都是裴紫曦从小最爱吃的。

裴紫曦想过,可她不敢深想和父亲见面时,会是怎样的情形。可她也决然想不到,他们三十年后的见面,就如她小时候周六放学回家。那时,父亲就这样跟她说:"闺女,要不要打牙祭啊?"

"要哇!打牙祭去喽!妈,你赶紧的呀!晚了就没有炖鲇鱼啦!"

"馋不馋?"裴新民笑得脸上的皱纹更多了。

"馋!"

"这顿牙祭得好好打。"裴新民从裴紫曦的手里拿过竹杖,拉起她的手,顺势把她的胳膊夹在自己的胳膊下。

去餐厅的路上,只要碰到人,裴新民就告诉人家:"我女儿。从北京过来。"

"哦,裴老师的女儿来啦!"

人们的目光,像锥子一样地扎着裴紫曦的心。

裴紫曦说:"我来接我爸。"

裴新民小声对那些熟人说:"这里空气多好!我舍不得走的。"

裴紫曦把胳膊弯转到自己这边,紧紧地挽住父亲。她跟着裴新民的步子,在靠窗的一张方餐桌旁坐下。

餐厅不大,整个的色调还是洁白。十二张餐桌像放课桌一样地摆放着。

"你坐着,不要动。"

裴紫曦就看着裴新民去放筷子和碗盘的消毒柜里,拿来了两套餐具。重新落座时,裴新民把白瓷的碗盘先放在女儿面前一套,再把白钢筷子搭在盘子上。

"今天,是上班时间,如果是周六日,来的人就多喽。"裴新民给裴紫曦解释餐厅里安安静静的原因。

"这么多年,我才来……"裴紫曦低着头。

"来啦!闺女,炖鲶鱼来啦——"裴新民好像没有听见裴紫曦的话。他满脸的兴高采烈,站起来看着一身白工装的小服务员,端着一个厚实的大白瓷钵向他们这边走过来。

"看看!闻闻,鲜不鲜?"

"鲜!"裴紫曦的笑脸上,眼里闪着泪花。

"那咱赶紧动筷子!"裴新民把一个鱼头夹下来,放进了裴紫曦的碗里。

"吃——"裴紫曦看着裴新民。坐在圈椅里的老人,身量再不是她心里的那般高大,坐在他的对面,能看到他的头发都快掉没了,头皮也薄得像是牛皮纸。裘紫曦的鼻子又是一阵发酸，泪眼模糊中，她看着他不再清清亮亮的眼里，闪现的殷切仿佛出自一个小小的婴儿。

裘紫曦夹起一小块儿鱼鳃肉，放进嘴里。

裘新民笑了起来："一点儿没变！我总是让你先吃鱼眼睛，你就是要吃这儿……"裘新民点着鱼鳃。

"味儿对不？"

"对！一点儿不差！"裘紫曦抿着嘴，慢慢地说道。

服务员把爆螺片也端上来了。同时送来的还有炸虾片和炸蛎子的拼盘，外加一碗海菜汤和一块已经切成了小条的玉米饼子。

裘紫曦把海菜汤给父亲盛了一碗，放在他面前，又给自己盛。

那时候，经常是这样的：早晨，裘紫曦去食堂买干粮。如果没有细粮票了，就买大饼子。和她一同出家门的裘新民，拎着两只红花铁皮的暖水瓶去水房打开水。

这两只红花铁皮的暖水瓶，既是家里的实用器，也是艺术品摆设。它是裘新民写出新编历史人物京剧《辛弃疾》获得的奖品。

"爸，我要去打水！"八岁的裘紫曦，给自己鼓了好几天气，终于提出了这个要求。

"这个可不行！会烫到的！"

"你也没烫到嘛。"

"我是大人。你小孩子得踮起脚，才能够到水嘴呢，万一对不准瓶口，拿不稳水瓶，都会烫到……"

"就你自己显摆,不让我显摆……"裘紫曦小声抱怨着。

那天,裘新民领着裘紫曦去了水房。等排队进了雾气蒙蒙的水房,裘紫曦才不再嘟囔。从小锅炉房墙里伸出来的两个水嘴,对着一个浅浅的水泥槽。裘新民一打开水嘴,尖利的呼哨就把裘紫曦吓了一跳。

"这样! 先对准了,开,开小点儿,再慢慢往大了扭……哎,放下,顺水放下,别晃、别晃啊! 好了,坐稳当了再撒手。听着,这个声了,就是快满了。现在赶紧关上,好了! 关上了。"裘新民耐心细致地给裘紫曦示范打开水。

回家的路上,裘紫曦抱着大暖瓶,像是抱着大奖状。

裘新民把海菜汤包扯开放到一个大碗里, 裘紫曦叫着:"我来冲! 我来冲! "

三碗海菜汤摆在小方桌上,裘紫曦很快喝去了一碗。

"妈,你尝尝,很好喝! "

"怎么回事? 你怎么也爱喝这个腥乎乎的汤啦? "王菊馥连吃海鱼都不习惯,对其他的海产品更是不喜欢。

于是,裘紫曦和爸爸一起喜欢上了海菜汤。二分钱一包的海菜汤里,绿的,是一种海边人称之为鸭子食的干海藻,那些白粉末是盐和少量的味素。下乡初期,在裘新民还没有被发配昭盟之前,裘紫曦总能收到大包大包的海菜汤包。海菜汤包一来,几乎是青年点的节日,裘紫曦把海菜汤包送到厨房,他们就过上了一段有滋有味的日子。

有海菜汤包的那段时间，裘紫曦在乡下的生活很累很苦，但她的心里还没有悲伤。

裘紫曦拿着小羹匙一口一口地喝着汤：都三十多年没有再喝这种海菜汤了。今天，汤的味道没什么改变，可其他的一切都变了。

如果说，还有没变的，恐怕就是窗外的阳光了吧。

裘新民的身上照着午间的阳光，他仰在椅背上，把脸放在阳光下，慢慢地合上了眼睛。

裘紫曦望着父亲的脸。老人干瘦的脸上除了深深的皱纹，还布满了大大小小的老年斑。在这些皱纹和老年斑里，蕴满了生活所给予这个生命的一切苦辣酸甜。此刻，这张脸是安安详详的，安详得仿佛他不曾经历过那一切。

裘紫曦最终没能接走父亲。

裘新民对女儿说："惦记着，最好！因为惦记，我才努力地活到现在！而且，没有白活着……"

他在女儿面前伸出三根手指。

裘紫曦明白他那三根手指的含义：王菊馥、梁玉、裘紫曦。

梁玉，本来是裘紫曦和父亲之间解不开的心结，可是，岁月真是最好的溶剂，裘紫曦来时，已经在心里和梁玉有了和解。在父亲那些新编历史剧本的后记里，几乎无一例外地有他对梁玉的由衷感谢：感谢她对他创作的帮助，感谢她对他生活的照顾。持着书卷，裘紫曦想起了那个举着道具大刀追她的梁玉，但在父亲的言语里，梁玉又恢复了她柔美娇憨的本色。

"等看一场我新写的《苏东坡》再走吧！明天，就公演啦！我的朋友们都会来……他们，也是我舍不得的……"

裘新民又看看裘紫曦："你，你本就是我的心头肉。用不上这个'舍'字……"

长调，传出窗外。

裘紫曦和她今早赶到的丈夫、儿子、儿媳妇，也进了大门。

第四章 / 家道

## 在林间

送走了裘紫曦,林家的日子好像又回到了原来的轨道。然而,人生是分阶段进行的。自卢秀英从蓝海妇幼保健医院离职开始,林家在生活之路上将要路过的风景也要与以前不同了。

出了候机厅,林南和卢秀英还是搭郝天成的车回家。一路上,三个人都没说话。路过劳动公园时,卢秀英望着装饰一新花团锦簇的公园北大门自语道:"我好像多少年都没进去过了。"

郝天成也没征求林南和卢秀英的意见,就把车停下了:"去吧!逛逛去!"

"我不行,我打招呼说晚点儿到,下午还有事呢!"

"晚点儿也没关系吧?就你们那些坐机关的。离下午一点钟还有两个多小时呢,在里边吃点儿饭,不耽误你事儿。"听郝天成这么说,林南只好下了车。

卢秀英关上后车门,嘱咐郝天成说:"慢点儿开啊!"

然后,这对夫妻就看着郝天成的车汇入了滚滚车流。

"你真想去吗?"林南望望售票处,问。

卢秀英看看林南:"去不去都行。"

林南也看看卢秀英。卢秀英双手插在风衣的口袋里,脸对着公园的大门。阳光照着她的全身,她被阳光照得眯缝着眼睛,眼角的鱼尾纹就显得更多更深了,褪色的蓝风衣在她偏瘦的身上也越发地显得老旧。

林南别过脸,语调比在车上时柔和了不少:"那就进去瞧瞧。我到点儿了我先回去,你自己再慢慢溜达。但别太晚,可别把咱妈的午饭给耽误了。"

"你回单位吧,我这就回家。"卢秀英定定地站了一会儿,才回林南的话。看着来了3路车,她就紧着跑了几步,赶车去了。林南大步跟在她的身后,到了公交站牌底下。他眼看着3路车启动了,开走了,也恍惚看见了在车上的卢秀英那一闪而过的蓝衣裳。

林南的心里又涌起了一股和早晨送别时不一样的伤感。这几天,林南的心情一直很压抑。刚才在机场时,日久积压的伤感,像早潮一样澎湃而起,差一点儿就要泛出了堤坝。这时,他跑去了超市,又买了几大包干鲍、干鱼、干虾,还有干紫菜、干海苔。

他是能做到不让伤感决堤的。如果被伤感淹没,那还有什么活着的资格。当年和裴紫曦渐行渐远时,他就有了这样的认识。于是,他转身站在站牌前,开始查看能到单位的公交车线路。

劳动公园地处市中心，来来往往的车很多，人也很多。相距很近的公交站点就有三个。

林南终于在另一个站点找到了去单位最方便的28路。

28路路过劳动公园的东侧，隔着欧式的铁艺栅栏，能看见公园里面郁郁葱葱和姹紫嫣红的景象。每年一度的菊花展也已经开始了，连公园边上的绿化带都摆放了一盆盆的黄菊花。这种黄菊不是什么名贵的品种，否则也不会摆到大街上来。但一趟明黄的花墙还是很养眼的，亮丽得也能让人感到心情开朗、明快。

林南望着那一道亮丽的黄色，又想起了卢秀英的话。结婚前，他和卢秀英没有过公园里的花前月下，结婚以后就更是忙得想都想不起来还有逛公园这件事了。那卢秀英最后一次去公园是什么时候呢？是在什么情况下去的？和谁去的？林南拉着车上的吊环，身子晃晃悠悠的，他就这样一路想着……

到淮河路了。

淮河路两侧的杨树，在十五年前被置换成了美丽的悬铃木树，现在，这些新树也成了老树，两行高高的树冠在半空会合，淮河路几乎要成林荫大道了。此时，已经有不少树叶都黄了，一袭秋意就随着微动的树梢儿沿着道路延展着……

林南倒换了一下拉吊环的手。

一晃儿地，三十多年就过去了。

人生的景象，可没有树木这样静好啊。只能先欠着卢秀英了！在决定人生命运的关键大事上，他一次性地欠着她了。在二十多年都没和她进过公园的日子里，是一日一日地欠她的……卢秀英的蓝衣服又在林南的眼前晃了出来，让他的心涩涩的、沉沉的。

这天，林南下班一到家，就看见餐桌上已经是饭、菜、汤都准备得停停当当了。

"真好哇，一进家就能吃上热乎饭。哎，真准时，你好像有千里眼啊！"林南不是一个有幽默感的人，刻意想说个逗人的笑话也不招笑。卢秀英也是一贯严肃的。她看一眼林南，说："什么千里眼，赶紧去洗手，吃饭吧。"

"好吧！吃饭！"林南坐在凳子上，环视了一下桌子上的盘盘碗碗：小竹盆里装着暄暄腾腾的小包子，砂锅里是雪菜炖豆腐，白瓷盘里装着豆角炖茄子，还有海带丝、熟甘蓝两碟小咸菜。西红柿蛋花汤已经盛在三个小碗里面了，碗边上搭着羹匙。

"一看就有食欲！筷子！"林南显得特别高兴。

卢秀英把筷子递给林南和婆婆林巧双。

林南赶紧夹了一个包子放在母亲面前的小盘儿里。小盘子里已经有醋汁了，他还是拿起醋瓶子又往包子上淋了几滴。

"好吃吧？"林南笑呵呵地看着母亲，问。

林巧双冲儿子点点头："太淡了！"

"老年人尽量少吃些盐好。"卢秀英说。

"再给妈来点酱油。"

卢秀英转身去阳台改成的厨房取酱油的时候，林巧双看着儿子说："俺多吃点儿咸盐能值几个钱啊？那你以后，晌午就不回家啦？"

林南笑脸后面的愁意，开始像布袋里的锥子似的往外冒尖儿："今天中午不是有事，是林东去了。"

林巧双放下了包子："那你得帮他呀！这世上，他就和你是一奶同胞哇！"

林南也看看身旁的老母亲，一口气叹进心里，咬着包子说："我知道！"

看林南不住地点着头，林巧双揪起的心就放下了：手心手背都是肉哇！虽说林东那块肉老犯毛病，可那就像冻疮，谁愿意他是冻疮啊？他自己也不愿意呀！要不是打小长在金家套，他好好的一个孩子，能成冻疮吗？咦，好像不大说得过去呢，大儿子也是在金家套长大的呀！唉！想不明白啦！也想不动啦……

"妈！吃豆角，东北油豆软和烂乎最适合老人、小孩儿吃……"林南看着母亲发呆的样子，连忙给她招呼过来。

林巧双吃口包子，淡淡地撇撇嘴："这包子，哪有你做得好吃啊！"

刚刚走回来的卢秀英不由得看看林南，她把酱油瓶子交给他，说："我明天去天淳那儿吧，帮他们把屋子收拾收拾，都不知道灰落多厚了。我也先熟悉熟悉那里的市场、商店……"

林南还是点点头。

临睡觉前，林南懒懒地说："要不，你明天下午再去收拾吧，大不了多去几趟。"

卢秀英听了，心里不由得一阵难过："他怎么就不心疼心疼我呢？"

林南喘口粗气："我最近特别忙……"

卢秀英背对着他躺下了："我是闲人了。你这么想吧。原来你就是一点儿不心疼我！跟你过大半辈子了，你心里根本没我，还和我结婚，你算是什么人啊？坏、人！"

结婚这些年来，卢秀英从来没有和林南说过这样的话。她是生气了。林南本想安慰安慰妻子，可是，自己压在心底的委屈、难堪又有谁来安慰呢？在这样的心境下，林南一下子坐起来，声也高了："我是坏人？家里家外，单位上上下下，有说我林南是坏人的吗？"

"你小点儿声，有理也不在声高。"卢秀英也坐了起来，到了嘴边的话说了半截："如果你娶的不是我，是不是就会心疼……"

屋子里一下子沉默了。两个心里都装着事的人，如同一起走了很久的旅伴儿，突然到了冰层很薄的冰河跟前。

在这条看不见的冰河面前，他们都不约而同地停住了脚步。

屋子里再也没有了一点儿声音。

窗帘缝隙里挤进一线别家的灯光。顺着这条光线，人心能穿回身体再也回不去的以往，人心也就有了更加难免的悲哀。

过了好半天，卢秀英才幽幽地说："都没谈恋爱呢，你就要结婚……"林南马上大声辩解道："咱们还用走那个过场吗？"

"和我谈恋爱就是走过场呀？"

"卢秀英你不是不讲理的人啊！天淳姥爷也希望咱们早点儿结婚，我才……"

"那时,还没有天淳呢! 有天淳了,你的心也没在我们母子身上啊。"

"那我的心,在哪儿啦? 连你也矫情了! "

"我一点儿都不矫情,你的心,你自己最知道! "

然后,他们就再次陷入了沉默。

林南被这样的沉默推回了那段心志备受煎熬的日子。卢秀英也被这样的沉默压迫得更加的伤心。

"列车马上就要开车啦,送亲友的旅客,请您……"林南和裴紫曦在车厢的连接处,在乘务员的眼皮底下,紧紧地抱在了一起,引得那个军人般整肃的中年女人呵斥道:"快下车! 这么不要脸! "

裴紫曦更加不要脸地亲着林南:"是的,两情若是久长时,又岂在朝朝暮暮! "

火车咣当咣当地开出了车站。在送行人寥寥落落的站台上,林南平生第一次感到了真正的分离之痛。

在站台上摆货车的老太太喊他:"小伙子,来帮我一把呀——"林南这才醒过神。

"最后一趟车了,得回家啦! "老太太摘下围裙,林南过去握住了车把。

"在这块儿,分分离离的人,我见得可真是不少啦! "老太太看看林南:"你妈在家肯定都等着急了。"

林南的心里又是一痛。

从这时开始,这痛那痛,都紧紧地贴着他。触景生情时快刀裂肺般的痛，默默独处时钝刀削骨般的痛……然而，随着时间的流逝，生活的磨砺，这些痛创的伤口都开始慢慢地结了痂。

大学最后一年，裘紫曦建议林南考研究生：考到北京来，我们就能永远在一起了！

林南拿着那封信，坐在已经空无一人的大学食堂里，听着扫除阿姨噼里啪啦地抹桌子擦凳子的声响，在心里默默地想着裘紫曦的建议：我去北京了，我妈咋办？还有，林东咋办呢？

直到这时，林南才幡然明了他和裘紫曦的关系是多么的单纯，单纯到裘紫曦对他的家庭状况从不过问，一无所知。她不知道他有一个很让人头疼的弟弟，还有，他的母亲已经是老年人了，不论在感情上还是在物质上，老母亲都只能依靠他了。

那年严打时，林东和金家套的流氓打了南港区的另一伙儿同类。他们不仅动了棍棒，还杀气腾腾地挥起了三角刮刀。公安的出手空前地迅猛，群殴现场的流氓无一漏网。而后，他们各个被剃成了秃脑壳，胸前挂着流氓分子的大牌子，站在徐行的解放卡车的车厢板后面，在高音喇叭对他们犯罪事实的宣判声里，游遍了金家套和南港。

林南上学后第一个星期天回到家，看见的就是母亲已经哭肿了的眼睛。她泣不成声地说着："你上大学的喜气还没过呢……俺没脸出门，俺没脸去学校找你……判了……四年劳教。也不知，押哪儿去了……"

林南毕业时，林东劳教期也满了。这一年，林东二十岁。林巧双愁得头发全白了，还一把一把地往下掉。

"除了打架，他啥也不会呀！连烧锅炉都没人要。在那里头，指不定遭了多少罪呢！你就要上班啦，多拉扯拉扯你弟弟吧！"林巧双反反复复地叮嘱林南："咱可不能让他再进那里头啊！"

这次，林南没有及时地给裘紫曦回信。

爱情的温度，好像就是这样冷下来的。而且，在生活的窘况里冷下来的爱情很难再燃起熊熊的火苗，反倒是由此生出的浓厚烟尘，久久地弥漫着，把人熏得浑身沧桑。

裘紫曦好像要给林南留足考虑的时间，她也没有再来信催促。

困顿中的林南找出裘紫曦以往的一封封来信，这次他再慢慢地看时，竟觉得这些信都像那些东西方的经典戏文一样，跟自己眼下的生活离得远而又远。

这样，林南给裘紫曦发去了最短的一封回信："我考不了了！紫曦！"

这封信，像爱情火焰的最后一闪，从此，他跟裘紫曦再不联络，直到他去卫生局报到，都没有再告诉裘紫曦一声。

冬季到了。

有一天，局办弥勒佛似的董主任递给他一张电影票："小林啊，岁数不小了，个人问题该考虑啦！"

他当时就考虑了：不能拂董主任的好意和面子。

只是他做梦都想不到，他遇见的竟是卢秀英。

卢秀英抱着林南的腰，直到金家套巷口才放开。

巷口窄得只容一人通行，两个人并排走都要挤倒一位。林南推着自行车在前边走，卢秀英抱着大红包袱在后面跟着。

卢秀英毫不犹豫地迈进了林家，这让想看新娘子和林家笑话的邻居大婶大娘们有些失望，也让林巧双笑颜尽展。她大声地和来看热闹的人们打着招呼："看俺儿，就能一分彩礼钱没有，把媳妇娶家来！娘家还陪送了自行车哩……"

林南很不好意思地叫着："娘，来屋里给俺煮面啊！"

卢秀英拉住林南："我去煮吧。咱娘今天是真高兴。"

金家套人的规矩，是贫穷的祖辈们传下来的。因为没钱也没有合适的地方，这里娶媳妇不用迎亲仪式，也不用摆酒席。新郎和新娘子抽空儿把一包喜糖、一盒喜烟送到亲朋好友家就行了。

"咱这就去送吧，我晚上还有事。"林南带着卢秀英按林巧双的指点开始挨家送喜糖喜烟。晚上，林南带着烟酒出去了，他告诉卢秀英："药厂要招工，我去给林东找找人。"接着，林南问道："婚假还休吗？我那里有一堆工作要做，假休完了那些活儿也得我干……"

卢秀英明白林南的意思：他们如果休满十五天晚婚假，就没有当月和全年的奖金了。

这个家，确实太需要钱了。把地窖子房隔成两个空间的隔断用的是两块竖起来的石棉瓦。新房这边糊了白纸，白纸上贴着红双喜字，另一边糊的都是旧报纸。晚饭时，林巧双和卢秀英一起做了手擀面，打了鸡蛋酱卤。家里仅有的一把椅子林南让母亲坐了，他和卢秀英并排坐在土炕沿儿上。林东不知又跑哪儿去了，因为林巧双要给他留饭，每个人就象征性地放了一点儿酱，吃了一顿混汤面。

那晚，林南回来得很晚。

卢秀英和衣坐在床沿儿上。

"睡吧！都这么晚了，又累了一天。"林南看着卢秀英。卢秀英满脸通红，指着透过了石棉瓦和纸面的那个小洞摇着头。

林南的脸上，瞬时布满了尴尬和羞愧，他喃喃地说："药厂答应收林东了。下周他们体检。"

第二天，卢秀英去上夜班。才出巷子口不远，在老仓库的转弯处，她就被抛过来的绳子拉倒了。随后，一个水泥袋子套住了她的脑袋，袋子口和她的脖子被绳子紧紧地缠上了，等她爬起来扯开袋子，她的自行车和打劫她的人早无影无踪了。

卢秀英顾不上拍打满脸满身的水泥粉，一头扎进港区的派出所。到了派出所她还是惊魂未定的。片区的老警察侯毅赶紧安抚她，老侯给她倒了一杯水让她喝几口，然后再让她详细地说案情。记录完了，卢秀英又跟老侯借了两毛钱，才在港区的公交车站上了车。倒换了两次车，她才终于到了医院。

李珍看着晚到的卢秀英异常的样子和她脖子上的伤痕，忙问："遇啥糟糕事了？"卢秀英只好告诉李珍自己被抢劫了。

李珍赶紧察看她的伤处，然后长长地松了口气，说："还好，人没大事！这可真危险。破案前，先去你妈那儿住吧，你总有夜班，可别被坏人盯上了。要不然，再上夜班就得让林南送你了。"

卢秀英踏实下来，回答："知道了。"过了两天，林南在上班时间来医院找卢秀英，他把卢秀英叫到楼梯拐角处没人的地方："秀英啊，自行车，是林东领人抢去的。"

卢秀英吃惊不小："天啊，竟然是他！你怎么知道的？"

"他有案底呀！人家老侯来家里问自行车的事，他就吓得躲进了咱们的里屋。妈一问，他就说了……"

"他怎么能这样？我们是一家人啊！"卢秀英的心像被打劫那天被套上绳子时一样惊恐。

"你去派出所把这个案子撤了吧！派出所再调查下去，他去药厂的事就完了。咱不能让这件事毁了他呀！"

卢秀英紧紧地抿着嘴：他如果打劫的是别人，没人去撤案呢？想想那个石棉瓦上的小洞，卢秀英的脊背比脖子被套了绳子还凉。回门时妈妈问她：做新媳妇做得还好吗？她是含着眼泪点的头。她不能把眼泪流出来，她不能让父母为她不安心。

"我负责他重新做人，你给我和他一次机会，好吗？"林南把自己和林东绑在一起，央求着。

看着这个已经是自己丈夫了的男人如此萎顿，卢秀英的心又紧又疼。她只问了一句："找好住处了吗？"林南明白，卢秀英这是答应他了。然后，他缓缓地吐出了一口气，问："后勤处说还有一间集体宿舍空着，但不能起火，还要吗？"

"要！"卢秀英坚定地说。

林南点头了。他何尝愿意睡在石棉瓦洞洞的窥视下呢？那个洞洞给他的心理阴影比给卢秀英的还大：因为那里还有他在妻子面前抬不起头来的难言羞愧。他也害怕林东再干出出人意料的坏事，所以，他赶紧找了董主任去申请房子。

以后，就常去金家套看望母亲吧，先把一半儿工资给她做生活费。等有了房子，再接她出来。还有，林东你要在药厂好好上班啊，千万别再惹是生非。林南在心里默默地想着。

卢秀英看着林南一步一步地下了楼梯，背影好像比在青年点时还单薄。那一刻，她打定了主意：带着林南回娘家住去。这样，每天吃饭总不至于糊弄。

直到天淳五岁时，林南才轮到分房子。那时，他们真是高兴极了。林南虽然才提了科长，可是他们分到的房子却是处长级别的。因为那房子在一楼，处长们不想要，林南却不嫌潮不嫌不安全。他高兴万分地领了钥匙，先带母亲去看了房子，然后告知母亲："妈，秀英说了，你住南边这间朝阳的。"

林巧双擦擦眼泪："真没想到，俺还能熬到今天！只是林东没人管啦，他找的那个女人也不着调，可咋弄呢……"

"林东说他们要结婚，我给他们攒钱呢。"

林巧双拉住林南的手，拍着："林东多亏有你这个哥啦！"林南安慰母亲："妈，你就别着急了。"

可是，林东的这段婚姻打打闹闹地只维持了三年。离婚之际，也是他在药厂下岗的日子，离婚和下岗是相关联的。

林巧双告诉林南："林东不下岗，她就不能拍拍屁股走人啦。你得帮他呀……"林南又到处找门路，终于让他当上了另一家药厂的推销员。

这个推销员的工作，很适合林东，他好像终于踏上了自己本来该走的人生路。后来，林南又帮他开了一间药店。那一年，是林东的幸运年，金家套棚户区改造，他分到了解困房。他看上了自己药店的售货员小袁，小袁也高高兴兴地嫁给了自己的老板，成了老板娘。

在这以后，林南就轻松多了。小袁牢牢地抓着林东和店里的经营，除了把自己和女儿打扮得美丽时髦，还经常让林东把自己家现在的日子与他和上任老婆时期比，然后再和哥哥嫂子家比。这样一对比，林东真庆幸自己慧眼识珠：小袁聪慧，她能把药店做好，姐妹们都是她卖药的下线。小袁体贴，他的烟酒越来越上档次。他都有名字写了老婆、孩子的别墅了，再看看哥哥家：十年过去了，二十年过去了，三十年也过去了，他们还住在那个老旧的房改房里呢，一辈子挣着那点儿死工资。

窗帘缝隙里的光线突然没了，别人家也关灯就寝了。卢秀英的心思也掉落到了今晚的家务事上。

"林东又有什么事找你呀？"卢秀英问林南。林东自从买上了别墅，他和林南的来往就明显地变少了。

"说他代理了几种新药，想打广告。"

"打广告不找广告公司，找你干什么？"

"他想让我跟佟瑶说说，直接投到电台。"

"你不能去帮他找佟瑶。佟瑶那孩子，怎么能知道他们的那些道道……"

"啥道道呀？你别小人之心……"卢秀英居然一下子就戳到了他的痛点上，他本能地就有了反应，小着声回了半句。他不能跟卢秀英说林东找他的真实原因：林东他们在卖假药，还想去电台做广告！

卢秀英刚要平和的心又被林南刺痛了。她受伤了一样叫着："谁是小人啊？你才是标准的小人呢。没人揭露你，你就该自己反省，还倒打一耙！"

林南愣了，他是顺嘴说说的，卢秀英可是认认真真地从人品上鄙视他了。他满腹的委屈和难堪涌上心头，他今天严正地拒绝和警告林东了，惹得林东竟然跟他摔门而去。他噗噗地拍着胸脯转向卢秀英："我这辈子，不敢说自己有多好，可上天明鉴啊，当小人的事，只有一回。"

"当一回小人！你害人还嫌害得轻了吗？"卢秀英的嘴唇都抖抖的了。

"那次，是我对不起你！我把那个纸团塞嘴里嚼了。这些年，我是不好意思掀出来亮自己的短。可裘紫曦那么做了，归根结底也没有伤害到你呀？"

卢秀英的圆眼睛睁得大大的，看着他。

林南低下头喃喃着："我明白，我那么做，是对不起当事人的。如果不是裘紫曦，如果裘紫曦是个没有良知的人，那对你，确实是没有任何公平可言了。"

"纸团？"卢秀英的眼神恍惚着，她只抓住了这个关键词。

林南继续坦白着："我用郝天成的空烟盒,做了两个阄,上面写的都是'回'字。本想让裘紫曦先抓,她抓出一个'回'字了,事情也就定了,我就把另一个……"

卢秀英想起了那一刻。那一刻的林南的脸,是一张绷得紧紧的脸,因为极力地咀嚼,他的腮上滚过一楞一楞的肌肉。

卢秀英扭着被子角:"你的嘴可真严呐。"

林南的声音慢慢地低了下去:"徒说还有何益呢? 我想着,咱俩是要白头偕老的。你跟我劳劳碌碌快一辈子啦,我心里有数!"说到这儿,林南的心是酸酸的:"看你那件蓝风衣,都快三十年啦,那时的毛料真结实,你穿得也真仔细呀! 这回她来,我还犹豫了半天,要不要去看她。后来想想,咱们老都老了……"

卢秀英的心被这酸酸的气息浸泡着,也发酸了也发软了。她为裘紫曦难过,为自己难过,亦为林南难过着。

本着她对裘紫曦和林南的了解,她明白了,裘紫曦根本没让林南知道她到医院来找她的那件事。所以,她怎么提点,林南也都说不到那个上去。裘紫曦太自尊了! 这时,卢秀英似乎看清了:对于林南,裘紫曦选择的是爱情,自己要的是婚姻。这些年,她全力地爱护着的,不仅是林南这个人,而是他们的婚姻,他们的家。由于婚姻,她和林南组成了家庭,有了这个家庭,她便承担了许多角色:妻子、儿媳、嫂子、母亲、婆婆、奶奶……

想到此,卢秀英的两行清泪淌出了眼角:人啊,一辈子一辈子的,可真是太不容易了!

"明天去天淳那儿,太晚了,就在那儿住下。"

林南的这句暖乎话,落在了卢秀英棉花一样发软的心上,她的心只好又转回了曾经朝朝暮暮的家庭里。她回答他说:"我现在不住,等佟瑶坐月子了再住下。"

"看看,就这受累的命!"

"那咋办?要不,你考虑考虑,换个人……"

"换不起呀!"林南从鼻子里哼出一声,倒在了枕头上。卢秀英推着他:"起来,重躺。刚才枕巾都掉下来了。"

"快睡吧,这事儿多的呀。"

"嗯,还有,别睡一宿觉忘了我提醒你的事:不要给佟瑶添乱去。"

佟瑶两手端着钢盘,大腹便便地走到餐桌边,肖薇薇赶紧拉出椅子让佟瑶坐下。佟瑶放下餐盘,笑道:"谢谢薇薇阿姨!"

肖薇薇嘴里咬着小钢勺,伸手轻轻地在佟瑶的肚子上摸一圈:"不客气啦!"

"佟瑶,你可发福发大了!"她们频道的副总监孔丽看着佟瑶走形的身材和钢盘里冒了尖儿的饭菜,在她的对面皱巴着很适合上镜的小脸。

"所以说母亲伟大呢,牺牲点儿形象不算什么的。"佟瑶大口地吃着,边吃边问孔丽:"我托你的事怎么样了?"

"过两天吧。这几天太忙了,都没顾得上。"

"得快点!我家奶婆婆的事啊!"

"是啦！你家奶婆婆！我说，你怎么能吃得那么香啊？"

佟瑶夹起炸带鱼："好吃呀！咱台师傅做的饭菜，可比我妈做得好吃！"

"这双身板儿的人，胃口还真跟常人不一样！"肖薇薇拿筷子捅着醋熘白菜片，看看孔丽。

"看把你们精细的，不爱吃给我！"佟瑶把薇薇盘子里的醋熘白菜连菜带汤地倒进了自己的盘子里。然后，她语重心长地告诉薇薇："等你也有了，你就知道了！爱孩子，母亲可以不顾一切，我想都不想什么身材之类的事。"

孔丽眼睛直直地看着她。她朝孔丽筋筋鼻子："怎么？羡慕啦？赶紧要！"

"哎，你这又不是第一次，怎么还一副初为人母的感觉呢？"

"心情真是不太一样！"佟瑶边吃白菜边告诉薇薇："上次，是不期然地就有了，那是命里注定的缘分！这次，是我按自己的意志通过精心地安排才得来的！"佟瑶得意地晃着夹着带鱼的筷子。

"哈，你真行！"薇薇笑起来。

孔丽看着佟瑶的幸福模样，只好埋头吃饭，不再和她说话了。

下午，孔丽给佟瑶发了一个微信符号：一个一勾一勾的手指头。

佟瑶推开孔丽的门："神速哇！找到啦？"

孔丽还是皱巴着脸："找你是为别的事。老阚觉得不好和你说，就让我找你谈……"

"呵，这么难说呀？要开除我？"佟瑶笑了笑："我现在可是受保护的特殊时期。"

"和开除快差不多了！佟瑶，节目不要录了。"孔丽把话说出来了，巴掌大的小脸儿也不再皱巴了。

"为什么？"佟瑶的脸，可是立刻变了颜色。

孔丽过去抱抱佟瑶的肩膀："别激动，也别生我气，佟瑶！你怀着二宝，满身洋溢着幸福的气息，都被笼罩得看不见世道和传媒行业的变化有多快了！还问为什么！插科打诨的'对对碰'和那个不伦不类的'婆媳二人转'居然火了，哈——放在十年前，咱俩刚参加工作那会儿，你能想象啊？"

"不能！"

"就是！正好你要休产假了，这个假期可不短呐——半年！好了，'午夜心语'的黄金时间正好可以交出来啦。"

"我今天正好把半年的节目全录出来了！改成录播就可以啦！"

孔丽摇摇头："这正好可没有了。这个时间段儿准备交给'轻奢午夜'了。那是一档配合购物频道的软广告节目。大家得先吃饭，才能做节目哇。饭吃得有多好，节目才能做得有多棒！嗨，这不是我说的哈，这是咱们阚监的新名言。"

佟瑶咬咬牙："我不同意！我找台里去！"

孔丽朝她摆摆手："都做八九年了，还一点儿没做明白？真是痴了！十二楼有一大堆石头，就你这个小丫蛋儿！"

佟瑶痴在了沙发上。从传媒大学毕业一进台，佟瑶就成了"午夜心语"的主持人。她把一档很自恋，很鸡汤的小众节目，做成了面直面社会生活、直面人心的大众节目。节目的口碑越来越好，收听率也一直保持在优良的水平线上。佟瑶也觉得自己在其中实现了作为广播人的存在价值和职业理想。

"你也真该歇歇了。跑遍了大街小巷，还钻犄角旮旯儿，其实用不着的。别以为你和他们心贴心手拉手的，你要是摔倒了，也不见得有人愿意蹲下来扶。"

孔丽怀着怜惜看着昔日的好同学，她不能和佟瑶直说："你做的节目让有些人很为难啦！"

"等你休完产假，再开创一档新节目吧。我也替你想了，做一档育儿的，你也一定能做好……"

佟瑶没等孔丽说完，就走出了她的办公室。这些年，她一直做直播。采访、写稿、制作，每次直播，她都充分地调动着自己的全部精力而不敢有丝毫的懈怠。晚上九点半那样的时刻，晚上九点半那样的氛围，甚至是晚上十一点走出广播大楼时，融在夜色里的那口深深的、缓缓的能使整个人放松下来的呼吸，都成了她生命的重要元素。

现在，她要和这些告别了。是暂时的吗？佟瑶一下子变得不那么自信了。这一点，孔丽说得对：传媒行业的变化太快了！

广播大楼里的隐隐躁动，正在缓慢地浮到面上。有的主持人正在准备跳槽去做新媒体，还有几个已经直接去搞视频直播当网红了。

广播电台的主持人不和听众照面，这让有些主持人可以随心所欲地装扮自己。最近，也不知是街上先有的彩色脑袋瓜儿影响到了台里的人，还是台里的人把这些彩色的脑袋带到了大街上。在这段时间里，佟瑶在台里台外见识了不少宝石蓝、柠檬黄、葱心绿、马莲紫、桃花红等等等等顶着一脑袋彩色头发的年轻人。还有几个人的脑袋都弄得跟澳洲鹦鹉似的了，那天，佟瑶见了还忍不住地大笑了几声。

现在仔细想来，那可真是一点儿也不好笑的。

佟瑶又进了播音室，她戴上了耳机，又摘了下来。当她把双臂搭在了播音台上时，禁不住的眼泪就汩汩地流开了。

傍晚下班时，佟瑶收拾好了播音台，慢慢地去了电梯间，慢慢地进了电梯，她觉得自己的脚步沉得好像是走在了泥潭里。出电梯时，她稍微使劲地提了提大腿，腿间瞬时就感到了一股热流。同时，她的肚子也开始疼了起来，而且，还疼得一阵甚于一阵。她只好靠在了墙上，屏住气息的时候，她的牙齿间还是出了声："妈！妈呀——"

大厅里的小保安连忙跑过来，他惊慌地喊道："佟姐！姐！我的天哪！你要紧不？"

佟瑶摸出包里的手机："孔丽，快把车开到楼门口，我要生了！"

然后，她又开始给林天淳打电话。

晚高峰的车河缓缓地流淌着，赶上了红灯就像洪峰遇到一堵泥墙。时间能毫无悬念地把泥墙冲泡开，使车流继续滚滚向前，可是，时间在车轮静止的时候却一刻也没有停滞。

孔丽紧紧地握着方向盘，她甚至在还没变灯时就按起了喇叭。

她不时地回头看一眼仰在车里的佟瑶。

佟瑶紧紧地咬着嘴唇,脑门上沾着被汗水黏住的打绺的头发。

"抄小路走吧!"

"行吗?"孔丽的手心里都是冷汗。

"行的,总比塞着强!"

她们抄了小路,也不知到底是不是快了些。

等看见蓝海妇幼保健医院已经亮起灯来的大门时, 孔丽几乎是突出了敌军重围的孤勇一般,大叫:"佟瑶! 我们到了!"

佟瑶也跟着长长地唤出了一声:"啊——"

在医用推车上,佟瑶觉得世界在不分东南西北地旋转着。然后,她就看见了无影灯,接着,她就看见了一双大眼睛。

"玉然姐,他到了吗?"佟瑶感觉自己都要被疼痛吞噬了。

冯玉然的大眼睛里充满了温和与镇静。她的目光投向了门口,这时,门又开了,林天淳蹩脚地套着白大褂,一下子奔到了佟瑶的产床前。

林天淳紧紧地握着佟瑶的手,佟瑶的手把他抓得是更紧更紧。

再次当母亲的佟瑶没有了初产时的恐惧和惊慌。她在海浪般袭来的阵痛过后,还会向泪流满面的丈夫投去怜惜的一瞥。

然而,突然之间,她就被黑暗和阴沉迅猛地裹住了。在黑暗和阴沉当中,有一块天降的巨石,死死地压住了她的全身,她拼命地想喊:"天淳! 天淳!"可是,她就是发不出一丝声音来。

天地,终于混涤沌清,死死地裹压着她的黑暗和阴沉好像突然就消失了。佟瑶觉得自己像风里的花瓣儿一样轻盈,安泰地落在了一双充满爱惜的手里。

佟瑶被送进了病房,是天淳那双臂膀的力量把她托到了床上。

佟瑶睁开眼睛,病房里的灯光柔和而温暖。林天淳满脸泪痕地亲吻着佟瑶的脸:"老婆! 老婆!"

有一天,佟瑶在街上侧目着一个穿校服的大男孩子豪气地喊着:"老婆,再快点!"不远处,一个穿同样校服的女孩子一边回应一边跑过来:"老公! 老公——"那个时刻,这两个半大孩子给佟瑶的感觉就像是小孩儿的脚丫子上趿拉着大人的皮鞋般的滑稽。两个中学生在众目睽睽之下对彼此的高调称呼,明显地带着他们涉世未深的不懂事。佟瑶一直目送着他们搂脖抱腰地沿街走远,融进了城市的人群里。

佟瑶和林天淳结婚六七年了。在这之前,他们从来没有用"老公""老婆"这样充满了人间市井味儿的称呼叫过彼此。

佟瑶摸着林天淳带着胡碴儿的脸,心里滚过一声慨叹:"被大粒盐腌透的萝卜,被日子磨熟的男人!天淳现在是彻底成熟了。"

冯玉然把轻轻打开的病房门,又轻轻地关上了。在她转过身来的那一刻,她看见了披着黑风衣的郭代莲正站在楼梯口处,像是一个绝代侠女。

入夜了,佟瑶有生以来头一回没有丝毫的睡意。

林天淳歪着脑袋伏在她的床沿上睡着了,他不时地动动,腰背高高地弓着。她拍拍他的脸,他就猛然地惊醒了:"啊?"

"你去床上睡吧！"

"不用！"林天淳把脸歪向另一边。

佟瑶又拍拍他的脸。

"不用！"

"天淳！咱们的孩子，哭了。"

林天淳立时醒了。他跨到婴儿床边，打开襁褓的一角。邻床那个产妇的丈夫睡眼惺忪地对他笑了一笑："还是亲妈呀！咱们谁也没听见！"

佟瑶挪着身子，腾出一大块儿地方。

天淳把孩子放在佟瑶身边。

这是多么精致的一张小脸儿啊！高挺的鼻子，鼻梁上有一个细细的小横纹，清淡的眉毛、宽阔的脑门儿，合着的眼皮上显现着一条浅浅的凹线。他的嘴唇嘟着，不时地嚅动一下……佟瑶把手指贴过去，轻轻地唤了一声："唐儿。"


## 亲亲结

"吃饭去？"

郭代莲摇着头。

"要杯茶吗？"

郭代莲点点头。然后，她看着冯玉然从饮水机上接来开水，又在一个纸杯里挂上了茶叶袋，哗哗地倒进了水。

水汽在小水流的下坠中,飘出了一缕淡淡袅袅如青烟般的水汽。

一路上,郭代莲的两只眼睛巴巴地盯着前方。前几天回家时夜路上的那份高兴,就像公路两侧山上的秋草,已经彻底地枯萎了。她一口水也没喝,也没有任何的饥饿感。出发前,她开了一下手机,令她心中不安的是郝总让她按期回来接手工作的微信,九个在冯玉然名下的未接电话……但是,她最想看到的冯小丁,却没有一点儿蛛丝马迹。

现在,郭代莲终于又坐下来了,可她连张口说话的力气好像都没有了。看到冯玉然除了认真工作,还把自己认真地活得这么马虎,她缓缓地扬起了手臂,张了张嘴。可是,她的嘴还没等张开,胳膊就落向了椅子扶手,然后又滑到了大腿上。

茶叶袋鼓起来了,飘起来了。郭代莲抬起手,慢慢地说:"姐呀,等我买些竹叶青来。"

"酒?"冯玉然心里一凛。

"茶啊!"

"哦……"若在平日,郭代莲肯定会从色、味、态讲起竹叶青茶的好处,以及里面的精彩故事,可她今天没有这个心情了。不由得提起这茶,想来是因为冯小丁爱喝的缘故。

"冯小丁……"郭代莲瞪了一下眼睛,一下子又在心里把这个名字屏蔽了。

冯玉然把自己的那个水杯放在了茶几上,就挨过去端详郭代莲:才几天啊,就瘦成这样了!她蹲在椅子旁边,心疼地抓起了郭代莲的一只胳膊。

　　她们小的时候,孩子们最高兴的事,就是过年。可对于郭代莲来说,她最高兴的是那个个子瘦高的玉然表姐回李家老堂。表姐天生地就会抱孩子,玉然表姐抱着代莲,把自己的脸蛋儿贴向代莲的脸蛋儿,代莲把她的脑门顶向表姐的脑门。玉然把她舍不得吃的饼干、糖果带给代莲,有好几次,那些饼干都在纸包儿里压碎了,糖果也黏在了玻璃纸上,可是,她们却一起吃得多么香甜啊。尤其是代莲拿着半块饼干站在大街口吃的时候,引得左邻右舍的孩子都来围观——那真是郭代莲最得意的时刻:"看看! 我姐从城里给我带来的!"

　　"姐呀,你还记得我小时候掉牙的事吗?"

　　郭代莲握住了冯玉然的手。

　　"咱俩把你的那颗小牙,埋在了姥爷的窗根底下。因为那是下牙呀!"

　　"咱小时候怎么那么傻呢?"郭代莲把水杯捧在手里,把两条腿收拢到椅子上,盘坐着。

　　这个茶水,颜色像是稀薄的酱油,喝在嘴里又苦又涩。郭代莲一口气把水喝干了,还舔了舔嘴角的水珠:"姐,还是小时候好!"

　　"那时,你扎着羊角小辫儿,满街满院子跑。"

　　"你呢?"

　　"我已经想不起来了。米宽说得对,往前看,我们都得往前看。因为谁都不能往回过了! 现在,看着你在我跟前,要不明天我就回孤山了。"

郭代莲眼里一热:"姐,我真怕。怕咱家人,都觉得我不懂事,都不得意要我了!"

"这件事,确实让人一下子难以面对。可血缘,那是没法断的,如果断了,有多痛,这我知道。"

"姐!"郭代莲拉着冯玉然的手,放在了自己的小腹上:"姐,那是不是长痛,不如短痛呢?"

冯玉然的心猛地一跳,她紧紧地攥住了郭代莲的手,缓缓地说:"这怎么可以呢?这不可以!"

"姐!"郭代莲伏在冯玉然的怀里,哭了。

冯玉然给郭代莲擦去眼泪:"你在这儿等我,先慢慢喝点水。我得再去查查房,一会儿就回来!"

郭代莲从椅子上撂下腿,拿起茶几上的纸巾点点眼睛,同小时候在李家老堂时一样,她总是像冯玉然的小尾巴:"我要跟你去!"

已经过去五年了,郭代莲对自己满怀着欢欣与憧憬,全力设计、主持和监理的这个工程还是那么的熟悉。这是她做的第一个工程,从开始到结束的"一条龙"打造,她让刚刚毕业的自己在五个月当中,几乎是天天都长在这里的。这个工程虽然不大,和她后来设计的那些大工程比起来甚至可以说是很小。可是,一直以来,郭代莲对这个"活儿",却是最有感情。这是姐的医院,这还是一个妇幼保健医院啊!她告诫自己:细致,再细致些,怎么细致都不为过!刚完工的时候,她既兴高采烈又有些忐忐忑忑,她是怀着让自己的新生儿第一天见世面的心情,领着冯小丁来到这里的。

"进来呀,美院的亲儿子!看看匠人的手艺!"郭代莲真想让自己的心情放松下来,就拿调侃的口气说道。在美院,别的院系的学生,常把油画系的学生称为"亲儿子",除了发泄不被学校重视的怨愤之气,也表达对人家的羡慕和几分嫉妒。

高考结束了。郭代莲的专业填报成了全家的大事。郭代莲本心是想要继续学画画的,关于她的这个想法,冯玉然是最坚定的支持者。可是,她最终还是听从了美中老师和家长的话:当画家,好是好,就是怕你将来吃饭成问题啊。

冯小丁双手插在宽大的裤子袋里,旁若无人地进了大门。刚进门时,他的脚步咚咚地,凝重的脸上目光如炬且凌空四射。郭代莲只得拉住他的胳膊指着他的脚:"轻点儿!嗨,就是让你看,你也不用这么用力啊!忽略了,给你准备个放大镜好了。"

郭代莲嘴上说着,心里却为冯小丁这么重视她的工作而愉快不已。

渐渐地,冯小丁的脚步轻了下来,他的眼神也像刚沐浴了初升的太阳一般,聚拢出了一片清明的喜悦和柔和。

"这里真好!"

"说我设计得怎么样!活儿做得怎么样!"

"好!这里真好!"

看完了整个四层楼,又重点看了郭代莲很为之得意的几个地方:充满了爱意和温馨的大堂、含苞的小百合花在春风里轻轻摇曳的产室、八音盒不时地响几下的待产房,跳跃的红松鼠抱着松果转着黑眼珠的仿木屋餐厅……在光线和暖的妇婴室,冯小丁滑上了无声的推拉门。他很是激动地把郭代莲揽住,手指顺着她的脑门儿揉乱了她的头发:"真好啊,代莲! 代莲,代莲,我一定! 我一定要做个贴心的爸爸。"

郭代莲愣了愣。然后,她捂着嘴,笑了,笑得差点儿前仰后合:"做爸爸? 还贴心的爸爸! 你自己还是个大男孩儿呢! "

"代莲! "冯小丁盯住她:"我今天有了,这个觉悟! 心里的父爱,像海潮一样。我一定,要让我们的孩子幸福,不受,我小时候受的孤苦! "

那一刻,郭代莲的心一阵紧跳,她紧紧地抱住了冯小丁的腰。从大学迎接新生那一天开始对实在的冯小丁有好感,到对这个才华出众的学长心生爱慕,她在爱情的路上,已经走了整整五年了。有时,她真着急,她已经是个鲜红圆润的果实啦! 可是,冯小丁虽然长她三岁,却还像是一个青苹果。

郭代莲上大三时,冯小丁被保送读研。等他们一起走出校门时,好像水到渠成似的成了一对恋人。郭代莲在冯小丁面前信心十足地表示过:"我要当个棒棒的装修设计师! "

冯小丁第一次拉起她的手,却什么也没有说。他继续画着他的画。现在,郭代莲的设计师理想,已经曙光乍现了。冯小丁还像学生时代那样,初心不改地继续画着他的画,无名,也无利。

对于他们未来的生活,描绘蓝图的是郭代莲:我们在海边买个房子,无论如何,都要让你有一间面朝大海的画室。

"画家,有个斗室,足也!在哪儿,无所谓的。"

"不用你挣钱,你就专心画你的画吧。"

"专心画画的,也许不能吃饱饭。"

"我啥样的日子都能过。"

……

那天,坐在海边的大石头上,他们有一句没一句地说着。郭代莲最后的感觉就是:冯小丁的心都在画上,这个一心作画的画家,还不明白过柴米油盐的日子是怎么回事。

青苹果是在仙女的魔棒下变得红彤彤的吗?郭代莲把头倚在冯小丁厚实的背上,蹭去了脸颊上的喜泪:她终于可以把自己完完全全地交给这个男人了!虽然,他还是那么不善于说道。虽然,他还是不会挣什么大钱。可是,他情愿担起做父亲的责任,做自己孩子的父亲,而且他还懂得了应该做一个怎样的父亲!和他在一起,她真是愉悦啊。她爱他的感性、爱他的才华、爱他的纯粹,现在,还爱他的责任心。

可惜,那天冯玉然出去看设备了。郭代莲只能在微信里给她发短信了:"验收啦!"在这三个字后面,还有无数鲜红的心和无数的玫瑰花。

傍晚,她把冯小丁带到了自己的住处,在合租女伴羡慕的眼神里,像家庭主妇那样,做了一桌子日式料理:"爱你,就要爱你的全部,包括胃口。"

女伴捂着腮帮子,喊道:"先给我来杯苏打水吧。"

妇幼保健院的安静,是一种别样的安静。这让郭代莲想起三月的杏花正在清晨的阳光下开放,一只蜜蜂毛茸茸的小腿儿,落在了花蕊里,花蕊正中,青青的杏子刚刚出现,还顶着花儿微红纤细的柱头……

佟瑶和林天淳谁都没有太在意跟在冯大夫身后那个眼生的白衣天使。郭代莲看着林天淳,他正在给佟瑶一口一口地喂蛋羹。林天淳端着圆润厚实的灰白瓷碗,瓷碗外,可见一只挂在枝头的苹果。即便有林天淳的手掌挡着一块儿,也能看见苹果上的青绿已经渐变到了胭红,还有稀薄得似有似无的白霜扑粉一样地粘在苹果上。郭代莲知道瓷碗的那一面,是一枝写意的青条,青条上张发着一篷篷粉红的花蕾和花朵。那是春天的苹果呀!

餐厅的这些餐具,都是她先出创意,然后请学工艺美术的同学设计出稿,然后在他们自己的小窑里烧制的。林天淳拿的羹匙,也是艺术化了的苹果造型:一片青绿的苹果树叶长在宽宽长长的叶柄上,叶柄下面,裂开的小苹果露着白色的果肉,小苹果的外皮儿也是青绿青绿的。因为他们烧制的经验不足,绿色没有像设计稿上那么着色均匀,但却意外地呈现出了一番自然天成的风韵。

交货时,同学都恋恋不舍的。郭代莲只好留下几把羹匙给他们做纪念。

回到医院时,冯玉然看着这批餐具,高兴地亲亲郭代莲,赞扬她说:"你真是匠心独具啊!"

佟瑶倾倚在床上,她的嘴巴张得像嗷嗷待哺的雏鸟。佟瑶咽下一口蛋羹,林天淳的嘴巴也跟着合一下。

这个场景,如果在平时,郭代莲看了一定会笑起来。可此刻,她的嘴巴抿得紧紧的,被触动了的心,顷刻让她的眼里闪出了晶莹的泪花:小丁,你在干什么呢?

佟瑶好像感觉到了那晶莹似的,她看着冯大夫,也望了一下郭代莲,不好意思地小声解释着:"突然就觉得特别饿了……"

"吃吧!能吃多少就吃多少,蛋羹壮力也好消化。"冯玉然用手背贴了一下瓷碗,蛋羹不冷不热的,令人很满意。

"过一会儿,如果还睡不着,就把眼睛眯上养养神。天淳明天还在这儿吗?有事情,你就忙你的去。"

"我在这儿,冯大夫。我不让两家老人过来了。"

"哦——"冯玉然点点头。

佟瑶笑着又咽了一口蛋羹。在刚出生的孩子和他的爸爸身边,产妇佟瑶安然而快慰的笑容给郭代莲留下了深刻的印象。

郭代莲轻轻地给他们关上了房门。

这次在李家老堂,郭代莲终于明白了她和小丁的婚事遭到冯建国冷遇的原因。不知道原因时,她对自己爱情的前途有着定能光明的感觉和信心,虽然道路会曲折点儿。知道原因时,她几乎是蒙了。那天,她瞪着大眼睛把她在冯家的事一帧一帧地回想了一遍,再一个细节一个细节地精读了一遍又一遍。

这番精读让郭代莲发现:冯建国的态度,就是在她滔滔不绝地介绍大姨和表姐时改变的：那张脸上的笑容像突然遭到了寒霜的秋菊花，虽然还在茎杆上挑着，可是颜色和姿容都已经不在了。

将近凌晨时，她才头昏脑涨地入睡。可是，从来不曾有过的梦却也一个片段接着一个片段地来了。梦里，到处都是冯小丁。等她惊醒时，清晰地记得的那个场面，是冯小丁乘坐在一列行驶在空中的火车里。火车里空空荡荡的只有冯小丁一个人，他神色忧伤地问："你拿到，去火星的票啦？"还没等她回答，火车就像气球一样地飘了起来，而且，越飘越高，在她一声接一声的哭喊里，火车游龙似的远去了，远去了，直到在她眼里成了一个小黑点儿。这时，她的心都空了。突然她听见一声闷响隐隐地传来。

"完了！"她和瞬间闪出的一身冷汗一块儿醒了。

当她咬着被角把这个梦告诉李珏时，李珏怜惜地给女儿压压被角，说："看这梦！你们啊，就是有缘无分啊！"

"那我大姨和小丁他爸呢？"郭代莲揉着眼睛从手指缝里看着母亲的脸。

在李珏这两天之间就多出来的那些皱纹里，都写着无奈和痛惜："还不是一样！"

郭代莲合上了眼睛。等她再睁开眼睛时，她拉着李珏的手说："妈，我要吃饭！"

"妈亲呐！闺女要吃饭了！"李珏赶紧吩咐郭茂源："快，快坐上锅，开火！"

"妈，再给我灌两瓶水。我要跟我大姨、苏院长上山去。"

"好哇。总比老躺着好，去吧！去吧！出去散散心！"郭茂源用胳膊肘推推李珏。

秋季的山区，一派不是春光胜似春光的大好景色。虽然不是节假日，还是有不少车辆在往山里开。

镇里还有专门进山的小巴，既载游客也拉本地人去采山货。等郭代莲跑到小巴站点时，李珍和苏克俭乘坐的小巴正好还差一个乘客满员。司机高兴得不得了："看看，没叫大家伙等多长时间吧？买票吧，回来时凭票上车。"

李珍看见上车的是郭代莲，忙站起来招呼她："代莲啊！"等郭代莲走到她的身边时，她看着她的脸问："你咋来了？好了吗？"

"好了，大姨。"

司机赶紧让郭代莲买了票，然后关了车门就发车上路了。

游客有游客的旅游线路，本地人有本地人采山货的路径。今天的这个小巴拉到的都是本地人，司机就轻车熟路地把他们都放在了青石岭下。

青石岭的山岩是黑色的，青石岭的山土也是黑色的。因为青石岭的山林是自然林，所以，这里的植被除了生长得繁茂，物种也非常丰富。

郭代莲把三个小包都装进了自己的大背包里，这才让李珍和苏克俭往山上走。

在车上时，李珍一路上就时不时地回头去看郭代莲。

"代莲怎么连笑模样都没一点儿了呢？"李珍又看了一回，说。

坐在过道那边的苏克俭把身子扭向李珍："我回来一看见代莲，就觉得这孩子发蔫。老郭说是感冒了……"苏克俭的声音更小了些："我觉得不像是感冒了。这孩子是有心事了，什么心事呢？不应该是工作上的事。这孩子一贯快言快语的，要是工作上的事，她早就说了。是不是感情上……"苏克俭没有再分析下去，但这已经让李珍心里一沉了。

李珍总觉得自己的婚姻是很失败的婚姻，女儿的终身大事她也没有管好，所以，她对外甥女的婚恋虽然关心，可是，她并不开口过问郭代莲和李珏具体的事。她认为自己在这方面，真是没有参言的资格。正因如此，李珍也就更为郭代莲焦急了。

"这可怎么办呢？"

苏克俭攥了一下她的手："别急！找机会问问情况，清楚是怎么个情况，就知道怎么办了。"

李珍点点头。她感觉到了另一只手的热度，心里不由得一暖，但她也像被烫了似的抽出手，那种不自然，让她自己都觉得不好意思了。可再看苏克俭，他是一路看着前面，一副浑然不觉的状态。

李珍这才放下心。

青石岭一处自然形成的混交林，在秋风的吹拂下也呈现出了一年当中最丰富的色彩。苏克俭走在前面，李珍和郭代莲跟在后面。他不像进山的其他人那样眼睛到处寻索，他好像是来见老朋友的，路径熟得很。

"看！"顺着苏克俭手指的方向，在前面比较开阔的那片山坡上,好像飞着一片红霞。

苏克俭有些兴奋地看着李珍:"山茱萸呀!"

李珍也高兴得拍了一下手:"这么多枣皮呀!你咋发现的?"

苏克俭一手拄在前屈的膝盖上,一手指着前面的山茱萸:"春天来时,见这几株山茱萸正在开花,花儿黄得像金子,很是耀眼!"

郭代莲的目光这时才从自己的脚尖儿前放到山坡上。山坡在半山腰,海拔五六百米的样子。这里,灌木和乔木错落,阔叶和针叶乔木比肩。因为树种的不同,它们在秋天里各自展示着彼此不同的风姿和色彩。

这时郭代莲的目光也被这些色彩浸润了,在逆光里闪耀着一团一团的光芒。明年,一定拉着冯小丁来这里写生!想到冯小丁,她的心,一下子又痛了。

她看着苏克俭和她的大姨李珍,正围着一株山茱萸忙着:苏克俭不断地变着角度拍摄,而李珍的背板总能恰到好处地放在苏克俭要拍的对象后面:挂满果实的枝丫,舒朗的,浓密的;只是红红的小果实,松散几粒的,成伞状聚堆的……郭代莲在离他们不远处看着,看着:这件并不高难的事情,本身应该没有什么看点,可是,两个动作都已经不太灵巧的中老年人,却把它做得一丝不苟。而且,他们配合得简直胜似一个人。

她慢慢地向他们和山茱萸走去。

苏克俭的镜头里,突然出现了郭代莲的身影:一个一袭黑色风衣的衣角飘着,领口和底摆露着白色衬衫的青年女子,背景是层林尽染的秋山。

苏克俭按下了快门。

李珍拎着背板,直起了腰:"咱们歇歇吧!"

"歇歇!那边儿可有个歇着的好地方。"

这是一块巨大的青石。它从一条山脊上横生出来,沿着小路上去,绕过一个小山包,就能从上方走到大青石上。郭代莲走到大青石上看着:青石上居然平整如砌,风雨还把它吹洗得纹理分明。虽然有习习山风,但站在三面朝阳的青石上,秋阳却给了人格外的温暖。

苏克俭拿出水壶:"我去接水!"

"就是你说的那山泉?"李珍问。

"嗯,你们听听。"

树叶经风,总是簌簌地响着。只有静心聆听时,才能听到滴滴答答水滴石上的清脆的声响。

"那里有个泉眼。前年冬天来时,我站在这里,就发现那边有一道长长的白光,直如银蛇,等走过去一看啊,原来是山泉结成的冰流儿!可是,冰一旦没有了,那泉流就小得被枝枝叶叶挡住了,真是不容易被发现。"

"李珍,你站在阳光里,多晒晒太阳。哦,代莲也要晒呀,女性可比男性更容易缺钙。她在妊娠期,胎儿需要的钙质全部来自母亲,而母亲的身体在妊娠的后期还要为生产做准备,她得把骨盆变得柔软,以利于生产的顺利,也就是婴儿的生存。这时,女性钙质的流失是很大的。可是,补钙却很难,所以,女性……"苏克俭好像忘记了他要去干什么了。他拎着两只水壶,不时地挥动一下,因为要让她们晒太阳,他就讲了这么多。

李珍和郭代莲,这两代女人都静静地听着。郭代莲不懂这些知识,很懂这些知识的李珍却也是第一次听到一个男人把这个知识点讲述得这么饱含人情。

"耶,我先接水去……"郭代莲看着苏克俭的背影进了一片林地,她又看了看李珍:"大姨,你当年假如嫁给苏院长,那该多好哇!"

李珍看看郭代莲。自从她和冯建国离婚,说了要带着冯玉然过一辈子这句话,她过去的婚姻就成了李家不再提及的往事。

李珍摇摇头:"想都没想过。他就是我们的老大哥!我和冯建国也是他给牵的线。"

"是吗?"郭代莲看着苏克俭走过去的地方。她不知道多少上一辈儿人的事,他们的事也好像离她很远了,可是现在看来,也还是很近很近的。而且这世间的事,没有人可以预料,谁能料到她爱上的竟然是李家最厌恶的人——冯建国的儿子啊。

临近毕业的一天傍晚,苏克俭找到了李珍,他直截了当地问:"李珍呐,我问你,你觉得冯建国怎么样?"

刚从图书室出来,怀里抱着一摞书的李珍,也很爽快地问苏克俭:"想让我做他的入党介绍人呐?"

"不是!我想,给你们介绍成一家。"

李珍听了苏克俭的话,一时有些发窘,她小声回道:"不是要求我们,不准搞对象吗?"

苏克俭皱皱眉头:"我们眼看着就要毕业了!再说,你都多大了?还等什么?不怕成老姑娘啊?"

李珍没有说话:她的婚事,真快成了李向仁两口子的心病了。在孤山村一带,李家老堂的李向仁还一直没有觅见他中意的大女婿。

"我看你和他很合适。这四年,你对冯建国的帮助很大,这是有目共睹的,连老师也承认。"

"那是应该的,我是学委,如果有同学掉队了,我自己心里都过意不去。"

"那是!但我也觉得,你心里还是挺喜欢冯建国的。和我探讨问题,就没有你给冯建国补课那么细心。"

"哎呀,你什么都懂,冯建国可……"李珍红得脸都发烧了,看下周围没有人,她才问:"是冯建国让你跟我说的吗?"

"不是。冯建国失恋了。这事只有我知道。他被对象给甩了,甩得挺利索。他上个星期回家时,正赶上人家结婚。这老弟回来,哭得……男儿有泪不轻弹啊!多亏那几个回家的还没回来,宿舍只有我们俩。"

李珍心里一揪:"真的?"

苏克俭看看李珍:"咱不知道那位哪儿好。一个小话务员,我看一般。"

"你见过?"

"冯建国手里捏着一张照片,三个人的。她嫁给那个人了。"

"他这个时候,我……合适吗？"

"合适,太合适了。再颓废几天,他就把学的东西都还给老师了,你的努力也白费了。就是,你嫌不嫌弃他有过的这段恋爱经历呢？其实,是单相思。"

"我考虑考虑,行吗？"

"行！李珍,还有个事你也一块儿考虑上,第一人民医院的妇产科来要人了。通过实习,人家最想要的人是你,可你的户口还在孤山。你如果想去一院,我就去告诉医院的人。等你和冯建国结婚了,把户口迁来就是了,不用他们给解决。我觉得,你不在大医院当大夫,真可惜了。要是我们厂的职工医院来要你,我都不会这么管。"

"谢谢,班长！"

"我让冯建国谢我去！他得先请我喝顿酒,我帮他找到了一个多好的媳妇！比他可强太多了。"

"冯建国也很不错,就是学医不是他喜欢的,他喜欢当兵,可是偏偏是扁平足。"

"你很了解他嘛！"

"让他写作业,他总是孜孜拗拗地不乐意。体检没过去这件事,他说了好几回。我就批评他'当兵是为人民服务,当大夫也是为人民服务。要是没有大夫,你在战场上负伤了,咋办？'他还不服气呢,说,那也得是军医！"

"批评得好！不成良将,就成良医才对嘛！什么医生,都是救死扶伤！李珍，那明天，我可听你信儿了。"

李珍依旧脸热，她点点头。这是她第一次和人说起冯建国。她看着苏克俭走远的身影：这些话，是只能跟苏大哥说的。我要是有这么个亲哥哥该多好呢！

郭代莲开始从包里往外拿食物。两个一模一样的保温盒，她拿着拿着心绪不平起来："大姨，那你现在呢？你错过了一次好姻缘，可别再错过了！"

"代莲啊！我有过的，是一次和孩子一起被抛弃的经历。那种苦，更多的是不堪言表的心里的苦。对婚姻……可不管咋样，我都挺过来了。"李珍盘腿坐在青石上，她的腰板直直的，摇了摇头。

"那时，我心里憋着一股劲儿。我是工农兵大学生咋啦？水平不高，可我愿意拼命学呀！我单身了咋啦？我把工作干得兢兢业业的，一个人也要把孩子带得好好的……"李珍的头发被微微的山风吹拂着，她伸手捋了捋。

"那不离婚，不行吗？"郭代莲非常不想问，可还是没有忍住。

"这点，连你姐也在心里怪我！他去援建，半年后应该回来，可是他没回家，而是直接去了她那儿。那年，她丈夫，在老山前线牺牲了。两年以后，他给我寄来了协议书，我是又等了一年才签的字。那时，兵工厂虽然还按军事单位管理，可是已经全员转民企了。我们最后一次见面，是在民政局。以后，就再也没见过。哦，他妻子在我们医院生小孩儿的时候，匆匆地打过一次照面。"

郭代莲的心一阵激灵：那是冯小丁啊！给前夫的妻子接生，如果是你,郭代莲,你行吗?

郭代莲抚着李珍的后背坐了下来。她似乎懂得了一点儿什么是医者仁心。

李珍用最简明的三句话,概况了那三年他们的全部过程和最终结局。

此刻的郭代莲,已经是满眼都飘着大雪了。李珏说:"你大姨抱着玉然,满身都是雪。雪大得汽车都停了,她们是半道截了一辆村里出去拉煤的马车回来的,就是康健他爹呀!人家把翻毛大衣给你大姨裹着孩子。你姥姥一手抱着你姐,一手拍打你大姨:'我的傻闺女吧! 我的傻闺女吧! '"

那得是多大的雪呀!可现在在李珍的嘴里,那三年,仿佛就这样大雪无痕地飘过去了! 一片清清白白,一片空空荡荡。

这些年来, 李珍有时也会想起和冯建国一起生活的那两年的一些事情。可是,在她的记忆里,却从没有去办理离婚手续的那一天。现在回想起那天,李珍忽然清楚了,那一天,就像一定会来的暴风骤雨的最后一息,她已经感觉不到风吹雨打了。

"再想想,这一辈子,我也释然了。你姥爷巴望有儿子承袭他的医术,我虽是女儿身,可还敢说尽力了。我成了个不错的大夫,也应该了了他的心愿吧。你姐,也是大夫……下一辈儿……"李珍停了一会儿:"这次你姐回来,我们没有找到说说话的工夫,可是她终于又回李家老堂啦! 你秀英阿姨说,她和米大夫很投缘……"

李珍握起郭代莲的手:"我和苏院长,我从前把他当大哥,现在和以后,还把他当哥哥!他家里也没有别的人了,我就是他的亲妹子了!咱家,也就是他的家。他为玉然做的,比她的亲生父亲都多!到了这个岁数,我懂得了亲情是长在心里的青草,它平日不起眼,却是早早就扎下了根的。"

李珍望着郭代莲,有些笨拙地问道:"代莲,你有什么不顺心的事吗?"

郭代莲也望着李珍:我的事,最不能与之开口的人,就是您啊!

"大姨!在亲情和爱情之间,如果只能要一种,您要哪种?"

"这么难的事呢!怪不得你憔悴!代莲啊,因为有亲情,我才在这些年的日子里没有倒下。那个大雪天,我抱着你姐回到李家老堂,要是没有李家老堂……"李珍摇摇头:"我和他的感情,就是不及他和她的那种青梅竹马,他是把两小无猜化成深深的亲情了……在爱情和亲情之间两难,那就是爱情和亲情在你心里同样重,不然,你就不会为难了。选爱情吧,代莲!亲情,最能包容,迟早会把你的爱情包容进来。世界这么大,素昧平生的两个人,有爱情了,那可不容易……"

郭代莲怀里的饭盒差点儿掉到青石上:原来,大姨这辈子到现在,都还没有忘怀爱情。

她慢慢地站了起来:大姨呀,大姨!

这时,她不知望向何处的眼睛看到了苏克俭。她跑过去,接过了满脸笑容的苏克俭提着的一模一样的两个水壶。

那天晚上,郭代莲给姥爷喂过了饭,漱了口。就把她小时候画的画,都搬到了李向仁的炕上。

郭茂源烧炕,不管春夏秋冬,总能把炕面烧得不凉不烫的温乎。窗台上,一盆景天三七不仅长得枝繁叶茂,还开着灿烂的黄花,一盆银桂的枝上已经缀满了挤挤插插的花苞,有几粒儿情急的,已经张开了象牙白色的小小花瓣儿,让屋子里飘满了它淡淡的幽香。

"姥爷,好看吗?"郭代莲举起一张从图画本上剪下来的儿童蜡笔画:三只浮在蓝水上的大白鹅,红红的冠头连着红红的嘴巴,笑得满脸金光的太阳公公正在望着它们。

李向仁老重的眼皮像沉重的幕布一样打开了一些,他点着头,喉咙里发出一点儿声音。

"姥爷,这张是您把着我的手画的!"那是一盆花。经过了专业学习和训练之后,郭代莲能看着这盆花笑弯腰,笑岔气儿,可是她最爱的还是这盆花:各种花型,各样的花瓣,各色的花朵。有的一朵花上,花瓣的形状和颜色都不一样,甚至还有一片花瓣上被涂了好几种颜色的……相同的只有一点,那就是所有的花儿都是板平的,像是和花盆、花枝一起,被压在一本书里,成了标本。

"这是一个长在农村的小女孩,保留下来的对花儿,对画儿的标本啊!"郭代莲在心里说。

李向仁的眼睛又睁得大了一些。

李珏和郭茂源干完了厨房的活儿,也坐了过来。

李珏随手拿起一张,看着:"那时候,你就爱画新娘子!"郭茂源在她的身后拽了一下她的后衣襟。

郭代莲把画接了过去：那是一个大眼睛的小女孩儿，穿着吊起来的白色婚纱，婚纱的裙摆下露着高跟鞋。那红色的高跟鞋也太高了！她戴着白手套，捧着一束火焰一样的玫瑰，头上的花环也是五颜六色的。

"你这都是画的谁呀？"李珏没有在意丈夫的拉扯。

"冯程程。"

"冯程程哪长这样啊？"郭茂源笑了。

"我看像玉然，瞧这身条，瞧这眉眼儿。"李珏又看看郭代莲："也像你！这眼睛大得满眼睛里都是念想，那么一小点儿就想着当新娘子，就想出门子，就想离开妈，真让我伤心噢！"

"妈！"

李珏把画放下了。

"妈，啥时候代莲都是您的闺女！这点儿，您心里还没底吗？"

"有是有，可妈也不愿意你受煎熬啊！"

"不是煎熬！爱，就不是煎熬，要是不爱，也不是。"郭代莲紧紧地抱了母亲一下，就继续挑着图画跟李向仁念念叨叨地说话去了。

郭茂源拉着妻子进了里屋："咱俩还是过来剥红豆荚吧。"

第二天，郭代莲对李珏说："妈，我得回去了，假期结束了。"

"哎呀，以为你能多待几天呢！"

"我得空儿再回来。"

"她爸，孩子要走，赶紧把东西给装车上。"

郭茂源连忙放下了手里的活儿，从屋里拎着大袋小袋地出来了。

"那记住妈的话。这门亲，结起来太难了！要断了，也别急咔咔的，一点儿一点儿的，都有个，都有个适应。"李珏找不出更好的话来安慰女儿了。

"我知道，妈！"

李珍和苏克俭都听到了这边的动静，也急忙地奔了过来。

"大姨，苏伯伯，你们别太累了！我得空儿就回来，看你们。"

## 有其安心

这是冯玉然第一次来富春华大酒店。进了酒店，她突然感觉紧张了：到哪儿，才能找到她要找的人呢？

茫然四顾之际，她见服务台那里有几个外宾已经结好了账，正在离开。她就到了服务台前。

"请问您是要办理住宿吗？"

"哦，不！我是来找冯建国的。"冯玉然很不自然、很艰涩地说出了这个名字。

年轻俏丽的接待员掩饰不住妆容下惊异的表情，用凌厉的眼光扫她一下，然后很快地端正了态度，一板一眼地说："对不起，女士，您的需求，不在我们的服务范围之内。"

冯玉然能确定他就在这里，就请求道："你们告诉我一下，他在哪个房间办公就可以了。"

"对不起,女士,您的需求,不在我们的服务范围之内。"

对这样机械的回答,冯玉然很无奈地问着:"那你们让我怎么办呢?要我挨个儿楼层、挨个儿房间去找吗?"

"对不起,女士,您的需求,不在我们的服务范围之内。我们不能为您提供任何帮助。"

冯玉然没有想到,她一来就这样受挫了。

因为富丽堂皇,这里就是人来人往,也不显得熙熙攘攘。有序和严整在富丽堂皇里内敛成了彬彬有礼,它使男性看上去绅士,女性看上去娴雅。

冯玉然退到了离大堂大门不远的地方,她看着大门:能在这里等着吗?显然,不能。因为富春华大酒店的四面都有门,怎么可以肯定他一定是从这个门出来呢?就算他从这里走,你能过去拦堵他停下,听你说话吗?显然,也不能。

在明亮、富丽的大堂里,冯玉然的心里瞬间又涌出了丑小鸭的心酸和凄凉。但她不能再容许自己的心境还沉浸于酸楚了,她甩甩头发,又向电梯间走去。在她刚要走进电梯的那一刻,一个高大的保安伸出戴着雪白手套的黑衣手臂,拦住了她:"对不起,女士!您不是我们的客人,不能进去走动!"

"呵!"冯玉然无奈地退回到大堂,保安还在不辍眼珠地盯着她。

她只好拿出手机,发了个短信。

不一会儿,邱志江就从步行梯上跑了下来,他摇着胳膊:"老对！你怎么来啦？提前打个招呼哇！"

冯玉然抬脸看着他冲下弧形的大楼梯，生怕光可鉴人的大理石台步把他滑倒。

"无事不登三宝殿,给你添麻烦的事。"

"嘿！跟我还这么客气呀。"

"我想找你们的冯总。可能是问询的方式不对,接待员不告诉我,连电梯也不让进了。我要找他谈的,是些私事。"冯玉然的眼光看了一下服务台,也看了一下不远处的那个保安。

邱志江马上不再嘻哈了:"他们不知道你是谁！冯总在988和989号套间。我这就带你去。"

"我原来以为,我一辈子都不会找他的。那年,你说起你们的老总……"

"我还记得呢,我正讲得兴奋,说新来的冯总怎么怎么地训练我们,就看你的表情,立刻变得,怎么说呢,我反正是忘不了。打小,我就知道你家的情况,后来,我也大概猜出了你和冯总的关系。"邱志江一边声音忽高忽低地说着,一边观察着冯玉然的反应,见她一脸淡然,不再是当年亦怒亦悲亦怨亦恨的模样,就继续说:"年纪不饶人啊,返聘都七八年了,可他还是一股不服老的劲儿。这里的工作,从来都不轻松……"邱志江和冯玉然边说边进了电梯。

电梯里明镜一般的银白色金属,照映着并肩而立的他们。邱志江从映像里看着冯玉然:别无饰物的短发,宽大的青蓝色长风衣,平底的黑色小短靴,心想都快十年没见了,还是那样的风度,一点儿没变。不,变化还是明显的,飘飘的长发剪了!

"难干吗?"两人几乎同时问对方。

"还行。"两人几乎又是同时回答。

同在电梯里的一个漂亮女人,听了他们的这两句问答,好好地看了一下他们。他们就在那个 X 光般的眼神下,到了九楼,出了电梯。

"去吧!有需要就给我打电话。我一般在二楼的时候多,大餐厅都在二、三楼呢。最里边那个门,他的办公室一直没换。有什么话都慢慢说,稳着点儿哈……"

冯玉然朝站在九层走廊头上的邱志江点点头。

这一层,只有南向的房间。在其他楼层北向客房的位置,都是阔朗的空间。连成一体的落地窗掩着薄薄的轻纱,过滤后的天光,把黑金花大理石铺就的地面映得像是涂了月光。

冯玉然快步走了过去。走到门口,她站住了,回过头。

邱志江还没有离开,见她站在了门前,就冲她做着叩门的手势。

冯玉然终于慢慢地举起了胳膊,手指触到了门板。

邱志江在楼梯间,终于听到了几下清晰的叩门声,才按下了电梯指示灯。

"进来!"这个声音还是膛音很厚的那种洪亮。只是,在冯玉然听来,这不太像来自离她咫尺之遥的室内,而像来自很远很远的地方。

冯玉然推门进去,就在门口站住了。她定定地看着从套间里走出来的那个人：他一手捏着眼镜，哦，那是老花镜，他本来是不戴眼镜的。他的眼睛还是大的，可是眼袋也很大了。他的脸盘好像更大了，因为胖了，方脸变成了圆脸。他还是那么高，可是好像有些弓腰了，他的头发是特别黝黑的那种，但这应该是染发的结果，还有，他本来就宽大的脑门，因为很严重的脱发也显得更加宽大了。

冯建国手里的眼镜开始抖动了。

"是你呀？"

冯玉然以没有回答，作答了。

"啊！坐呀，坐呀！我给你冲茶，啊不，我给你煮茶……"冯建国奔到茶几边。他的步子很大，但有些趔趄。还站在门口的冯玉然本能地要去搀扶他。可紧接着的下一刻，他就站稳了，她也在瞬间收束了搀扶的姿态。

午后，朝南的会客厅里，充满了明亮、柔和的天色。在明亮柔和的天色里，靠墙的黑色方沙发，在米色的地毯上，像两排静默沉稳的保安。

冯玉然注视着，在南窗下的小方几边抖抖地拿起茶具的冯建国。他试图很在行地烧水、煮茶、洗杯……可是，这些对他来说，显然是只有看过，没有做过的。在照葫芦画瓢的期间，他把茶杯弄倒了好几次。

"我不是来喝茶的。"

"坐呀，过来坐下吧！玉然！"

冯玉然的眼睛，在这一声"玉然"里，瞬间盈满了泪水。

"请和我到别处去坐坐可以吗？旁边有个半岛茶咖。"冯玉然依旧站在原地，她牢记着她来找他的目的，于是咽下了长长的哽咽。这个有着他的浓浓气息的酒店办公间，实在不适合自己在这里和他独处着，谈她想要谈的事。她此时希望在个大众场所，有陌生的脸，有和自己无论如何都不相关的物品、摆设，来帮她压抑住涌潮般的感情。

"我先去那里等您吧！"冯玉然转身开门，门关上的时候，她的眼泪也流了下来。

冯建国看着倏忽消失的冯玉然，手里的茶杯无声地落到了地毯上，他的脑子里现在已经是一片空白了。

过了片刻，他的头脑才开始渐渐清晰：刚刚，是幻象吗？没人来吗？没人来我怎么会去弄茶呀？是的，有人来。她来了！她终于来了！

冯建国清醒了：是的，是玉然来了。她来，应该是我把她盼来的啊！她的眼睛真像她的母亲，大大的，亮亮的。可她的脸盘不像，她是方脸，脸上的线条硬朗地带着些男性的气度。女孩儿，还是女孩儿的样子好，就像她小时候。她是没家呀！要是成家了，她就不会这样子！李珍多强，可看丈夫，尤其是看孩子的时候，也是目光如水的。这些年，真不敢奢望得到李珍的原谅，领着女儿来到面前。可女儿自己早晚会来的，就是会！因为，因为她和我血脉相连啊！

冯建国彻底清醒了：没错，真的，是玉然来过了！她好像说要自己和她出去坐坐。哦,茶咖店,附近好像是有个茶咖店,绿得像邮局似的那个。

去邮局好吗?好吧!去哪儿都行。哦,先给家里打个电话,告诉老伴儿今天晚些回去,攒了三十四年的话,坐一时半会儿能说完吗?对了,还得把存折带着,给她看看!每月每月地存了三十七年了,这能表明我一直没有忘记她吧?得快去,快去呀!李珍带大的孩子哪能不倔强,如果他晚到得让她再走了,这辈子,这辈子……哦,茶咖店在哪儿边呢?

这时候的茶咖店,还不是上客的时间段。小服务员慵懒地问冯玉然:"您几位?"

"两位!找个安静的地方吧。"

"您自己去选吧。无烟区那儿没有人。"

"如果来个,来个老人家,姓冯,帮我请过来。"

"好嘞!您喝点什么?"

"先给我一杯冰镇的柠檬水吧!"冯玉然站在了靠窗的一个座位旁。

半岛茶咖的玻璃窗,隔挡了熙熙攘攘的步行街上喧闹的人声,闲庭漫步似的购物的人们,从玻璃窗望过去都成了街景的一部分。

冯玉然端起柠檬水刚刚抿一口,就看见冯建国在服务员的引领下,向她这边走来了。她站了起来,看着他在她对面坐下,脱去皮质的黑夹克,又露出了那件厚实的草绿色秋衣。

冯玉然也跟着坐下了,她又喝了一口水:"您喝点什么?"

"茶。茉莉花的,要一壶吧。"

"我的话,没有那么多。"

"还没说呢……"

是的,冯玉然心里想说的,太多了!可是,也有很多话,已经被时间慢慢地压成了化石里面游不动的小鱼了。于是,在他们中间,间隔着彼此仿佛没有联系的生活而蔓生出了难捱的沉默;彼此长长的思绪也如丝般缠绕在茧壳上,找不到开头。

"我就开门见山地说吧:我请您去参加婚礼。"冯玉然在沉默中,都快窒息了,在换口气的时候,她终于急迫地说出了这句话。

"婚礼? 你要结婚啦?"坐着的冯建国一下子站了起来。他像一个溺水的人,终于抱住了一根还可以漂浮的木头,他得救了!他原地倒了两下脚,然后慢慢地再次落座:"孩子,你要结婚了!有家了!你终于有家了!"说着,他的两只大手伸向了冯玉然。冯玉然有些愣怔地看着这双手,她的手,却像被杯子吸住了一样,放不下来。

冯建国慢慢地收回了双手,支住了宽宽的前额,硕大的脑袋就低垂在掌前,久久地没有抬起来。他的肩膀耸动着,压在嗓子里的呜呜咽咽,缓缓地化作了长长的呼吸,在胳膊中间倾吐出来。

她得有家呀!

对于那么决绝地离开李珍母女,冯建国真是没有后悔过。因为,这是没有选择的选择。但是,那年,没去参加同学聚会,后来,他还是很后悔的。

苏克俭没有给冯建国打电话,他给他发了短信:建国,同学们想聚一聚,很希望你也来。大家都要退休了。李珍也是。苏克俭。

自从和李珍离了婚,冯建国和大学同学的关系也淡了很多,尤其是和苏克俭,平时几乎没有什么往来了。这次,也不知苏克俭是怎么找到他的手机号码的。

这条短信,字里行间闪现的还是苏大哥的热心肠和宽厚,冯建国的心不由得热乎乎的。可是,热劲儿过后,深深的难受却来了,就像虫子似的撕咬着他的心——见了李珍可怎么办?说啥呢?于是,他没有回短信,也没有去。夜里,他很难得地梦到了李珍,李珍好像是从学校的教室出来,抱着一摞作业本或者是病历。她身后跟着一个小姑娘,小姑娘看见他就躲到李珍的身后去了。他向她招着手:"你来,我给你留月饼了。"

小姑娘把手背起来,看着他,什么也不说。

第二天早晨,他做早饭的时候,又想起了那断断续续的梦境。那孩子是她吗?是玉然吗?应该不是了,她早不是小孩儿了,她都三十五岁了,大人啦!

到了谷子和小丁坐到餐桌前吃饭的时候,他的想头就断了。那天的日子,也像前一天一样在忙碌中过去了。接下来的日子,就更是和从前一样了。

不久,同学沈选伟的儿子结婚,请他去参加婚礼,那次,他意料之中地见到了苏克俭。但是,婚礼上没有李珍。沈选伟特意给他来了电话:"来吧,同学们能来的都会来,就是找个机会多见一面。像李珍那样不能来的,心意也让苏克俭给带到了。到底是同学啊!"

苏克俭看着他:"你不问问她们的情况吗?"

"不管怎样,李珍都会安顿好她们的生活。"

苏克俭真是按捺不住了, 他的脸也变了颜色:"李珍把房子卖了,给玉然凑钱,她都回孤山了!"

"那玉然呢?"

"自己开医院! 形影相吊,手足胼胝!"苏克俭的后脊梁上都是愤慨。

冯建国可以肯定,如果是席地而坐,他一定是在被割断的席子的这一边了。这时,无形的断席茬口,好似生出了利箭,支支穿着冯建国的心。

"她们不再相依为命啦! 我的玉然没有家啦!"那天,他在欢乐、喜庆的气氛里独自喝了一瓶习酒,被送上出租车时,他还能说:"我没喝高,你们都各自回家吧! 上车,上车!"可上了车,他却不知道家在哪儿了。

出租车满世界地转悠着。

他又对司机呜呜地说着:"上甘岭,知道吧? 我爸活了! 是我妈把他从死人堆里拉出来,才活的! 他的肠子,截得只剩下一半儿了⋯⋯这个残疾军人! 我七岁,他死了。我十七岁,我妈也死了。你还问我家在哪儿,我没家啦!"

司机停止了到处乱转,把车停下了。

"我接班,在厂部当通讯员。星期天就长在谷子家。我和谷子一起长大,你送我上谷子家吧! 在 9157 厂家属院六栋三号,原来和我家窗户对窗户。哦,春光在那儿呢! 他不好好当兵,老跑回来休什么假呀? 庞春光啊庞春光,子弹不长眼,你也不长眼吗? 我要是你,就不能给子弹咬着! 你光荣了,扔下个谷子都快哭死啦……"

司机从座椅的间隙探过身子,看着一把鼻涕一把眼泪的冯建国:"酒这东西,咋这么神呢……"

司机开始对冯建国搜身,在他的上衣口袋里,翻出了一把名片。他拿了一张顺眼的,给上面的号码打电话,三折两转才问清冯家的地址。正急得团团转的谷子,在好心司机的帮助下,才把冯建国架回了家。这时,天已经很黑了。

看见谷子,冯建国的酒劲儿好像就过去了。他把自己关在卫生间里,扒着马桶,吐了又吐,最后吐出来的全都是苦水。

这样的醉酒,很早以前有过一次。那天,是谷子和庞春光的婚礼。谷子挺着胸,扬着脸,高兴得没有一点儿谷子应该有的含蓄,倒是站在她身边的庞春光,脸红得像秋高粱。

"别抹鼻子了! 男子汉,大丈夫! 走,喝酒去,咱找个更好的! "

"还有比谷子好的吗? "

"有哇! 天涯何处无芳草? 我已经跟李珍把窗户纸给你捅破了。李珍多好! 娶这样的媳妇儿,才是你的福分呢! 里里外外,拿得起,放得下,心眼儿还好。你不否认吧? "

"不否认,可我没往这上想过。"

"现在就想,什么谷子玉米的,已经是人家的了。你舍不得,也不能再揣进你的口袋了。谁让你不早说呢? 你们三个是发小,关系又近又深,还关乎着几家大人,你这么放不下,好吗?"

"不好,可我就是过不来。"

"这样,你把心放在毕业上,放在李珍身上,就过来了。你和李珍成了,对她也是件大好事啊,这样,她就可以留在一院妇产科。康老师怎么评价她的?天生一个妇产科的好大夫!在乡村小卫生所,屈她才。"

冯建国点点头:"她是行!"

"行!承认就好。我觉得你们相辅相成,能和和美美一辈子!喝!答应我,喝过这次酒,明天打起精神来,重新开始!"苏克俭和他大大地碰了一次杯,两人又都干了满满的一个,那一个有三两。一盘花生米,一盘白菜丝,一斤大葱猪肉馅儿的饺子和两瓶老白干,很快就没了。

他们像两棵漂在水里的无根树,摽着枝条回到了宿舍。苏克俭倒在床上就睡过去了,冯建国却睡不着,他的心里像烧着一团火,他浑身的液体都被这团火烤成了长流的泣涕。

泣涕涟涟中,他不停地自言自语:"谷子,咱俩,咱俩……我听苏大哥的,我和李珍……"

有四年同窗的相互认识,再走进同一个屋檐,冯建国和李珍过渡得顺利、平和。在顺利平和的日子里,他们的孩子也平平安安地来了。

"这孩子,净挑你们俩人的优点长!"苏克俭带着爱人吴然来给孩子下奶时,吴然羡慕万分地看着小小的婴儿:"给我当干闺女吧!"

"好啊,我是巴不得的!"李珍当了母亲,更明白吴然的心情。吴然因为侵蚀性葡萄胎的原因做了手术。这次,她能和苏克俭一起出来探视产妇和婴儿,也让给吴然做过手术的李珍心怀感动。

"我把这个给你们带来了,我舍不得扔,总撂着,也不应该……就怕你们嫌……"

她从包里拿出全套的手工婴儿用品:大大小小的毛边尿布、各色各样的小衣服、小袜子,还有面上绣了香花吉兽的小夹被……

"太好了!我可没这手艺……嫂子,孩子还没取名呢,您给孩子取吧!"

"那哪成呀!我当干妈已经是夺爱了!"

"嫂子,你是孩子干妈呀!我也有干妈,我干妈对我那个好……我的名,建国,就是我干妈给取的……"冯建国真是高兴,他小声地告诉苏克俭:"我干妈是谷子的娘!"

"那叫玉然,行不?"

"行啊!"李珍和冯建国异口同声地回答。

苏克俭笑得满面春风:"咱小玉然的满月酒归我操办!我也得尽尽干爸的心意呀!"

"玉然!玉然……"

这个小小的人儿,就是有姓有名的人啦!冯建国的心,从此像是有了方向的船,每天风帆鼓鼓地去上班,再安安泰泰地回到家的港湾。

时间过去了四十年,现在回头看,那两年,真是冯建国从心情到身体都最感安适的两年。

那两年,过得也很快。孩子,把静悄悄的时间做了最喧腾的张扬和凝练。冯建国眼看着小玉然一天一个样:会笑了,能抬头了,会翻身了,能爬了,能坐着了,会走了,能跑了,她叫爸爸啦!

有家的幸福让冯建国一度苦痛不已的心上伤,慢慢地愈合了。

很多事是不期而至的。作为老百姓的李珍和即将转业当老百姓的冯建国都无法预料远在西南边陲的战事,会改变身处东北的他们的命运。

冯建国转业回到9157厂,也没有去厂卫生院工作。他还在厂部,做了工建办的主任。有天在外援助建厂的时候,他接到了干妈的电话。

"建国呀,你去一趟广西,把你妹子接回来!老秦住院了,我离不开!"干妈的抽泣在转接过来的电话里清晰地传进了他的耳朵。

冯建国的心被这样的噩耗狠狠地捏住了:谷子的天,塌了!

唯其如此,在硝烟里滚出来的干爸才会痛得倒下。谷子是被注射了安定才在他的臂弯里上的火车。三年后再来到六栋三号,冯建国面对的是三个重病人。

白天,厂里加派两个职工护理他们,夜里,就是冯建国值班。半年之内,两个老人相继离世,谷子连哭都不会了。

命运,就是这样又把他和谷子连在一起了。

"你的下半辈子就只能靠我了!"冯建国这样决定时,才好像突然想起来,他很长很长时间,没回和李珍的家了。他好像把那个家忘了,也好像他在心底里认定的家历来就是六栋三号。这个决定,其实是从在麻栗坡的萋萋绿草间拉起神志失常的谷子时就做出的。当背着谷子走出站台,迎着三月寒萧的海风来时,这个决定已经在他的心里生根了。

"有个家,你就能好起来!谷子!你是个弱女子啊,我不能让你孤苦伶仃得连个家都没有!"

冯建国抬起头:现在,玉然也要有家了!

邱志江心神不宁地检查完了餐厨,在二楼牡丹厅准备开灯迎客的那一刻,他看见落地窗外,冯玉然的身影进了对面的半岛茶咖。片刻,冯总也大步流星地进去了。

邱志江发现,冯总一贯挺拔的腰杆弯着,脑袋连肩膀都明显地向前倾斜,平时甩动得很有劲的胳膊也是耷拉着的。

"看啥呢?"邱志江的媳妇翟晓燕,刚解散了一干正要各就各位的服务员,用眼角扫到他伸着脖子一个劲儿地往下看,就快步赶了过来。

"没看啥。"

"没看啥你看啥呢?"

"喏。"邱志江只好指指款款袅袅的两个女人的背影:"美女!"翟晓燕柔情蜜意地给他扒拉了扒拉肩膀上的灰尘,然后迅速、用力地在他前臂上拧了一把:"瞧你这份出息!快干活去!"

"谁是领导啊?哎呀,这死老娘们儿,真狠啊!"邱志江捂着胳膊龇牙咧嘴地离开了窗前。

两个小服务员,手头麻利地叠着雪白的餐巾,勉强地绷住了眼瞅着就要喷出来的笑声。

不知咖啡的气息是从哪个卡座上飘出来的, 香浓得别有一番滋味。这样的失态,在孩子面前……冯建国使劲地直直腰背。

"日子,定在哪天啦?"

冯玉然手里擦杯子的纸巾被她攥成了紧紧的一团。如今,她念念不忘的这个人,真的不似在她心里的那个他了:他的额头、额角上都有大颗的老年斑了,手背上更多。

岁月就这样让那个年轻的爸爸,变成了老父亲。而且,他的样貌看上去也老于他的实际年龄。可想而知,他这些年的日子也不是称心如意,顺风顺水的。

经过了这些年,今天终于面对他了。冯玉然感到冯建国——她爸爸就不是岩石那样冷硬的人。他从来也不是,否则,她就不会总记得那天在医院,他抱着她,紧紧地抱着她,蹭着她的小脸时滴下的眼泪。

冯玉然觉得冯建国甚至比李珍更容易动感情。是因为他现在已经上了岁数的原因吗? 应该不是。

那天,虽然还是在医院值班室的床上,可是,有爸爸坐在她的身边,还轻轻地拍着她,她很快就睡着了。

她做了一个美美的梦:爸爸抱着她回家了,给她戴上了红毛线的球球帽,穿上了也是红色的小棉猴儿。爸爸拉着她的手,要送她去幼儿园。她趴在他的耳朵上央求:"爸爸,你别穿秋衣去,你穿解放军的衣服去呗！把帽子借我戴着行吗？"

冯玉然不知道爸爸有没有把帽子借给她，就在她巴巴地望着他的时候，他被人叫走了。她好像喊过："爸爸，快点儿回来呀！我要晚啦！"可是，一头冲出去的爸爸，不管在梦里，还是在她第二天醒来之后的所有日子里，她都再也没有把他等到。

母亲只和她说过一次："玉然，妈妈带着你，好好过。"

"那我爸爸呢？"

李珍从不回答冯玉然的这个问题，她只说："玉然，你是女孩，更要好好学习！"冯玉然从那时开始，就以自己的理解来诠释母亲的回答：你是女孩，你要学习得比谁都好了，爸爸才会回来。

她自上学开始，就是学习拔尖儿的孩子，可是，爸爸始终连影子也不见。等她到了青春期，终于明白爸爸不可能回来了的时候，爸爸那种鲜亮的色彩已经在她的心海里沉到了黑漆漆的底部了。

此刻，垂垂老矣的冯建国，感情如此激动的冯建国，让冯玉然不愿、不忍也不敢直视。她低着头，也没有再言语。她见过迟暮的美人，曾为之感伤不已，也由人及己地暗自垂过泪。可是今天，她一下子感到了男人的衰老才是大悲，尤其是年轻气盛时伟岸挺拔、风流倜傥的男人！

有了这些感触，冯玉然沉沉的、赳赳的愤慨已然轻了些，也淡了些。她能冷静地告诉他了："不是我的婚礼，是代莲和小丁的。他们相爱，已经有了孩子！给他们您作为父亲的祝福吧！"

冯建国抬起来的脸，刚才悲伤中带着喜悦的表情在一瞬间，就凝固了。

"代莲和小丁？代莲和小丁！"他喃喃地在心里念了两声。

小丁出去住了。虽然带走的都是他那些画画用的东西，可是，家里还是一下子就显得空了。从来不对他冷脸的谷子，对他表示出十分的不满："你看，小丁被你气跑了！"

"小丁是出去画画，怎么是我气跑的呢？他说了，等画画好了就搬回来。"

"才不是呢，就是被你气跑的。你不待见代莲！那孩子挺好哇！"

冯建国心里一阵发沉：是挺好哇。一见面，就有一种亲切和说不出的熟稔。她是李珍的亲外甥女啊！真是山不转水转，水不转云转，云不转风转，风不转人转……那时，他真是蒙了！蒙得头晕目眩，坚持着，坚持着，好不容易才把那顿饭吃完。

冯建国看着冯玉然，恍惚着："不是吗？不是你结婚？"

冯玉然摇摇头："是小丁弟弟和代莲妹妹！"

冯建国的呼吸急促了，面前的一切也开始由远及近地模糊。漆黑，渐渐地向他聚拢，终于像深浓的夜色一样，完全地把他盖住了。眼前的冯玉然也像一颗小星星，闪着一丝光亮就突然不见了。

"玉——"这一声，还没有叫完，冯建国就歪倒了。

"啊！父亲！"


冯小丁在一年一度的东区车展上，终于联系好了在西区画展想要的位置。

"我只有画，没有钱！"

看完了冯小丁的画作照片，展览公司的经理老翟又把冯小丁上上下下地打量了一番："换工你能不能接受？"

"换工？"

"就是给我们设计二十张车展的广告牌，六乘十二米的，得出小样儿哦！"

"然后，你给我二十个展位，不要钱了？"

"是这意思。"

"我同意了。谢谢！"冯小丁跟老翟击了巴掌。

二十年前由画家转行的老翟且喜且怜："还有这样的人物啊！傻小子！"

举办西区艺术展，政府已经给了大部分经费，少量缺口要靠门票收入来解决。东区车展是每年的展览盛事，卖车的、买车的都财大气粗，但展位费却高不起来。老翟对自己的眼光从来自信：这二十块户外广告牌，不但省了要给广告公司的设计费，而且，品格也一定会是上乘的。

所以，这些天，冯小丁没黑没白地赶着广告设计稿。从表达自己的内心世界，到展示汽车产品这个巨大的转变，冯小丁整个人好像都被扭转着，而且，被扭转得面目全非。面目全非之际，他曾抱着脑袋喊："代莲啊！代莲你，快来，帮帮我！"

可是，听到自己这么狼狈软弱的声音，他又马上停止了对郭代莲的呼喊：千万别来，千万别来！自己现在画的这些东西如果给郭代莲看到了,她会很伤感的,她一定会问:"有一个匠人还不够吗?"

所以,冯小丁更加没黑没白地赶着这些广告设计稿。他要在郭代莲回来之前,把这些劳什子弄完!

好在这几天,郭代莲可能是在家里待得太高兴了,竟然没有给他打电话。冯小丁又轻松又失落地调着颜色,看着一辆殷红的汽车腾在海浪之巅,动感强劲地撞碎了浪峰,正扑面而来。

这时,他的电话响了。那是一个陌生的号码,冯小丁很不耐烦地挂断了。可是,这个号码马上又坚定地打了回来。

冯小丁这次只好接了电话,电话那端的人一下子叫出了他的名字:"小丁啊——"

冯建国的眼前终于又有光亮了,亮光里的冯玉然泪流满面地望着他。他像拔取石中剑那么吃力地从毯子里面拔出手,指尖儿像攀援的藤蔓,缓缓地触达了冯玉然的泪眼。

冯玉然紧紧地拢住了他无力的手掌,眼泪,却被两双合起来的手,擦得越来越多。

邱志江告诉冯小丁:"多亏玉然是大夫哇!冯总可算是没危险了。"

冯小丁问:"我爸,到底怎么了?你是谁呀?"

邱志江像看着不合格的厨师那样地看着冯小丁:"我们酒店的师傅,出了灶间,我就不许他身上有油烟味儿。我是冯总的下属,在酒店管餐饮,干厨师出身的。"

冯小丁脱下了粘着油彩的衣服，再问："告诉我吧，我爸怎么啦？"

当郭代莲睡了沉沉的一觉醒来时，半掩的窗帘显示着室外已经和室内一样的黑了。她这些天来的疲乏，得到了一些缓解，饿的感觉也像刚刚醒来的饥豹，迅速地扑了上来。

"姐——"她叫了一声。

没有回音。

郭代莲拉开台灯，看见床头柜上放着一张纸条和一张餐券：代莲，我出去办点儿事。你别走，醒了就去吃饭，等我回来。

"姐呀！姐呀！"郭代莲亲一口纸条，亲一口餐券，提上鞋子就往餐厅去了。

餐厅是二十四小时有工作人员的。开放式餐吧台上，总有煲着汤的电瓦罐和热着粥的电饭锅。

"真是好心有好报哇！"郭代莲盛了粥，又盛了汤，她边喝边感慨自己当年本着冯玉然提出的"假如你是产妇和家属"的理念，设计出的这个厨房及其功能。

"真香啊！我再来两碗！"

"还有中式面点呢，你要不要？"今天值班的钟毓穿着一身淡蓝色的工作服，戴着同样颜色的六角帽，温婉地在一进门口的小木架上，拿过来一本小画报递给郭代莲。

郭代莲翻着看着，越看越有兴致。小画报上，印着本餐厅供应给产妇的月子食物，这些食物给她的感觉，就是："馋人馋得不要不要的——太馋人啊！"

"我是主厨，大部分都是我做的！"

钟毓自豪地微笑着说，圆润的脸颊上露出两个小酒窝。

"哪样最好吃？"

"都好吃！不信你多尝几样！"

不一会，钟毓托着一个木质的餐盘来了。餐盘上，放着梅花状的小蒸笼。钟毓麻利地揭开蒸笼盖儿，郭代莲看着看看着，就深深地吸了一口气：每个拳头大的蒸笼上都铺着绿苏叶，绿苏叶上，对着两只半月形的饺子，它们分别是红的、紫的、黄的、白的、黑的……

"十种食材，多种口味的！"

"天啊，冯院长从哪儿把你这妙人找来的？"

"我爱做吃的，却上不了大灶！我师兄就推荐我上这儿来了。"

"你师兄是谁呀？"郭代莲看看钟毓。

"富春华大酒店的金牌大厨邱志江啊！他现在很少上灶了，真可惜！"

"这个名字好像耳熟。"

"我师兄和冯院长是小学同学，老对，铁老对那种的！我来了，一提邱志江的大名，院长啥也没问，就让主管餐厅的戴老师把我领这儿来了。"钟毓本性温婉，提起邱志江时却有了邱志江的爽朗和豪气。

"快吃吧！吃完给我们提提意见！"

"没意见，服了，给券！"郭代莲吃了饱饱的一顿。这时，她看见了钟毓手机上的屏幕："给我看一眼吧？"

"看吧。"

"太可爱了！"

视屏上，是两个圆脸、大眼睛、笑得酒窝都流着花蜜的小姑娘！

"我女儿！"钟毓难掩做母亲的自豪，满心幸福地告诉郭代莲："幸亏我当年没做傻事。"

郭代莲又看着钟毓。

"要不是冯大夫那么拦着，我就没有这对姐妹花了。"

"哦！"郭代莲点着头。

"冯大夫说，不要犯追悔莫及的错，将来你会觉得自己是不可饶恕的。你看，要不是最后听了冯大夫的，我得后悔成什么样？"

"哦！"郭代莲继续点着头："这顿饭，太好了！"

这时，她的电话响了——竟然是冯小丁。

"你在哪儿？"郭代莲在电话里听到的只有汽车轮子跑在地面上的沙沙响。

"喂，小丁！小丁——"

"代莲！我就在楼下！"

郭代莲想夺门而出，一转念又奔到了窗边，她推开窗子，看见在大门前莹黄的灯光下，冯小丁正仰头望着楼上。

她使劲地摇着胳膊。

冯小丁看见她了。他也使劲地摇着胳膊，跑到了窗前。可是，餐厅的前窗是那个小花园。

"为什么不进来呢？"郭代莲踮着脚,尽量让自己的脚步声很轻地跑了出来。

"为什么不告诉我？"

"我想等你把那幅画画完再说！"

"今天,是个什么日子呢？我一下子,有了三位亲人！"冯小丁抱住了郭代莲:"你,孩子,还有姐姐呀！"

尾声 / 年年重阳

年年重阳,岁岁重阳。

这一年的重阳日,孔丽在画展现场采访了两个人:冯小丁和林巧双。

"喂,佟瑶。我把音频和视频都给你发过去了。嘿,再替我亲亲唐儿。"

佟瑶紧紧地握着手机。她感到紧张:看见冯小丁画上的那个人,奶婆婆会怎么样呢?

2018 年 3 月 22 日子夜于北京 昌平